Gonzalo Torrente Ballester
La rosa de los vientos

# Gonzalo
# Torrente
# Ballester

# La rosa
# de los vientos

## Materiales para una opereta
## sin música

Ediciones Destino
Colección
Destinolibro
Volumen 296

© Gonzalo Torrente Ballester
© Ediciones Destino, S.A.
Consell de Cent, 425. 08009 Barcelona
Primera edición: marzo 1985
Primera edición en Destinolibro: octubre 1989
ISBN: 84-233-1806-0
Depósito legal: B. 36.485-1989
Impreso por Limpergraf, S.A.
Carrer del Riu, 17. Ripollet del Vallès (Barcelona)
Impreso en España - Printed in Spain

*A Patricia, Marcos, Gonzalo,*
*Rafael y Verónica,*
*siempre en mi corazón*

## Justificación

*Ignoro si se me perdonará, si se me tolerará siquiera,
la publicación, en menos de un año, de dos «manuscri-
tos hallados», por muy diferentes que hayan sido las circunstancias de su hallazgo o de su llegada a mis manos,
por mucho que diverjan sus materiales. No estoy, sin embargo, muy seguro de que mi conciencia necesite del perdón o de la tolerancia, pues en estos últimos tiempos observo en ella cierta sospechosa tendencia a campar por
sus respetos que debería causarme preocupación, o, al
menos, un mínimum de inquietud; pero como la una y
la otra son a su vez cosas de la conciencia, y es ésta la
que se ha proclamado autónoma, la verdad es que me encuentro en un verdadero lío de indiferencia. Esto no me
exime de redactar e insertar, precisamente aquí, eso que
llamé «justificación» y que debiera haber llamado asimismo «complemento», pues la historia en que consiste
(breve), al mismo tiempo justifica, desde el punto de vista literario, único válido aquí, la publicación de un manuscrito, completa alguno de los acontecimientos que en
él se narran y que dejan en el espíritu lector la interrogación, la duda o la insapiencia. Y esto, por tratarse de
una historia de amor, es grave. Lo único que, en la lite-*

*ratura como en la vida, exige un remate cabal, son las historias de amor. Voy al grano, pues, con permiso o sin él, que da lo mismo.*

*Es, si no probable, al menos posible, que algún lector recuerde la persona y el nombre de don Anníbal Mario Mkdonald de Torres Gago Coutinho Pinto da Camara da Rainha, un viejo amigo mío que con su nombre y su figura pasó a una de mis narraciones. Como no le pareció mal, y hasta se congratuló de que hubiera hecho tan buen uso de su nombre y de su persona, seguimos siendo amigos, y tan campantes. Pero empezó a sentirse viejo, que es lo peor que le puede pasar a uno cuando realmente lo es y se adivina la precariedad de la tasa de vida que realmente queda, por grande que sea el optimismo. Don Anníbal, quizá por haber gozado de lo lindo, veía sin grandes cuidados la proximidad de su fin, que llegó tan tranquilamente, sin dolores aparatosos, sin más que un ligero malestar que comenzó una tarde de otoño, a la hora del crepúsculo, dulce y húmeda, y se llevó a don Mario hacia la madrugada. Él se dio cuenta, y recibió la muerte como los santos y los filósofos. (No deja de ser posible, y hasta ejemplar, que otros golfos como él la reciban con la misma tranquilidad.)*

*Algún tiempo antes, me había legado unos cuantos cartapacios, bien ordenados y marbeteados. «Son cosas mías y usted verá lo que hace. Pero éste no es cosa mía (se refería al manuscrito que guardaba) y por eso le voy a contar algo. Estaba ya en mi casa, dentro de esos mismos cartones, cuando yo era niño, y su lectura se les había prohibido a mis hermanas, que fueron, por lo tanto, quienes más lo leyeron y quienes me relataron la historia antes de que yo estuviese en situación de leerla. No la entendía bien; pero, cuando la leí ya hecho un hombre, la entendí. Se le llamaba* El manuscrito de la Princesa, *aunque, como usted ve, lleva en inglés el título incomprensible de* La rosa de los vientos. *A la princesa de quien procede la recuerdo vagamente: una anciana de gran empaque, muy estirada, que en una quinta del nor-*

te de Portugal, cercana a la de mis padres, se dedicaba al cultivo de camelias, flor de la que obtenía, según oí decir muchas veces, ejemplares extraños y maravillosos, mediante cruces de semillas y otras operaciones que sólo entonces se le ocurrían a ella. Por cierto que murió a consecuencia de una caída: se había subido a una escalera de mano y podaba sus árboles. Resbaló, se escachizó los huesos, y se le fue la vida pocos días después. Por cierto que trajo un lío lo de enterrarla, porque no era católica y por cierta reputación de que ya le hablaré. Se pusieron telegramas a Lisboa, de allí se ordenó su embalsamamiento, alguien vino un día con poder, metieron el féretro en el tren, y se dijo que la habían trasladado a su tierra, en un país septentrional, donde la habían enterrado en un rincón de una catedral luterana. Dios la tenga en su gloria.

»Pues la reputación de que le hablé le venía de que, algunos años atrás, no vivía sola, sino con un caballero bastante mayor que ella, así como treinta años, también de gran prestancia, y a quien llamaban el Rey, nunca se supo por qué, quizá por la elegancia de destronado digno que tenía. Unos decían que si era el padre de la Princesa; otros, que el amante, y algunos que ambas cosas: de ahí lo terrible de los rumores; como que alguna gente llamaba a aquella finca de las camelias "La quinta del pecado", y se lo siguieron llamando. Lo único cierto era que la Corte de Lisboa los protegía y probablemente los sostenía, quién sabe si como a reyes en destierro, y que cuando él murió, se lo llevaron también, embalsamado, a algún lugar lejano. Por ella, solitaria, pasaron años y guerras, así como alguna revolución. Jamás le sucedió nada, porque, a pesar de la leyenda, era buena con la gente y la gente la amaba. Vivía, con modestia, de sus flores, y con la altivez de un pasado que nadie conocía, en el porte y en la conducta con los grandes. Ignoro si mi madre, que llegó a ser su amiga y quizá confidente, escuchó de la Princesa alguna revelación; lo que sí sé es que alguna vez le rogó que, cuando muriese, se hiciese

11

cargo de sus papeles y cosas personales y evitase que cayesen en manos de periodistas o historiadores. Es la razón, supongo, por la que este manuscrito llegó a mis manos. De su veracidad carezco de seguridades. ¿La mujer a quien llamábamos la Princesa era, en realidad, Myriam? ¿Se trata de una entera fantasía o es fantástica sólo en parte? ¿Se cuenta de manera directa algo que ha sido cierto? ¿O se trata de hacer creer algo que no sucedió jamás? Nada puedo decirle. Al regalarle el manuscrito, le ruego que lo lea y que haga de él lo que le parezca más honrado; sólo le pido que, si alguna vez lo publica, cambie los nombres de las personas y trastrueque los de los lugares hasta llegar a situarlo en un país indefinido.»

Le dije que era lo acostumbrado, en el caso de que el propio redactor del manuscrito no hubiera tomado él mismo sus precauciones y siempre que su intención expresa no fuese la contraria. No considero indispensable dejar constancia aquí de si he manipulado o no el texto, al traducirlo, más allá de lo exigido por la versión misma, que creo bastante fiel y, en algunos pasajes, superior poéticamente al original: pues el autor, ese Ferdinando Luis con cuya prosa pronto trabarás relación, no parece haber aspirado más que a declarar su pensamiento y a exponer sus recuerdos, lo que no me parece poco.

No sé si por casualidad o por error, al frente del manuscrito venía ese poema que titulo «Meditación XIII» por fidelidad al original. Estaba escrito en portugués, lo que le mete a uno en un piélago de conjeturas, la más obvia, ésta: ¿Tiene alguna relación con el contenido de La rosa de los vientos, o, como la de un árbol en un libro, esa hoja lírica cayó por un azar en el cartapacio del manuscrito? ¿Aprendieron, Myriam o Ferdinando Luis, tan perfectamente el portugués como para osar la combinación de unos endecasílabos con unos heptasílabos sin que suenen demasiado mal? Carezco de datos para dar respuesta. No puedo, por tanto, aclarar otras conjeturas lógicas: siendo la «Meditación XIII», ¿existieron al me-

nos otras doce? Y si ésta fue arrancada adrede de un poe-
mario más amplio y puesta aquí, ¿por qué razón se hizo?
¿No es fácil que contenga una clave o que intente mos-
trarnos el talante con que el manuscrito puede (o debe)
ser leído? Ahora que se habla tanto de esa pedantería de
las «varias lecturas posibles», ¿no viene ese poema a in-
dicarnos que sólo hay una legítima, la que descarta toda
interpretación histórica, sociológica o mágica, y reduce
a mero cuento de amores el contenido del manuscrito,
aunque con ingredientes de otra naturaleza, como en la
vida, incluidos por la propia fatalidad de los acontecimientos? Como tal cuento de amores la traduje, de varias clases de amor, porque, dentro de esa palabra tan absoluta, se encierran y muchas veces se esconden modos
distintos y aun contrapuestos de relacionarse los hombres con las mujeres. No se puede negar, sin embargo,
que, por distintos que sean esos modos, apuntan con bastante unanimidad hacia la misma interpretación única,
incluidos aquellos casos en que el amor se manifiesta
como odio.

Volviendo, sin embargo, al poema, necesito confesar
que me gustó traducirlo, y que, gracias a semejanzas musicales del español y el portugués (que, para mí, pasan
siempre por el gallego), la versión quedó bastante cerca
del ritmo original, aunque en las palabras portuguesas
palpite a veces un temblor como ese de la mar tranquila, que yo no he logrado reproducir ni trasladar. Pruébe-
se soplando en la superficie del poema, y se verá que no
se mueve: al contrario del mar, jamás inmóvil. Creo, no
obstante, que la función orientadora la cumple lo mismo. Aunque, ¿quién sabe si no es precisamente ese temblor que dije lo que la esconde? De la poesía nunca se
puede estar seguro; levanta esos misterios ante la inteligencia irritada, y encuentra en ellos su justificación.
¡Lástima que por ese temblor ausente, por esa incapaci-
dad de transmitirlo, mi traducción del poema resulte
bastante opaca!

Creo que, con lo dicho, he despachado el rito de justificar la publicación de un nuevo «Manuscrito hallado»,

13

que no sé qué número hace de los míos, pero que, como en otras ocasiones, me permite agarrarme al ejemplo del Quijote, al que de una manera o de la otra, recurro siempre: tengo el «manuscrito hallado» por la más honra de las convenciones vigentes para el arte de la novela. ¿Habrá algo más petulante que ese señor que se pone a contar lo de otro en estilo indirecto libre? ¡Y menos mal cuando confiesa que la historia es enteramente de su invención! Lo que ya se puede ir pensando es en prescindir de una vez de cualquier rito y dejar que las narraciones en primera persona del singular corran su propia suerte. Es un modo como otro cualquiera de relatar una ficción. A esta que hoy publico añadí como experiencia el viejo procedimiento de las cartas. Se me echará en cara la inverosimilitud de que un príncipe reinante alcance a conocer las epístolas que se escriben sus súbditos, y las que reciben. Respondo con la referencia al canciller Bismarck, que, en sus Memorias (Pensamientos y recuerdos), cuenta cómo, por razones políticas, de la alta o de la baja, no lo puedo precisar, se interceptaba en las fronteras la correspondencia: cuya inviolabilidad fue una estupenda invención liberal de la que los sistemas absolutistas solían (y aún suelen) hacer bien poco caso. Lo peor, sin embargo, es que, en los otros sistemas, también se ejercitan en esas intervenciones. Los pretextos son de fácil hallazgo.

Antes de terminar, quiero reconocer públicamente mi deuda con una página de Heine, aquella en que describe un concierto de Paganini. La leí hace aproximadamente medio siglo, y como será fácil de comprobar, sólo la releí después de escrito este libro, pero de aquel recuerdo me quedó una imagen de insistente recurrencia, que es de la que me serví. Figura en el libro Noches florentinas y espíritus elementales, que publicó en 1932 la Revista de Occidente. La «influencia» se aprovecha en este caso por uno de los procedimientos más eficaces, es decir, el de escribir justamente lo contrario de lo que se toma como modelo: un caballero elegante y atractivo (por *ejemplo) en vez de un feo mal vestido, etc. No aspiré en ningún momento a que mi descripción de un concierto romántico superase la de Heine, ¡Dios me libre!, entre otras razones porque yo nunca asistí a ningún concierto romántico, y las sonatas para violín y guitarra, o viceversa: sólo envasadas las conozco. Pero hay en esas páginas un párrafo que me gustaría transcribir, y voy a hacerlo, no por haberlo imitado, ni siquiera por haberme inspirado en él, sino por razones que luego se dirán. Describe Heine el paso de Paganini por las calles de Hamburgo, acompañado de un sujeto menudo, ridículo, quizá travieso: a este personaje se refieren las líneas textuales: «Claro que el vulgo ignaro se figura que este acompañante es un autor de comedias y anécdotas, Harry, de Hannover, que Paganini lleva consigo en sus viajes para administrar sus asuntos de dinero. El pueblo no sabe que el diablo ha tomado la figura de Jorge Harry y que la desdichada alma de este hombre está encerrada en Hannover, en un cajón, hasta que el demonio le devuelva su envoltura carnal para acompañar acaso por el mundo a su maestro Paganini en la forma, más digna, de perro negro». La mención del diablo, hecha con tanta seriedad, me resulta utilísima, aunque semejante personaje no sea ninguna novedad cuando se trata de Paganini, que tuvo con él tratos y conciertos secretos y, en cierto modo, conjeturales. Otros pasajes podría citar, de este poeta y de sus contemporáneos, e incluso de algunos posteriores, en que se muestra la facilidad, la frecuencia y la familiaridad de las gentes de espíritu con el diablo, y cómo a éste se le tenía por factor importante en el entendimiento e imaginación del Universo. ¡Siglos, y aun milenios, llevaba en su situación de privilegio, contrapeso del Otro, y, según la más exacta definición que conozco, su esnob! Fue, sin embargo, una definición tardía. De conocerse a tiempo, hubiera evitado la deformación de su imagen por mentes sucias, inventoras de repugnantes aquelarres y de ridículas, aunque criminales, misas negras. Su expulsión y olvido en nombre del racionalismo y del realismo* no tuvo otra consecuencia que propiciar la concepción de arquitecturas cósmicas desequilibradas, de interpretaciones de los hombres que acaban convirtiéndose en un gato que se envolvió en su propio ovillo y que, cuando intenta salir de él, no encuentra mejor solución que irse comiendo el hilo. Con el diablo, las cosas resultaban mucho más inteligibles: los «complejos» iluminan las cosas hasta cierto punto, más allá del cual permanecen las almas a oscuras; la lucha entre la gracia y la tentación aclara hasta los últimos rincones, y no es ni más verdadera ni más falsa que la psicología. ¿Quién, sin el diablo, se atreve a explicar la vida y la genialidad de Paganini, aquel forzado de galeras que se salvó con la venta de su persona entera al Infierno y al Maligno? Como de Tartini se cuentan aventuras similares, será cosa de pensar que la música, al menos la italiana a partir de Palestrina, y siempre que se dejen fuera Los Pinos de Roma, es un arte diabólico (y no, como acabo de oír por radio no hace ni una hora, a uno de esos jóvenes que lo saben todo, un arte sexual. ¿Qué diría Pitágoras? ¿Y no será más bien que, por lo que tiene o debe tener de rítmico, el ejercicio sexual pertenece a la música? Lo pienso hace mucho tiempo, a veces lo tengo escrito, y estoy persuadido de que, por pensarlo, Pitágoras no me arrojaría de su escuela matemática).

Hay que recuperar al diablo para la literatura, y yo, que lo vengo haciendo desde 1938, jamás he sido condecorado por ello, ni siquiera por el mismísimo diablo. A lo mejor, no es agradecido, por eso, a fin de cuentas, es un detalle baladí. No todos los personajes literarios son generosos, ni siquiera los grandes, salvo aquellos en que la generosidad y la gratitud figuran como programa necesario o aleatorio de su conducta. Todo consiste, pues, en inventar un diablo magnánimo y en hacerlo verosímil: que es lo difícil, pero también lo urgente. Si ya no se cree en el diablo, no es porque los filósofos o los teólogos, quizá también los físicos, nos hayan demostrado su inexistencia, sino porque los que creen en él o dicen *creer lo conciben bajo apariencias inverosímiles, poco más que un sucio brujo de pueblo. Lo más importante del diablo, lo que yo creo específicamente diabólico, es su capacidad de transformación: por eso transcribí el texto de Heine, donde aparece bajo figura humana y anuncia su posible asunción inmediata de una figura canina. El hecho de que sea negra, y acaso fea, obedece a razones técnicas, del más puro equilibrio estético; pues si se acaba de describir a Paganini como sujeto de una fealdad extraordinaria, no será aconsejable colocar a su lado a un pavo real: ni siquiera a un galgo ruso. El demonio, o, si lo prefieren, el diablo, es muy cuidadoso de las formas, sean éstas complementarias o equilibradas. Nadie como él conoce las leyes del contraste, y no digamos las de la armonía, pero también sabe algo de la ley de las discordancias tolerables: Paganini, seguido del pavo real, habría sobrepasado el límite, operación tan peligrosa en la Literatura como en la Historia.*

*Por el rescate literario del diablo, yo ya hice lo que pude, así como por el de esas zonas de realidad incierta que los hombres de ciencia no se atreven a afrontar, o lo hacen despachándolas despectivamente, con lo cual quedan al albur de cualquier zascandil. Es un error. Las brujas, la brujería, son acaso un símbolo de esa incertidumbre. Con ellas, ciertos mitos y ciertas tradiciones. De que las hubo de gran categoría y poder inmenso, no me cabe duda: tampoco de que las conocidas y quemadas fueron sólo su proletariado, o, más exactamente, las marginadas del gran misterio, las que sólo conocieron y aprovecharon los flecos del Gran Tapete. No es que trate de reivindicarlas, sino de que se las mire con la debida inteligencia y el respeto que merece todo lo real, incluido aquello que escapa a los instrumentos de investigación. Las que introduzco en esta narración carecen de base histórica, lo cual sólo quiere decir que yo la ignoro, pero no que no exista. La razón de haberlas metido en una fábula o ficción más o menos poética se acerca mucho a la que tuvieron los inventores (es decir, descubridores) de*

17

las antiguas Mujeres Poderosas, de las Magas. No sé quiénes fueron ellos, pero coincidimos en ciertas intuiciones. Al revés de lo que dice un refrán de mi tierra, sé que no hay brujas, pero creo en ellas. ¿Qué trabajo me cuesta? Con inventarlas, ya está. Los millares de las sindicadas en Inglaterra o de las que trabajan por libre en París y en Nueva York las doy por ilusorias.

Bueno. Ya está bien. Comencé con el propósito de pergeñar una justificación innecesaria y acabé despachándome a mi gusto. Es lo que realmente me divierte. En fin, como dicen las brujas de Macbeth:

> Thrice to thine, and thrice to mine,
> and thrice again, to make up nine».

*La Historiografía no es más que una parodia
de la opereta*

W. H. FINKE

# LA REFLEXIÓN XIII

A los amores les llegó el momento.
Lávate el corazón y las palabras.
Cuando saques del alma una, cualquiera,
mira si resplandece,
o si, al menos, calienta; desconfía
de aquellas que coruscan en lo oscuro;
detrás yace el engaño.

Es misión de la mente
traerte la esperanza o el recuerdo:
su brillo mate anuncia
que envía su fulgor a las entrañas,
las de sangre y ensueño; sangre digo,
la sangre reclamada por el otro.

No pienses que del alma se prescinde,
tampoco que el amor es sólo cuerpo:
acaba todo en él lo que allí empieza;
pero, dónde transcurre, no se sabe:
¿lugar?, ¿tiempo?, ¿razón?, ¿melancolía?,
el ansia del amor se engendra dentro:
desde el silencio íntimo

progresa vena a vena
por las capas internas de la vida
hasta que el roce duele y hace sangre.

Entonces, sale el ansia.
Salta a los ojos o por ellos salta,
salta como una llama o una angustia,
como un suspiro que no busca un nombre
o el temblor de una mano sin objeto.

Ya no remueve dentro, ya no espera
nada del alma ni de su congoja.
Muchas veces se engañan con el goce
este anhelo, y el ansia;
pero el placer les deja sólo arenas
en los labios resecos.
Ese placer es siempre solitario,
aunque al lado esté el otro.

Nunca sabes el nombre del que gime
como tú, junto a ti, y entrambos cuerpos
tierra yerta serán, tierra sin riego:
a las arenas se las lleva el viento.
¿Por qué no muerdes esa huella fría
y le sacas la sangre a los recuerdos?
¿Por qué no buscas, en el aire, al otro?
Está lejos, pasado el horizonte,
donde no puede estar y donde puede:
alto, si dice hondo;
claro, si dice oscuro,
y si dice mañana, será nunca,
aunque ese nunca en el amor no exista,
aunque sea ese nunca de la nada:
pero él está allí, te está esperando.

No me respondas que ya no me entiendes:
confuso, en el amor, es como claro,
y las lenguas de amor no se adivinan.

¿Por qué no hablar de amores, sin embargo?
Las historias de amor son infinitas,
felices unas, desdichadas otras:
es lo que dicen los que nos las cuentan,
como si las hubieran presenciado.
Nadie sabe qué dicen los amantes
cuando se miran silenciosamente;
nadie sabe qué hacen, o si hicieron
algo más que llamarse por sus nombres.
¿Para qué quieren más, si eso les basta?
El amor es, por dentro, misterioso.

Esas manos de amantes, que resbalan
por la pared de piedra, al alejarse,
y empiezan a esperar desde ahora mismo;
esas manos crispadas, que retienen
cada una la huella de la otra,
son silencio de amor, son esperanza.

Pero, el resto..., ¿quién sabe qué es el resto?

I

Existe una carta de mi primo Carlos Federico Guillermo a mi asimismo primo Guillermo Federico Carlos, en la que, con bastante cautela, aunque también con la ruda franqueza de los soldados, se dice de mí que soy «el más tonto de los príncipes reinantes, e incluso de los que nunca han reinado ni reinarán jamás por carecer de tierra donde caerse muertos». Mi primo Carlos Federico Guillermo siempre fue muy amable conmigo, y cuando me expulsó del exiguo trono que me quedaba, si bien por transmisión directa y milenaria (y no como él, bastardo vergonzante de un embajador turco), lo hizo con todos los miramientos legales y sin humillarme más de lo necesario: como que no envió, para invadir mi territorio, arriba de cien soldados, habida cuenta de que mi ejército, desde el paso memorable de Napoleón por mis estados (demasiado de prisa por fortuna), nunca excedió de los cuarenta y nueve, incluidos los sargentos y los suboficiales: a la oficialidad no la meto en el cómputo, porque en mi gran ducado era oficial todo el mundo, aunque nadie apareciera por el cuartel, entre otras razones válidas porque su condición honoraria apenas si les daba otro derecho que al uso de uniformes asombrosos, lo que más les importaba: tanto es así que, cuando me sustituyó mi primo, sus primeras medidas legales se encaminaron a mantener el derecho de los tenderos y de los industriales que le habían favorecido, a llevar colgada al hombro una chaqueta profusamente ornamentada y de colores llamativos, en los desfiles a caballo. ¡Qué divertida menudencia histórica sería la de cuanto se hizo en Europa y de cuanto sucedió en el mundo para que lleve el uniforme la gente, sobre todo la que carece de un derecho razonable y no meramente imaginario! El comandante de mi ejército no era de ésos: había estudiado en las mejores escuelas, y aunque tampoco iba por el cuartel, lo hacía por las mismas razones por las que tampoco iba yo, y que tienen algo que ver con esa definición de tonto, tan amable y tan cómoda, que dio de mí mi primo; pero como de ese comandante he de hablar otras veces, ahora me limitaré a decir que hacía el número cincuenta del ejército efectivo, y si se me considera a mí también como militar en tanto jefe supremo que suelen titularse todos los jefes de Estado, el número excedía del medio centenar en esa mínima, solitaria, universal unidad que era yo, un príncipe algo tonto. Sucedió que también la policía municipal, en tanto fuerza armada, consideró vistoso tenerme a mí por jefe superior y vistosamente decorativo, y no al Burgomaestre, que lo era entonces un tal Fritz, con lo cual se armó un escándalo de resonancia ampliamente ultramarina: en mi país, rodeado de mar casi por todas partes, a poco que grite alguien, sus gritos de protesta, de dolor o de espanto llegan a las orillas de enfrente, que quedan lejos; pues un redactor primerizo del *The Times* vino a curiosear lo que pasaba, y lo contó en Londres con notoria falta de mesura en el tratamiento verbal (ya se sabe que los ingleses tienen un sentido del humor muy peculiar, sobre todo cuando se trata de países que carecen de marina de guerra), y en las cancillerías más atentas se temió una contienda civil, hasta el punto de que mi primo envió investigadores secretos. Llegamos al acuerdo, el Burgomaestre y yo, de que mi nombre dejaría de figurar en ambas nóminas, la del ejército y la de la policía, con lo que él quedó contento, yo tuve una fiesta menos a la que asistir, y los efectivos del ejército recuperaron el número de siempre, ese medio centenar que además de redondo es muy bonito: mi edad de ahora, por ejemplo, lo que se dice la verdadera flor de la vida cuando se es un tonto destronado. Los guardias forestales estuvieron a punto de alterar el *statu quo* tan trabajosamente acordado como éste, porque se les ocurrió proclamarme guarda mayor de las praderas y los bosques con jurisdicción real sobre osos, ciervos y comadrejas. ¡Lo que me hubiera gustado ver cómo me hacían el *rendezvous* estos animalitos debajo de un abedul milenario! Pero, cuando el expediente burocrático se hallaba a la mitad de sus trámites, se le ocurrió destronarme a Carlos Federico Guillermo, y si yo perdí la ocasión de señorear a unos cuantos plantígrados inofensivos, los guardas forestales se sintieron muy defraudados en sus deseos de tenerme por colega y de comer conmigo, al menos una vez al año. Quizá les haya consolado la esperanza, no del todo imposible, de comer alguna vez con mi primo, que se proclamó a sí mismo guarda mayor forestal sin necesidad de trámites. No espero que ninguno de estos acontecimientos pase a la historia, pero la definición que dio de mí el tan citado vencedor (a quien, a partir de cierta página, llamaré con preferencia el Águila del Este), por haberse filtrado a los medios diplomáticos de toda Europa y porque el texto de la carta figura en los comunicados confidenciales igual que en los archivos de la corona, el remoquete de tonto es del dominio común y no habrá ya quien se atreva a arrebatármelo. Ni destronado lo perdí. Es cierto que el día en que me echaron de mi casa y me acogió en su reino mi buen vecino Christian, después de darme la bienvenida y un abrazo, me dijo en confianza: «Tú no eres tan tonto como dicen, ¿verdad, Ferdinando?», pero yo le rogué que me guardara el secreto, y él, no sólo fue silencioso al respecto, sino que sigue llamándome tonto cuando no estoy delante. Christian se porta como un amigo leal; le debo mi pan y la tierra que piso, la libertad en que me muevo y el incógnito en que me permite vivir: Christian ejerce la suprema galantería de no contar conmigo para nada, con lo cual me evita además el tan penoso papel de los príncipes destronados en las cortes caritativas. «¡El pobre Ferdinando Luis, con lo tonto que era!» «Pues no lo hacía mal a pesar de ser tonto.» «¿Cómo iba a hacerlo mal, si no hacía nada...?» «No sea injusta, señora. Hizo al menos dos hijas.» «¿Usted cree, marqués? De la segunda se duda de que sea suya.» «¡Ah!, ¿sí? ¡No me diga!» «Hay quien piensa que de Liszt, el músico, pero otros creen que de Bismarck.» «¡Bismarck!» Pero de esto no hay nada escrito todavía. Los niños de las escuelas del que fue mi país estudian la historia en libros en que se me nombra (siempre en notas al pie) como Ferdinando Luis, el Tonto, sin referencia a mi vida privada, y como tal se me da por muerto. Pero como mi país ya no es ni siquiera un país, sino una parte olvidada del de mi primo, los libros de historia de enseñanza obligada se elaboran en la lejana Corte Imperial, la más imperial de todas las cortes del mundo, incluida la del Tombuctú, y los súbditos de este extremo del mundo no tienen nada que decir: por algo somos nada más que un Finisterre, eso que en otros tiempos era ser algo por tener tan a mano el Misterio, y hoy, si se nos conoce, es por el nombre de un cabo: el Misterio ha caído en desuso. ¿Que me llaman el Tonto? Bueno, ¿y qué más da? No hice otra cosa en mi vida (no conviene exagerar: en mi vida hice algo más que eso) que organizar y preparar la difusión, entre los que representan la opinión de todos, de ese infundio tan cómodo de mi tontería. El que me lo llamen en los libros de historia, por mucho que sus textos los elaboren con la peor intención los esbirros intelectuales de mi primo, constituye mi triunfo: secreto, pero de íntimas satisfacciones.

No sé por qué me parece que la historia de mi destronamiento voy a tener que contarla varias veces, aunque confío en que de un modo distinto cada una de ellas; quiero decir, las mismas cosas con distintas palabras y desde puntos de vista variados: aunque a lo mejor me equivoque, porque no tengo muy claro lo que voy a contar. En realidad, en este cuaderno no hay más que la recordación un tanto enrevesada de mi destronamiento, aunque no sea lo más importante que aquí se cuente, sino sólo el pretexto y cañamazo. Pero conviene no olvidar que el narrador soy yo, y que cuento como me da la gana: aunque carezca de importancia, a veces me gusta hacer creer que soy lo que se llama un personaje histórico o dármelas de tal, si bien de los de menor cuantía, muy por debajo de los Emperadores. No es imposible hacer un papel bastante digno cuando uno se encontró, por nacimiento, en rangos tan intermedios, y hasta estoy persuadido de que semejante papel no sólo se puede, sino que debe hacerse: aunque eso lleve consigo el riesgo de representarlo con idéntico empaque y la misma solemnidad que los verdaderos protagonistas de la Historia, e incluso acontece a veces que el segundón supere al principal en esos matices de estilo: ¡he visto cada príncipe consorte...! Mi primo Carlos Federico Guillermo pasea por Europa con todas las plumas que puede soportar su casco de guerrero para creerse alto; una vez que nos fotografiamos juntos, le excedía en las plumas y en la prestancia. «Pero, hombre, Ferdinando —me dijo la tía Carolina, que también lo sería de Carlos si Carlos no fuera hijo de quien es—, ¿no comprendes que no te perdonará jamás tener la facha que tienes, y que la gente lo sepa? Debías haberte torcido un poco y poner esa cara de tonto que todo el mundo te atribuye.» La tía Carolina siempre me quiso bien, y cuando me expulsaron del país, me mandó recado de que, mientras no encontrase acomodo mejor, podía refugiarme en su villa de la Riviera. Por fortuna, lo que me ofrecía Christian quedaba mucho más cerca, y yo andaba mal de dinero cuando la huida, para meterme con dignidad de vencido en un asunto de viajes hasta tan lejos.

Pues lo que sucedió fue que Carlos Federico Guillermo empezó a mandarme recados y notas diplomáticas para que hiciese esto y lo otro. La gente de mi país marcha sola y no hace falta gobernarla, pero Carlos Federico Guillermo quería hacerlo antes incluso de invadirnos, aunque por Gran Duque interpuesto. Estaba bien informado, se metía en todo, pero como en mi país nunca pasaba nada, él lo inventaba, y me alertaba acerca de tal conspiración, de tal grupo sospechoso, de tal sociedad secreta, que nunca iban contra mí, sino contra él y su reino, promovidos, protegidos y pagados por Inglaterra. Así me tuvo en vilo durante varios años, aunque le acuciasen personas y cuestiones más importantes que yo y que mi país, y si, por fin, se decidió a invadirnos y a ponerme en la calle (es un decir), fue en un momento de descanso, por la conveniencia estética de situar, entre una operación grandiosa y una operación ruinosa, una tercera, delicada y en cierto modo elegante: cuestión de equilibrio y quién sabe si también de armonía. Se limitó a enviarme un correo personal con la siguiente nota: «A las nueve de la mañana de tal día (que era mañana), cien hombres de mi ejército entrarán en tu ducado y tomarán posesión de él en nombre de mi Imperio y en virtud de mi indiscutible voluntad. Como esta nota la recibirás la tarde misma del día anterior, tienes tiempo de hacer el equipaje y de coger un barco que te saque del país. A tu hija Rosanna, déjala, que al mando de esos cien hombres irá nuestro primo segundo Raniero, que va a casarse con ella porque desea ser Gran Duque consorte y comandante honorario de tus cincuenta soldados. Puedes llevar tus cosas personales. Como tengo un inventario completo de lo que contiene el castillo en alhajas y cuadros, si se echa de menos algo, lo recobrará mi justicia aunque te escondas debajo de los Alpes. No te preocupes por tu reputación: a tu pueblo no le importa, y, para tranquilizar a las potencias, mis juristas tienen preparada una impecable justificación, así como un filósofo la suya, más trascendente. Buena suerte». De lo que no me advertía mi primo fue de que Raniero violaría a Rosanna sin quitarse las espuelas, antes de hacerla su esposa, asimismo a la fuerza. El mensajero me ofreció, cuando tuve la carta leída, el inventario de los objetos de mi palacio. «Tengo orden de entregárselo por si necesita consultarlo.» La verdad es que apenas me daba tiempo para averiguar qué cosas eran mías y cuáles no. Mi ropa, claro, mi navaja de afeitar, los retratos de mi mujer difunta y quizá algún bastón. ¡Ah, y la correspondencia! La correspondencia no figuraba en el inventario. Carlos Federico Guillermo, desde algunos años antes, me había obligado a que la policía copiase *todas las cartas* que entraban o salían en el ducado, lo que me puso en el trance de duplicar el personal y de pagarlo: ¡una ruina! Se me ocurrió, sin embargo, que ya que yo lo pagaba, que sacasen dos copias: una, la que exigía mi primo, y la otra, para mí: capricho que me permitió conocer a destiempo, y sin remedio ya, los amores de Amelia con Franz Liszt, ¡un músico genial!, y no con ese prepotente de Bismarck de quien habían hablado. Yo creo que en los veinte o veinticinco años que duró la violación policíaca de la correspondencia nacional, no pasaron de tres las cartas que podían interesar a Carlos Federico Guillermo. Ignoro lo que hizo de las demás. Yo las archivé todas y las clasifiqué; algunas, como es ya de fácil deducción, las leí. Primero, mientras era Gran Duque, porque, cuando por la tarde me dejaban solo, me aburría; después, en el destierro, porque, al leerlas, me parecía como si reviviese acontecimientos olvidados y conociese personas desconocidas. Son miles, esas cartas. Contienen infinidad de historias. Aunque segregue del montón las comerciales y triviales, con el resto tendría para llevar quince o veinte volúmenes de gran formato y de letra pequeña. No descarto la idea de ordenarlas, de modo que esas historias, ahora un caos, se organicen; y de publicarlas después, pero necesitaría vivir años y tener mucho dinero, y sé que no lo tendré nunca.

Además de las cartas, hay también algunos documentos de los llamados confidenciales. He roto muchos, delaciones repugnantes los más de ellos, anónimos contra éste o a favor de aquél, cuando no contra mí mismo. Me pregunto cómo desahogarían ciertas personas su alma miserable antes de popularizarse la escritura. ¿Quién habrá sido el inventor genial del anónimo? ¡Con lo sencillo que es! Se ponen los insultos uno detrás de otro, y ya está. Se da salida a la envidia y al resentimiento, y ya está: quedan, en tinta, ríos de basura. No sé si he hablado ya de la señora Stolle, pero hablaré, ya lo creo. Tiene un salón donde acuden artistas y otras personas inteligentes. ¿Por qué sospecho que de esta casa sale la mayor parte de las denuncias contra los liberales, las acusaciones de deslealtad y de perversidad contra personas que tengo por mis amigos o, al menos, por mis defensores? La señora Stolle denuncia a sus propios contertulios y la imagino convencida de que hace un bien a la patria, cuando a quien favorece es al Águila del Este. En cambio, Paulus, el sargento... Tiene a su cargo informarme de lo que pasa por la ciudad. Da vueltas por las calles, habla con éste y con el otro. Después me escribe.

*Del Sargento Paulus a S.A. el Gran Duque*
*Ferdinando Luis, respetuosamente*

«Señor, en mi último informe le hablaba de que la señora Sauce iba a dar a luz un día de éstos: pues ya fue madre de una hermosa niña, a la que puso el nombre de Tarakanova, que, a mi juicio, va a resultar demasiado largo. La señorita Rosa, la de la tienda de encajes, riñó con su prometido, y esto ha causado un gran revuelo en el barrio del Sur, porque la gente del barrio del Sur es muy solidaria con todos los del barrio del Sur, y como el novio de la señorita Rosa era del barrio del Este, no lo veían muy bien, y el abandono de que hizo objeto a la señorita Rosa se considera como una ofensa a todo el personal. Es muy posible que haya peleas entre los muchachos del Sur y los del Este, que al parecer también se solidarizan con el novio de la señorita Rosa. La tendera de verduras de la calle del Timón Roto, que tiene una cochiquera pese a que la gente protesta, ha visto aumentada la población cerdil en ocho rosados lechones, de los cuales ya lleva vendidos cuatro; y es lo que dice la señorita Verbena, que le hace la competencia: o vende berzas o cerdos, pero no ambas cosas. Por cierto que el hijo de la señora Verbena, contra la voluntad de sus padres, que querían asociarlo a su negocio, se ha embarcado en una fragata de las que van a Inglaterra, pero con la intención de pasar a América cuando esté más espabilado en lo de trepar a los mástiles. Señor Gran Duque, a la señora Zanahoria, que tiene un negocio de ultramarinos en la calle del Timón Intacto, le ha salido un grano maligno debajo del sobaco, y se corrió la voz de que han de salirle otros seis: que por el número llaman golondrinos, yo no podría explicar por qué: la señora Zanahoria está muy abatida, y su marido se dedica a recorrer los barcos extranjeros en busca de un ungüento que le cure a la mujer, a la cual, como está tan dolorida, no puede tocar de noche. Por eso de tocarse o no tocarse también hubo conflicto, con bronca de las gordas, en la calle de la Cuaderna Apolillada: porque se descubrió que el señor Saulo, el enfermero del hospital, había tenido relaciones con una de las enfermeras, y por esta razón su mujer no le admite en el lecho conyugal, y le dice que vaya a holgarse con la otra: el barrio está dividido, los hombres a favor del señor Saulo y las mujeres a favor de la señora Stella, que así se llama la interesada. Lo más subido del escándalo suele ser hacia las ocho de la noche:

es un espectáculo divertido y recomendable, en el que se ve cómo la gente se contenta con las palabras sin pasar a las obras. Señor Gran Duque, a la señorita Esmeralda, que vende hilos y avíos de coser, todo eso que ellas llaman quincalla, en la calle del Pez Volador, conforme se entra, le quiso cerrar la tienda el banco, porque no podía hacer frente a una letra de veinte táleros que le venía del extranjero: pues la gente hizo inmediatamente una colecta, yo contribuí con diez peniques que faltaban, y cuando llegaron los ejecutivos, se les pagó la letra y quedaron con un palmo de narices, porque lo que hace felices a los ejecutores es precisamente ejecutar. ¡Si habrá mala gente!»

## II

La villa que me prestó mi amigo Christian para vivir es, en realidad, algo más que una villa y algo menos que un castillo: precioso si no se le hubiera ocurrido restaurarlo al padre de Christian, mi tío Alejo: trajo de Francia un arquitecto que lo hizo parecer más medieval de lo que era, aunque nuevo. Se dice que celebraba en él Alexis sus orgías medievales, pero este dato histórico, así expresado, no logré entenderlo nunca. ¿Cómo fueron las orgías medievales y en qué se distinguían de las contemporáneas? ¿Se rodeaba mi tío Alejo de monjes inquisidores, de bellas brujas y de aparatos de tormento? De esos detalles no se sabe nada. Lo de «medieval», referido a las orgías, ¿será un ripio? En la planta baja y en los sótanos, se conservan aún la atmósfera siniestra y la cantidad de cuervos y murciélagos que los novelistas ingleses acostumbran a considerar suficientes para esta clase de castillos, aunque los describen más grandes y complicados. No sé si una tenebrosidad tan literaria no deberá algunos de sus detalles al arquitecto francés, que también entendía de perfeccionar las sombras, y que con bastante seguridad intervino con sus remiendos en la tenebrosidad del castillo. En cual-

35

quier caso, son tan oscuras aquellas estancias, tan largos y lóbregos los pasillos, que me dan miedo, si bien en la medida estrictamente indispensable para no quedar por atrevido. La puerta que comunica mi mundo cotidiano con ése, excepcional, está cerrada y seguramente atrancada. No recuerdo haber descendido a ese infierno más que una vez, a pesar de su indudable fascinación: hace allí mucho frío.

Adopto, en cambio, la terraza. Queda encima de la mar, con espuma y acantilados al pie; cuado sopla el vendaval, sube el estruendo, y hay que escuchar las voces que el viento trae, ya gemidos de moribundos, ya alaridos de triunfo y alborotos de soldados sin freno. A veces colaboran las gaviotas, y entonces el estrépito adquiere un orden, casi una forma, que le hace semejante a un concierto, aunque bastante inusual. Pero la brisa aporta, con sus susurros, mensajes que casi nadie entiende; si el tiempo es calmo, queda el castillo como un fantasma en lo alto de la niebla. No dije que precisamente cae enfrente de la que fue mi ciudad, un estrecho famoso a causa de las batallas navales que en él se celebraron quizá por lo visible del escenario; y como está elevado, me refiero al castillo, al declinar la tarde me instalo en la terraza con mi catalejo por si, con un poco de suerte, veo ponerse el sol: pocos días sucede, porque la niebla o la lluvia se lo tragan, pero si acontece que el sol cae sin prisas, allá lejos, entre franjas negras de nubes y franjas rojas de cielo, entonces sé que mi corazón se mueve saltando lo mismo que están saltando corazones de los que fueron mis súbditos. No he dicho aún, pero lo digo ahora, que en nuestro escudo hay un sol que se pone y la palabra *allende*: fueron nuestros antepasados los primeros en navegar *más allá*. Lo que en cambio puedo contemplar con más o menos precisión, son los mástiles de los veleros, atracados a los muelles exteriores, imprecisos sus perfiles porque llueve. En mi país llueve mucho; cierta vez anduvo por sus pagos un poeta inglés, y dijo de mi ciudad que era de mástiles y lluvia. Tenía razón. La ciudad la cruzan canales y brazos de mar, la mar penetra, las casas asoman a las ondas sus ventanas y balcones, y por todo lugar navegable se nos meten los barcos de todos los calados y de todas las banderas, de modo que al abrir las vidrieras por la mañana, siempre hay una fragata o un bergantín cuyos penoles se acercan familiarmente o pasan de largo como gente de trato: es muy frecuente que, desde la cocina de un velero, un marmitón le pida un poco de sal a una señora que está barriendo la acera frente a su puerta. Todo esto no lo veo ya, pero puedo presentirlo como detrás de una cortina gracias a la generosidad y a la cortesía de mi primo Christian, como ya dije. Con un catalejo de más potencia quizá llegase a verlo, pero se han puesto caros, con tantos adelantos como tienen. Una vez vino de visita un capitán mercante cuya familia fue siempre fiel a la dinastía: mil años por lo menos de fidelidad, desde que un tatarabuelo mío con cuernos en el casco ordenaba a un timonel en cuestiones de rumbo. Pues me prometió traerme un catalejo de mucha mayor potencia, pero como me contó que andaba enamorado de una morenita de Nueva Orleans, no deja de ser posible, o que se haya quedado allí por las buenas, o que no lo hayan dejado volver mediante brujerías: ¡con lo tentadores que son los rubios para mejorar la raza! De no haber acontecido algo de esta guisa, yo tendría el catalejo y vería mejor la lluvia y los veleros. A veces viene Christian de incógnito, almorzamos juntos, tomamos café y regresa. Una de esas tardes me dijo: «¿Ves como, a la larga, la guerra de 1783 acabó por favorecerte? Si tus antepasados hubieran vencido a los míos, ahora nuestros países serían todos de Carlos Federico Guillermo, y no podrías consolarte del destierro contemplando tu casa desde tan cerca». ¡Mi palacio de muebles inventariados no lo contemplo ya desde que, una tarde de las claras, descubrí que la bandera que ondeaba en la torre no era la mía!

A la gente no la veo, con este catalejo mínimo. A veces parezco adivinarla, pero no es imposible que sean ilusiones favorecidas por el deseo. Esto que voy a contar ahora no lo sabe Carlos Federico Guillermo, lo ignora Christian: sólo están en el secreto cuatro o cinco leales sin empleo que, de pronto, hallaron la ocasión de ejercer su lealtad. Resulta que no tuve más remedio que jugarme la libertad, quizá la vida, y entrar en mi ciudad de incógnito clandestino. Mi hija Rosanna había tenido una hija, y aunque su padre sea el imbécil mejor trajeado de la Corte Imperial, el más estirado de los húsares que ornamentan las tropas de mi primo, la niña era mi nieta y me apetecía darle un beso. Circularon correos entre Rosanna y yo. Acudimos a esas personas que dije: una noche de viento favorable se aproximó cierto bergantín ligero a la playa cercana. A una señal, entré en un bote y embarqué. La travesía fue buena, las entradas secretas de palacio no habían sido tapiadas, ni siquiera clausuradas, así que pude ver a Rosanna y a la pequeña Carlota, que tenía la nariz de su padre (lo mejor de su padre es la nariz), pero los ojos eran de Amelia, y esto me consoló y me hizo quererla desde el principio. Cuando se lo dije a Rosanna, me preguntó: «¿Y esto te alegra?». Le susurré: «¿Tú no sabes que quise mucho a tu madre?». Se quedó perpleja, más aún cuando añadí: «Y también quiero a Myriam. Se parece a tu madre más que tú». Entonces, Rosanna me dio un beso. Pues fueron las palabras y el beso menos sinceros de nuestras relaciones, porque yo sabía, y ella no sabía que yo sabía que ella sabía. Pues pasé en mi palacio tres días sin ser reconocido, y una de aquellas noches, un par de esos leales me acompañaron a dar una vuelta por las calles de la ciudad, por los barrios marineros, por los jardines. En una tasca en que entramos a tomar unas copas de ron, ese ron fuerte de los navegantes que yo no puedo comprar, oí que alguien decía a alguien: «¿No te parece ese del abrigo inglés el destronado Ferdinando?». «¡Tú ves visiones, Alfredo!»; y no hubo más. Pero lo pasé muy bien aquella noche, llené mis pulmones de un aire olvidado e incomparable (no existe ciudad marítima en el mundo donde la humedad del aire sea tan fresca como la mía), y fumé una pipa acodado a un pretil, encima de la escollera, viendo alejarse las luces de situación de un cinco mástiles que zarpaba para el allende. Todavía navegaban los últimos cinco mástiles: ahora ya no quedan. Lo que se pierde en el horizonte son unos trazos de humo.

Aquella misma noche, reintegrado al palacio y puesto a cubierto de indiscreciones y sospechas (una mujer como Rosanna, casada contra su voluntad con un imbécil como Raniero, no tiene más remedio que espabilar la astucia para seguir viviendo sin que la tentación de la alta torre no la ronde arriba de un par de veces al año; a Rosanna le sucedía esto cada vez que Raniero aparecía por la ciudad y se acostaba con ella: ya lo dije, un par de veces); aquella noche, digo, escribí a mi primo Carlos Federico Guillermo un anónimo en los siguientes términos: «Señor, ¿sabe su policía que el exduque Ferdinando Luis viene con frecuencia a esta ciudad y se reúne con un grupo de conspiradores que intentan reponerle en el trono? ¿No le ha informado nadie de que Inglaterra les suministra armas, de que cientos de emigrados se entrenan militarmente en los Estados Unidos, y de que la señal de la sublevación será la llegada al puerto de un navío cargado de voluntarios? ¡Majestad, su policía deja mucho que desear!». Pero luego pensé que acabarían pagando los justos por los pecadores, y que Carlos Federico Guillermo era capaz de torturar a Rosanna hasta arrancarle el secreto de mi visita. Rompí el anónimo y le escribí este otro, que sí le envié y que me consta que ha recibido:

> Majestad: ¡turulú!

Inocente, ¿verdad? Más bien pueril. Pero resulta que ¡turulú! es la palabra que saca de quicio, que irrita, que hace perder los estribos a Carlos Federico Guillermo, y por sus buenas razones, ya que en virtud de ciertos juegos infantiles que no pudo olvidar, «¡turulú!» le recuerda a Turquía. Pero esto sólo lo sé yo, que jugué con él de niño. Tampoco se explica nadie por qué no se le pasa la rabieta hasta que duerme con Su Majestad, la Emperatriz, ¡que desciende de Carlomagno, ella sola capaz de ennoblecer a un ratón con sólo llevárselo a la cama! En sus brazos, mi primo se siente secretamente ennoblecido, y eso tampoco lo sabe nadie más que yo, y secretamente por encima de todas las genealogías intachables, si las hay (pero él necesita que las haya). Cuando la Señora está a mano, menos mal; pero cuando va de viaje, ocasiones que aprovecha para ennoblecer a quien lo necesita, mi primo es capaz de cometer los disparates mayores. Como que la famosa guerra contra Francia se temió que la declarase en uno de esos arrebatos, sólo porque su nietecito le dijera: ¡turulú! y la Señora estuviera tomando las aguas.

# III

La carta de Franz Liszt a mi esposa Amelia, copiada
por duplicado por los polizontes de mi primo, aunque
pagados del erario público de mi país, decía: «Amor
mío, ¡con qué fuerza te levantas ante mí cuando ejecu-
to el *Segundo Concierto*! ¡Y qué cerca me quedas, cómo
siento tu piel, cuando toco los Sonetos! Merced a mi
música, nuestra historia, tan breve, la podré revivir
constantemente, la haré tan duradera como yo mismo,
y si más allá del límite hay música también, y yo lo creo,
en ellas persistirá nuestro amor inolvidable. Dios, que
me dio la armonía, te dio la maternidad. Lo que en tu
carta describes de las emociones de tu embarazo, es
música hecha vida. Me preguntas cómo quiero que se
llame. Si es una niña, Myriam, no sé por qué. O, mejor, sí lo sé: porque en ese nombre veo reunidas todas
las virtudes y bellezas de una mujer. Myriam. Si es niño,
ponle Franz. Llamará poco la atención, porque en su
prosapia legal figuran varios Franciscos...».

Conviene que relate la conversación, habida entre
Amelia y yo el mismo día de nuestra boda, cuando un
montón de sonrisas falsas cerró la puerta de nuestra intimidad. Vino a decirme que yo le era simpático, que

se hacía cargo de mi situación y que consideraba justo que yo conociera la suya. No me amaba ni esperaba amarme nunca. Aceptaba el matrimonio a que le habían obligado con la misma entereza y sentido del deber con que lo aceptaban la mayoría de las princesas, «que venimos al mundo para eso», aunque, a diferencia de muchas de ellas, consideraba, más leal que callarse, tener conmigo aquella conversación, y lo hacía como homenaje, porque me sabía capaz de comprenderla, no como tantos brutos que apelan al honor, echan los pies por alto, y acaban llevando cuernos como cualquiera. Le respondí que conforme, pero que tenía la obligación de darle un heredero a mi menguada corona, y que eso únicamente podría lograrlo con su colaboración, si era posible de buen grado y no forzada. Llegamos a un acuerdo, y nació Rosanna. Me dio las gracias porque, aunque engendrada sin amor, era hija suya y la amaba. «Si existe alguna razón para tener otro hijo, ya lo discutiremos.» Y no la hubo, porque mi primo me envió recado de que para sus planes bastaba una princesa, y que me echase una amante: «¡Qué lástima que no pueda serlo yo!», dijo riendo Amelia, cuando le di a leer el ultimátum de nuestro primo; «soy, en cambio, tu amiga, tu buena amiga». Y se dedicó al cuidado de Rosanna como una madre excelente. Lo peor fue que yo me enamoré de ella y jamás me atreví a decírselo: la encontraba tan afectuosa, tan sincera, tan bien dispuesta hacia mí, que comprendí el dolor que le causaría, acaso la piedad, el saber que la amaba. En esta situación fue cuando apareció Franz Liszt, cuya llegada a mi capital no describo porque tendré que hacerlo con otra semejante, aunque convenga recordar que su paso por las calles causó más expectación que el paso breve del Corso, cuando estuvo; pero es que hay que ver la diferencia: Napoleón, pequeñajo; Franz Liszt, periquito entre ellas. Por otra parte, la música del piano, si la toca Franz Liszt, siempre suena mejor que la de los cañones, aunque la toque Napoleón. El Emperador de Francia entró en mi palacio lo mismo que en su casa y sin saber con seguridad dónde entraba, salvo en un lugar para dormir, y a Franz Liszt lo invité porque a Amelia le gustaba la música. También a mí me gustaba oírlo, a aquel mago, cuando tocaba, y también cuando hablaba y nos contaba sus recuerdos de personas famosas de París, unas muertas, como Chopin, otras todavía vivas, como la famosa George Sand (de quien por cierto se reía). Advertí sin gran esfuerzo la simpatía mutua entre Amelia y Franz Liszt. Pensé en mi mujer: «Esta criatura puede ver agostarse su belleza sin un recuerdo de amor», y me marché de caza. Poco después de leer la carta de Liszt, Amelia vino una noche a mis habitaciones y me confesó que estaba embarazada. «Hay muchas razones, entre otras nuestra lealtad mutua, por las que pongo en tus manos la solución. Acepto, si es legal, el repudio, porque tienes derecho; también acepto el divorcio; estoy dispuesta asimismo a marcharme y a tener un hijo secreto, pero un secreto inevitablemente relativo, porque saberlo todas las cotorras de Viena está en lo acostumbrado y en lo tolerable. Si se te ocurre alguna otra solución, yo te obedeceré.» Le respondí que agradecía mucho aquella prueba más de lealtad, y que, como comprendía su situación y la aprobaba, le rogaba que se quedara en palacio y tuviera el hijo como si fuera mío, si no le avergonzaba que llevase mi nombre y que pasase por legítimo ante el mundo. «En ese ofrecimiento veo la nobleza de tu corazón, pero te pido que me des algún tiempo para pensarlo. ¿Admitirás, dada tu magnanimidad, que lo consulte con su padre?» «Naturalmente. ¿Sabes dónde está ahora? Una princesa reinante siempre tiene un pretexto para pasar unos días en Karlsbad. Avísame con antelación de tu viaje, y lo tendré preparado.» Fueron y vinieron cartas entre Amelia y Franz Liszt. No sé qué haría él de las que recibía: yo eché al fuego las copias sin leerlas, porque, ¿a qué menos tiene derecho una persona que al secreto de su adulterio? «Me voy tal día», me dijo Amelia; y tal día se fue. «Hemos decidido que lo que venga nazca aquí y pase por tuyo hasta que, de mayor, se le revele quién es.» «¿Es ése tu gusto?» «No —me respondió, y empezó a llorar—; no encuentro justo darte un hijo para quitártelo luego», y siguió llorando. Por algún gesto involuntario deduje que su entrevista con el genio de las lacias melenas, de la estupenda nariz, de los dedos como gaviotas, no había sido feliz: Amelia le había hablado de la posibilidad de divorciarse que él rechazó por impedírselo su religión. Lo más grave, sin embargo, fue la carta que mi primo envió a Amelia. «¿No recuerdas que te prohibí tener más hijos? ¿Cómo se te ocurrió quedar embarazada? Si es una niña, allá vosotros, el tonto con el que te casaste y tú; pero, si es varón, le negaré con pruebas la legitimidad y no le reconoceré heredero.» ¡Caray con el Águila del Este, que así le llamaba Amelia a mi primo! Llegó el tiempo del nacimiento de Myriam. Le dije: «Conviene que a alguien de tu entera confianza des el encargo de revelar a tu hija quién es, cuando llegue el momento, en el caso de que cualquiera de nosotros desaparezca». «¿Es que piensas morirte?», me preguntó con susto. «No, es que conviene preverlo todo.» Mandó llamar a su tía, la condesa Prisciliana, mujer de gran experiencia; se encerró con ella, y cuando quiso explicarme lo tratado, le rogué que lo mantuviese en secreto. Durante el embarazo, había escrito veinte cartas a Liszt y había recibido tres: no leí ninguna de ellas. Nació la niña, le dieron unas fiebres a Amelia, lo ocultó hasta que no tenía remedio. Me dijo: «Gracias, Ferdinando, y perdóname», y se murió. Se le olvidó advertirme de que la niña tenía que llamarse Myriam, pero yo no lo había olvidado. Mi primo el Águila del Este tuvo un ataque de risa al enterarse del nacimiento de Myriam y de la muerte de Amelia. A Myriam como regalo le mandó un título de condesa, quizá porque no se viese obligada, de mayor, a andar por el mundo con nombre que no era el suyo. ¡Pues mira, fue un detalle del Águila! Los títulos de su Imperio andan muy cotizados. Le escribí a Franz Liszt una carta autógrafa en la que le decía: «Mi querido señor: hace ya unos meses pasó usted unas semanas en mi palacio y deleitó con su arte a la entonces princesa reinante, mi esposa Amelia. Tengo el sentimiento de comunicarle su muerte, así como el nacimiento de la princesa Myriam, cuyo desvalimiento de madre mi pueblo intenta compensar con su entusiasmo. No olvide que fui su amigo. Ferdinando Luis». No sé qué pensó Franz Liszt, porque la carta con que me respondió la rompí sin leerla. Lamento que haya sido, si lo fue, una carta sublime, de esas que pueden completar el retrato de un genio si algún curioso las descubre en un archivo o en una almoneda. De mí puedo decir que la pequeña Myriam me parecía tan indefensa, con su gran frente prematura de músico excepcional, que me propuse cuidarla como si fuera mía. Rosanna me ayudó durante muchos años. Si alguna vez tuve celos, fue por el amor que se mostraban, por el pensamiento de que algún día me excluyesen de él, al enterarse, inevitablemente, de que su padre es tonto. Me equivoqué.

## IV

Una vez, el Águila del Este y yo nos encontramos en Mariembad: iban conmigo las princesas y deseó conocerlas. Cuando esto sucedía, Carlos Federico Guillermo, si pensaba guerrear con Francia, no lo había manifestado, aunque diese la guerra por ganada. ¡Qué modo de conducir tenía, en un mundo con clase, su patosa figura de jenízaro mixto! Mis hijas lo saludaron con una reverencia irreprochable y con un desprecio tan discreto que ni él, constantemente suspicaz, pudo advertirlo, pero que a mí me divirtió. No así lo que me dijo luego: «Como Rosanna va a ser tu heredera, ve preparándola ya para su matrimonio con nuestro primo Raniero. Raniero pertenece a la mejor familia de la Silesia oriental, está en la escuela militar, y cuando tu hija haya alcanzado la edad del matrimonio, Raniero será por lo menos comandante. Tu Gran Ducado es una dote suficiente, pero también indispensable, de modo que también te convendría ir pensando en la abdicación como regalo de boda». Se conoce que más tarde cambió de parecer, porque no esperó, para invadirnos, al matrimonio de Rosanna y a mi abdicación, de la que se enteró tardíamente.

No deja de ser curioso que a Rosanna, enormemente parecida a su madre, le guste la música como le gusta, y en cambio a Myriam, que conserva su ancha frente de genio prematuro, pero que es suficientemente bonita, le interesen las ciencias naturales. ¡Para que hablen después de la herencia! Cuando Myriam estaba a punto de cumplir dieciséis años, le escribí a su tía la condesa Prisciliana, invitándola a pasar una temporada con nosotros, y la noche de su llegada, después de retirarse las princesas, traté con ella de la mejor manera de enterar a Myriam de quién era su padre; no un pobre Gran Duque amenazado siempre por las bayonetas del Águila, sino un hombre famoso en toda Europa, que si bien tenía que acogerse a la benevolencia de los grandes, sabía que su nombre era más grande todavía, cimentado en una obra inmarcesible y no en una biografía discutible. «No he podido evitar que la chica me quiera, porque ése fue el deseo de su madre, pero como también la eduqué en el sentido del deber y en la fortaleza de ánimo, confío en que si no le echas a la revelación demasiado dramatismo, la niña recibirá su regalo de cumpleaños con serenidad y sin derramar una lágrima, aunque no digo que con alegría. Puedes también decirle que, si desea conocer a su padre, estoy dispuesto a pagarle un viaje hasta Weimar, que es donde Liszt vive ahora, y a ti también si quieres acompañarla.» Del temple que mostró Myriam habría que hacerse lenguas si fuera cosa de propagarlo, pero conviene no olvidar que, en cierto modo, aunque su padre sea famoso, y su madre una princesa reinante, la historia de su origen debe de ser para todos un secreto de alcoba. Pues el mismo día de su cumpleaños, cuando todos se hubieron retirado, incluida la tía Prisciliana, que abusaba del café y de la palabra y no había quien la enviara a la cama, apareció Myriam, se sentó a mi lado, estuvo silenciosa unos minutos, y me dijo después: «Señor, quiero enterarle de que hoy es el día más infeliz de mi vida». Y yo le respondí: «Que sepas lo que sabes, no cambia nada entre nosotros». «Ya lo creo que cambia, señor, aunque quizá poco de momento. Mi propósito es renunciar a esta situación falsa de princesa feliz, e independizarme paulatinamente. Como sé que Vuestra Alteza me ama, no dejaré de consultarle acerca de mis determinaciones. Pero le ruego que comprenda que mi obligación es separarme.» «¿Quieres conocer a tu padre?» «Es, probablemente, mi obligación; no creo que sea mi gusto. Es lo primero que quiero consultarle.» «Vete a Weimar.» A la vuelta del viaje sólo me comentó: «Mi padre, señor, es un hombre admirable, aunque muy preocupado por la salvación de su alma, porque al besarme en la frente, me dijo que yo era su pecado, cuando sé que tiene al menos otros tres. La tía Prisciliana se echó a reír y me llamó hipócrita. Pero mi padre no se rió y me vi en una situación tan violenta que, para que se notase menos mi presencia, me puse a curiosear por allí. Mi padre vive en una casita con un gran salón, con un gran piano y con muchas fotografías. Todas son de duquesas, de princesas, de emperatrices y alguna de un rey. ¡La tapa del piano es tan brillante, señor, que da gusto mirarse en ella! ¿Sabe que estaba allí mi hermana Cósima? No me hizo caso, de modo que pude observarla: es fea y dura, no me gusta. También parece muy preocupada de que mi padre salve su alma, pero me pregunto cómo va a hacerlo, rodeado de tantas mujeres bellas y tantos recuerdos malos. Por cierto, señor, el retrato de mi madre no está en aquel harén».

Yo creo que fue por esta época del regreso de Myriam, o muy poco después, cuando recibí el primer informe del Incansable Observador del Misterio. Pude averiguar, pero no lo hice, quién era aquel sujeto que durante cierto tiempo me envió, con regularidad, las noticias de todo lo extraordinario y lo maravilloso que acontecía en las tierras del Gran Ducado, pero principalmente en su capital. Su relectura me hace con frecuencia feliz, y reconozco que, gracias a esos papeles, buena parte de mi vida la viví con una puerta abierta a ese mundo en el que poca gente cree: probablemente con razón, pero una de las cosas que llegué a aprender es que no son menester razones para creer. Ese primer informe decía textualmente: «Serenísimo Señor: tengo oído contar a mi abuelo que, durante muchos años, enteró puntualmente al abuelo de Vuestra Alteza de todo lo concerniente a algunos hechos que para el común de vuestros súbditos pasan inadvertidos, pero no por eso dejan de tener importancia para los que gobiernan un país. Les podemos llamar, si le gusta el vocablo, premoniciones. Si mi abuelo interrumpió sus servicios a la Corona y al Estado, se debió a que el sucesor de vuestro abuelo, vuestro serenísimo padre, jamás prestó atención a esos papeles ni los creyó, pero conviene recordar que en tiempo de vuestro padre las cosas de este mundo andaban algo mejor y que los habitantes del otro estaban sosegados. Yo, que recibí de mi abuelo y de mi padre la capacidad de ver, me creo en la obligación de reanudar aquella antigua costumbre, con la esperanza, casi con la seguridad, de que esas revelaciones serán bien recibidas. Pero no olvido al mismo tiempo que mi deber de súbdito es no molestar al soberano. Por semejante razón si los términos de este primer escrito merecen la atención y el interés de Vuestra Alteza, le ruego que en los oficios del domingo lleve la levita color tabaco que tan escasamente le favorece. Verla y apercibir la pluma será casi lo mismo.

»Lo que quiero decir, porque lo he descubierto, es que el mundo de vuestros muertos está alterado, que están inquietos y que celebran asambleas y otra clase de reuniones, ignoro todavía por qué motivos y con qué fin. Llevo escuchando dos meses las tumbas de vuestros antepasados, lo mismo en los sepulcros nuevos de las catedrales que en los viejos y vacíos del destruido Monasterio de Santo Mauro, y puedo asegurarle que se remejen en su quietud de muertos serios, que se hablan a través del silencio y la distancia, voces que se oyen como coloquios remotos, y no se puede entender lo que dicen, por distante, por hondo. Las voces de los muertos presagian alteraciones y prodigios, son como los rumores de la tierra que preceden al terremoto, según dicen, nunca los vi ni los oí. Serenísima Alteza, soñé cómo la Torre del Homenaje se derrumbaba y recobraba en seguida su derechez, y soñé cómo un barco se hundía y emergió media milla adelante, sin que pareciera haberse ahogado nadie de la tripulación, sin que los guardias de la Torre hayan sufrido daño. Son avisos, Señor, estos sueños, no sé si del Infierno, que eso aún no está aclarado. Serenísima Alteza, esto no es todo, sino el principio. El mundo de la Verdad dormía. Ahora, de repente, despierta, y éstos son algunos síntomas. ¿Por qué será, Señor? Los avisos que mi abuelo al vuestro reveló, precedieron a la llegada de Napoleón. ¿Qué es lo que anuncian ahora las voces, las sacudidas, los alborotos de los muertos? Espero que pasado algún tiempo ambos lleguemos a saberlo».

Me puse la horrorosa levita de color tabaco para asistir el domingo a los oficios: de buena gana le habría añadido un cartel a la espalda en el que, con letras bien visibles, le hubiera escrito:

---

PARA MÍ NO ES SECRETO, AMIGO MÍO. LO QUE VA A SUCEDER ES QUE MI PRIMO ME ARROJARÁ DEL TRONO, NI MÁS, NI MENOS.

---

No sería decoroso, aunque sí conveniente. Lo celebro, sin embargo, porque, así, el misterioso informador me tuvo al tanto de todos los prodigios que él veía por su cuenta, y me dejaba el tiempo libre para mis vulgaridades. ¡Admirable servidor, espejo de súbditos leales y zahoríes! Lástima de su insistencia en el anónimo.

Así llegué a enterarme, cuando aún era Gran Duque, de las cabalgatas nocturnas de mis muertos. Ahora que estoy destronado, veo a los que regresan de la mar. Y hablaré de ellos.

V

Será conveniente que presente también al comandante de mis ejércitos, mi amigo Fritz, barón de Cronstadt por concesión del zar Pedro I a un antepasado suyo. No sé cuál de mis abuelos autorizó a su familia a usar el título en mi país. En sociedad, se le llama Cronstadt; en el cuartel, el comandante; en mi palacio, únicamente Fritz.

Su familia fue de las más leales a la mía y, sobre todo, al trono, entre otras razones porque, en caso de extinguirse nuestra sangre, la suya tenía derechos de sucesión reconocidos en un montón de documentos que obraban por duplicado, en el archivo de la Corona y en la familia Cronstadt. Por qué se llamaba así obedece a que, en los tiempos calamitosos del usurpador Eginardo, ellos se fueron a Rusia y nosotros a Francia; ellos sirvieron a Pedro y nosotros a Luis; ellos ganaron honores y nosotros estuvimos a punto de perder el nuestro. Si mi familia recuperó, por fin, el trono y el honor, a la ayuda de Cronstadt se debió, no a la de ningún Luis ni a la de ningún Pedro. Cosa que no deja de ser rara, eso sí, fue el que un tío bisabuelo de Fritz y un tío bisabuelo mío contendieron por el amor de Catalina de

Rusia y no sé cuál de ellos mató de un tiro al otro. Pero esto sucedió cuando las cosas habían vuelto al orden y nosotros al trono: asunto de segundones aventureros y, en este caso, mujeriegos. Una y otra familia se envanecen de que uno de sus miembros haya ocupado un lugar activo en el inmenso y superpoblado lecho de Catalina; aunque tratándose de esta dama, lo de «activo» será una mera hipérbole del narrador. Siempre, entre Fritz y yo, se trató de ese tema con cortesía y total desprendimiento: «El que se acostó con Catalina fue tu tío». «No, Ferdinando, de veras. Estoy en condiciones de asegurar que el que mató fue el tuyo.»

Era muy corriente, por aquel tiempo, cuando en alguna corte extranjera, en algún balneario de moda o en el Casino de Montecarlo, alguien hablaba mal de mí, que después de motejarme de todo lo peor, se añadiera: «Ese idiota de Ferdinando, que no tiene más que cuarenta y nueve soldados, aunque también unos trescientos oficiales inútiles, se dedica a jugar a la guerra como si fuese el conquistador de Europa», lo cual era calumnia sólo en parte: en uno de los salones más amplios de mi palacio, habíamos reproducido a gran tamaño y en relieve el mapa de Europa y de los países adyacentes, habida cuenta de la vieja teoría de la tenaza que entonces lo era aún: con todos los detalles que pudieran interesar al estratega o servir de referencia al táctico. Teníamos a la vista grandes carteles con cifras de los efectivos militares de todos los países, lo mismo de mar que de tierra, y una información fidedigna que nos permitía corregir cifras y rectificar posiciones; teníamos a mano millares de soldaditos de plomo de todas las armas y de todos los uniformes, que ocupaban posiciones, las defendían o las abandonaban; que formaban vanguardias y retaguardias, alas y centros en las grandes batallas; que marchaban derrotados o victoriosos a lo largo de los largos caminos. A las diez de la mañana, todos los días, Fritz y yo nos poníamos a jugar: bombardeaba la artillería, cargaba la caballería, avan-

zaba la infantería, o viceversa, según de quien se tratase y también según qué operación hubiera sido conce-
bida. Yo creo que, en unos años, entre Fritz y yo, tuvimos estudiadas todas las contiendas imaginables y pre-
visibles, lo mismo generales que aledañas, con los detalles de las operaciones y las causas de la victoria y de
la derrota fríamente estudiadas. ¿Cómo podían sorprenderme las etapas previas de la guerra con Francia
del Águila del Este, si me la había ganado Fritz (con
harto dolor de mi corazón, porque prefiero a Francia)?
Después, cada semana, Fritz redactaba un informe que
yo guardaba en mi archivo, pero que, copiado secretamente, pasaba a manos de mi primo el Águila por la va-
lija diplomática; me tenía obligado a aquel dispendio y
a aquel juego al enterarse de que Fritz, conde o barón
de Cronstadt (ahora no lo recuerdo bien), era el mejor
estratega del mundo. El pobre Fritz, cada vez que mi
primo ganaba una de esas guerras menores que precedieron a las dos o tres verdaderamente importantes a
que debe su poder, se preguntaba, angustiado: «¿Quién
será el oficial del Estado Mayor que sabe tanto como
yo, pero que sabe, además, lo mismo?». «No deja de ser
posible, Fritz, que no sea un oficial de Estado Mayor,
sino sólo un periodista. Con los periódicos hay que contar de ahora en adelante: suelen saber tanto como los
Estados Mayores y, además, de otra manera.» «La estrategia no hay más que un modo de saberla, y ése la
sabe.» «¿Y no será ese genio que tiene destinado a marido de mi hija? Alguien me dijo que ahora está en el Estado Mayor» «¡No me hables de él, Ferdinando! Si ese
bellaco supiera lo que yo, me dedicaría a la literatura.»
No deja de ser curioso y un poco triste, el que, cuando
el Águila me destronó y sus cien aguiluchos entraron
en mi país, ornados de hermosas plumas, viniese al
frente de ellos, como creo haber dicho (y si no lo he dicho ya, lo digo ahora), Raniero, mi presunto yerno. Nadie se opuso a las plumas, quizá porque las reforzasen
fusiles y cañones; pero Fritz se opuso a mi yerno, sin

más que su coraje, sin más que un sable. ¡Lástima de estratega! Fue en la escalera de palacio, Fritz hacia arriba, hacia abajo mi yerno. Tenía que haber vencido Fritz, según sus propias convicciones. Sin embargo, murió. Cosa curiosa, habiendo sido la lucha a sable, el pobre Fritz murió de un tiro. Rosanna, a quien había abandonado todo el mundo, se estremeció al oír el disparo. Pocos minutos después, retumbaron pasos marciales a lo largo de los salones y de los anchos corredores, pasos que resonaban como amenazas, no sólo como espuelas; ¡Dios mío, por qué harían tan grandes los salones los arquitectos de los palacios! Mi yerno llevaba botas hasta la mitad del muslo, y los tacones reforzados con una especie de herradura, que, sin embargo, no lo era del todo; ¡y las medallas y cruces, todas de oro y plata, tintineantes, musicales, como si un clavecín tocase encima de un cañoneo al mismo ritmo! Se oyó el chirrido de las grandes puertas, abiertas por manos innobles; se escucharon claramente toses enérgicas en el inmediato corredor. Rosanna, a quien jamás faltó el coraje, se levantó y abrió ella misma la puerta, y aún tengo oído decir que ofreció el pecho a las balas. Era su prometido, que le endilgó un discurso después de una reverencia, le anunció su matrimonio para el día siguiente, culminación oficial de la victoria, pero como su prepotencia de vencedor necesitaba de ciertas satisfacciones, no sólo personales, sino tradicionales, y a alguien había que violar, exigió dormir con ella aquella noche, y no por especial urgencia que le pusiese el amor, ya que es de los que llevaban monóculo y corsé, sino por humillarla. Rosanna conserva todavía, para legarlas a su hija, las ropas desgarradas, no por las manos temblorosas, sino por un fino, aunque bello, puñal. Confío en que mi nieta odie algún día a su padre.

El cadáver de Fritz nadie se atrevió a retirarlo de la escalera, sino Rosanna, que dejó a su violador roncando como un cerdito, porque ella, vengativa, le había exigido más servicios de los que podía dar: buscó a los miedosos, reunió a unos cuantos criados, y entre todos escondieron lo que quedaba de Fritz en un digno lugar.

Las cosas hubieran debido ser de otra manera, ya lo creo. Fritz amaba desde niño a Rosanna, si bien es cierto que ella no lo amó jamás, aunque le tuvo amistad: se repetía la historia de su madre conmigo, aunque con algunas variantes: también anduvo un músico por medio, como ya contaré. Al quedarse soltero Fritz, al no tener yo descendientes varones, nuestros nombres se extinguieron en la misma muerte y en un lugar tan solemne como la escalinata de mi palacio, que costó no sé cuántos miles de ducados de oro a mi tatarabuelo. Es de mármol blanquísimo. La mancha de la sangre de Fritz no se pudo limpiar. El Águila lejana lamentó aquella muerte, pero no demasiado, porque todas sus guerras quedaban bien estudiadas, menos una, interrumpida en un momento victorioso, aunque de final incierto. Condecoró al que ya se titulaba Gran Duque consorte. Raniero, después del matrimonio, permaneció unos cuantos días en mi ciudad, los suficientes para saber que mi hija quedaba embarazada. Se fue después a sus desfiles y a sus jóvenes tenientes, y no volvió hasta el nacimiento de su hija. No sé quién me contó que a su regreso a la Corte Imperial, consumada la anexión a mi ducado, describía con palabras tremendas su conquista y su victoria: tremendas y detalladas, porque no quedó sin mención pisada de caballo ni meada de infante en una esquina. Terminaba el relato asegurando que en su mismo gabinete de soltera había violado a Rosanna: era lo único cierto, y no se lo creyó nadie.

Las cosas fueron así, pero se cuentan de otra manera. El gran poeta y dramaturgo Wolfgang Lupercus escribió y estrenó con éxito un drama titulado *Conquista del ducado del Abedul y liberación de su princesa*, en el que se presenta, bajo el nombre de Ana, a mi hija, prisionera de mis caprichos y de mis inquietudes, y al botarate de Raniero como el san Jorge que expulsa al dragón de la escena. Yo aparezco como un degenerado;

Rosanna, como una imbécil pura e ilusionada que espera la llegada del casco y la coraza de plata; en cuanto al héroe, es el vivo retrato del Águila del Este en sus peores cualidades, aunque sin mencionar Turquía. Los periodistas se refirieron con insistencia a la verdad histórica subyacente; pero poco, muy poco, al artificio poético, y elogiaron aquélla más que éste, pero yo creo que se debió a que, sin aparecer en escena, mediante meras alusiones, metáforas oscuras y referencias crípticas, un personaje está constantemente presente, taumaturgo que todo lo vigila, todo lo prevé y, al final, todo lo resuelve. Se le identificó privadamente con el Águila del Este, pero, en los comentarios públicos, se le suele llamar la Providencia. Lo cual no debe interpretarse como que asciende el Águila a los cielos, sino como bajada del cielo a los nidos del Águila, donde se encuentra tan ricamente.

De esta entidad que suele representarse por un ojo en un triángulo, no tengo nada que decir. No deja, sin embargo, de tener cierta importancia, al menos anecdótica, lo que me sucedió cuando aún era un muchacho y soltero, y acababa de estrenar mi Gran Ducado. ¡Los proyectos de gobierno que tenía! Hubiera sido capaz de llevarlos a la práctica sin la amenaza del Águila del Este y de sus garras de acero: encontraba mis reformas demasiado peligrosas para la estabilidad de su Imperio futuro. Teníamos aún marina de guerra, si no potente, por lo menos simbólica, y yo me encontraba a bordo de mi fragata, después de haber inspeccionado los cañones, de haber visto el modo ágil y elegante con que la marinería trepaba por las jarcias y cargaba o descargaba el trapo. Subimos a un puente, el comandante y yo, y allí había un condestable joven que dirigía una operación artillera apenas importante. Ignoro las razones por las que había también una botella vacía, que se me antojó inmediatamente mensajera del Destino. Pedí papel, escribí en él unas palabras, lo metí en la botella, la cerré con su tapón, y les dije al comandante y al condestable: «Ustedes son testigos de que la arrojo al mar. Si la recobro algún día, moriré siendo Gran Duque, pero, si no...». El comandante se echó a reír y me respondió: «Alteza, ¿quién piensa en esas cosas?». Pero aquel condestable joven me escuchó en serio y su mirada persiguió la curva de la botella, que, impulsada por mi mano, saltó sobre las olas grises y se alejó. ¿Quise, con aquella operación, comprometer al Destino o sólo a la Providencia? ¿Qué dioses invoqué?, ¿qué fuerzas celestes y telúricas impliqué con mis palabras? Como hace ya bastante tiempo, los detalles menudos no los recuerdo, acaso tanto esta historia como la Historia consisten principalmente en ellos. Pero algo pretendí, aunque lo haya olvidado hasta el momento en que el Destino dejó de ser llevadero y se puso pesado. De esta botella volveré a hablar.

¿Qué es lo que voy relegando en esta especie de introducción a no sé qué que puede quedarse en eso? Quizá a la señora Stolle, que tenía un salón. En el salón de la señora Stolle colgaban delicados retratos de mujeres hermosas, vigorosos retratos de políticos y militares, miniaturas de niños con flores, y solía sonar un clavecín en que la señora Stolle ejecutaba con bastante destreza piezas de Bach. Por el salón de la señora Stolle habían pasado casi todos los genios contemporáneos (Liszt entre ellos), y los muertos andaban por allí en cierto modo y con bastante holgura, por lo que se hablaba de ellos. ¡Ah, esos adorables muertos que se pueden alabar porque no estorban! El salón de la señora Stolle era el más distinguido de la ciudad y uno de los más acreditados de Europa. Los exquisitos de París y los de Londres, por ejemplo, cuando iban o venían, solían recomendarse: «¡No deje de saludar a la señora Stolle! Si le invita a tomar el té, se verá usted obligado a leerle unos versos, a tocar el piano (también sirve el violín), o a contar a sus contertulios alguna historia de amor trágica o pícara. Pero si no le invita, considérelo como el mayor fracaso social de su vida»: de modo que todos querían entrar: franceses, ingleses, italianos, algún alemán del Rin, algún ruso emigrado. A la señora Stolle la trataba muy bien la policía, aunque se dijo alguna vez y *sotto voce* que favorecía coyundas tan pasajeras como subrepticias, coyundas de una o dos noches, de un collar, de un olvido; pero eso, a la Policía Imperial, le bastaba con saberlo. Si al señor duque de Módena le agradaba con carácter transitorio pero acuciante la duquesa de Vicenza, que vivía en París, le hacía llegar una cita para tal o cual día en el salón de la señora Stolle. Ella iba o no iba. Si acudía, la dueña del salón los presentaba y elogiaba a cada uno de ellos las virtudes del otro, aspecto inútil del trato, pues mientras ella peroraba, el duque y la duquesa se examinaban con sincrónica y necesaria reciprocidad. Podía suceder que, vistos, no se gustasen; podía suceder que sí. En este caso, la señora Stolle se desentendía de los acontecimientos ulteriores, habiendo recibido, sin embargo, un discreto estipendio. Esto fue lo que se dijo, pero ¡es tan mala la gente! El número de duques y duquesas que pasaron por mi capital apenas si rebasa la veintena en veinte años. Y muchos eran viejos. Además, ¿de dónde sacan que la señora Stolle cobraba? Lo que sucede es que a la gente le interesan más los pecados de los duques que los de los burgueses, y gracias a eso hay literatura de gran estilo, Sófocles, Shakespeare, el señor Stendhal; los pecados de los pobres sólo pueden contarse con prosa cenicienta, aunque científicamente irreprochable: la de ese señor francés del que tanto se escandalizan. ¡Si la señora Stolle hablara! A mí no me invitó jamás ni tampoco a Rosanna, pero pasó varios años intentando que la ancha frente de Myriam ornamentase su salón: Myriam dijo que no. Esta hija mía, si en vez de ser honrada hubiera sido lista, ¿adónde habría llegado? Porque en este mundo en que vivimos, no hay como una bastardía bien administrada. «Es hija de Franz Liszt —susurraba la señora Stolle al oído de su visitante—, pero, ¡tan retraída! Hay quien dice que se avergüenza de su padre, pero confío en que será del putativo...» Cuando Myriam me contaba estos cuentos, acababa por echarme los brazos al cuello y asegurarme que me quería cada vez más, pero que cada vez estaba más decidida a marcharse. Y, un día se marchó: a París, a estudiar aquella Botánica que le gustaba, y supongo que en busca de un amor que la librase de otro. La señora Stolle lloró por no haber conseguido organizar en su salón una sesión de despedida: muchos versos, muchas flores, mucho Liszt, ¡sobre todo Liszt! Se consoló con la visita de un gran poeta alemán de reputación siniestra, y con la de un gran músico inglés de reputación grisácea. Lo del virtuoso italiano, también grande y, además, fogoso, fue unos meses más tarde.

El poeta Lotario figuró entre los clientes más ilustres, aunque menos asiduos, de la señora Stolle. Pero el poeta Lotario no se distinguió socialmente por su concurrencia a un determinado salón, sino por ser mi más osado enemigo, acaso el único que se atrevió a decirlo en público y en verso. Si no llega a aparecer en mi ciudad el joven Guntel, si no llega a darse a conocer a tiempo, yo hubiera tenido que pensar que obraban en mi contra, no sólo ciertos hombres de negocios, no sólo ciertos intelectuales, sino ante todo la Poesía, que Lotario aseguraba encarnar por encima de cualquier sospecha: aquella serie de «gacelas» obscenas que tantos enemigos míos cantaron y rieron cuando el señor Franz Liszt dejó tras sí un rastro de amor y de ilusión, él las había compuesto, aunque seudónimas; no así los sonetos heroicos en loor de mi primo, que publicó con su firma y que le valieron, además de una pensión sustanciosa (que yo tuve que pagar), el hermoso collar del Águila en Vuelo Alto. Lotario era un hombre gigantesco, de rasurada cabeza rubia, con una mujer muy pequeñita y muy linda que parecía a su lado un aditamento innecesario, aunque gracioso, y que había robado a alguien a su paso por París. El poeta Lotario usaba monóculo, y más que cabeza de gran lírico la tenía de colaborador de Von Moltke o de secretario particular de Bismarck. Su importancia a la vista excedía la mía en tal medida que inevitablemente me sentía inclinado a ofrecerle, si no mi trono en propiedad, al menos el derecho a sentarse en él un par de veces por semana, con el fin de que aquel sillón simbólico conociera, o quizá recordara, lo que son unas dignas posaderas, y no estas nalgas escuetas que yo le ofrezco en las escasas ocasiones en que me siento en él. Pues el poeta Lotario se relacionaba directamente con la Corte del Águila, de la que recibía inspiración y alimentos, y a la que tenía acceso sin más que avisar de su llegada con veinticuatro horas de antelación, para que se le pudiera preparar un alojamiento digno. El poeta Lotario solía parar poco en mi país, porque le gustaba pasear por el mundo la aparatosidad de su figura y el espectáculo siempre conmovedor de la adhesión amorosa de aquella mujer, que se llamaba Freya, quizá no muy apropiadamente, pero no deja de ser posible que él, en sus ensueños amorosos, la engrandeciese y magnificase lo mismo que en sus versos. Lotario y Freya eran como el árbol y la hiedra, aunque ambulantes. Pero de una de las escasas ocasiones en que vino y estuvo entre nosotros unos días, queda una carta de la señora Stolle que conviene traer aquí, primera de las varias de las que acaso eché mano:

*De la señora Stolle*
*a su Amiga del Alma en Italia*

«Querida mía: ¡Qué envidia más grande me das, con esa referencia al buen tiempo de que gozáis en Roma! Por aquí, llueve, y cuando no llueve, nos envuelve la bruma o nos sumerge la niebla espesa y húmeda: el sol nos tiene ya tan olvidados, que a los niños de las escuelas hay que hablarles de él como se les habla de Dios, como una realidad indemostrable. Sin embargo, lo que quiero contarte precisamente es que hace un par de días nos ha lucido, si bien meteóricamente, pues no creo exagerar si llamo de esta manera a nuestro admirado y querido Lotario, que apareció en mi casa como un cedro gigante a cuyo lado se acostó una violeta. ¿Verdad que me salió bonito? Tú los conoces, a Freya y a Lotario, la pareja más extraordinaria de enamorados, la más contradictoria y probablemente la más perfecta. Mi querido Virgilio, ya sabes, te hablé de él muchas veces, comentaba, contemplándolos, que empezaba a comprender que el amor sea la superación de los contrastes, no su equilibrio, y esto es muy importante si lo dice Virgilio, porque entre nosotros (Virgilio y yo) existen las mismas diferencias, aunque no físicas, que entre Freya y Lotario. Pero esto es ya otro cantar del que, hasta ahora, sólo han sonado unos compases introductorios. La descripción más acabada de Lotario es, sin duda, una combinación de las comparaciones que te acabo de hacer, quiere decirse, el gigantesco cedro en cuya cima asoma el sol. Entró y alumbró mi salón, y todos nos sentimos acogidos a su calor, que es principalmente el calor de la palabra. Óyeme, no sabes lo que es esa fluencia verbal, desde lo alto, como una catarata precipitada encima de los oyentes atónitos. Venía de las maniobras que acaba de celebrar, casi en nuestras fronteras, Carlos Federico Guillermo, a quien proteja el Dios de los Ejércitos: había sido su invitado de honor, y, en el desfile final, Carlos Federico Guillermo le mantuvo a su lado, las horas y las horas, ¿sabes?, del transcurso de los mejores ejércitos del mundo. Lotario nos describió casi en verso el desarrollo de las maniobras, antes que el desfile final, y lo mismo veíamos a la infantería hundir las bayonetas en los vientres enemigos que a la caballería volar con los sables en alto o con las lanzas en ristre. ¡La palabra de Lotario supera a la mejor fotografía! No sólo vimos, sino también hemos escuchado el fragor del combate, la artillería remota que retumba y pudimos contemplar, en el puesto de mando, a Carlos Federico Guillermo mirando por el catalejo las evoluciones de la infantería. ¿Hay quien pueda oponerse a esa máquina sublime? Pues Lotario acabó asegurándonos que no hace falta mover soldados para conquistar el mundo: que sólo bastaría con que las bandas militares se desparramasen por los Caminos de Europa: todos se rendirían ante la potencia sonora de tanto bronce. ¡El bronce, querida mía, las trompas militares y todas sus variantes! No olvides que el Señor se anuncia con trompetas. Describiéndolas, la voz de Lotario se transmutaba en metal, no solamente en su son, sino en su brillo. ¡Puedes creerme! El milagro de la poesía saca de la palabra resplandores triunfales. Lotario terminó preguntándose cómo, después de aquellas maniobras, todavía en nuestras fronteras se atrevían los aduaneros a exigir pasaportes y a cobrar impuestos. ¡Tenían que arrodillarse todos nuestros conciudadanos, incluido el Gran Duque, y ofrecer sus espaldas a la bota de Carlos Federico Guillermo! Pronto lo harán, de eso estoy segura. Me pregunto cómo se puede un día más mantenerse en la vulgaridad cuando tan cerca arden las luminarias de la gloria: es de esperar que, pasado este tiempo confuso, lo expliquen los historiadores.»

Confieso mi estimación personal por la señora Stolle, que escribe con tanto fuego; por el poeta Lotario, que hace cantar las palabras, y por todos los que admiran la grandeza militar de mi primo Carlos Federico Guillermo, pues, admirándolo, apoyan mi convicción de que mi primo invadió mis estados y se apoderó de ellos por mera ambición personal, o, si se quiere, por esa necesidad de espacios infinitos que le llevó a la invención de un Imperio a todas luces cacofónico. Sin embargo, no faltan documentos que puedan justificar otra clase de razones. De tomarlos en serio, la faramalla militar de mi primo, y toda la sonoridad de sus bronces y de sus espuelas, no serían más que la máscara de ciertas necesidades relacionadas con la exportación industrial. Por mi puerto salían hacia el mundo barcos cargados de productos que en el país de mi primo se fabrican: productos que quieren competir con los ingleses, con los franceses y con los alemanes, y que, aun en el caso de equivalente calidad, su precio los excluye de los mejores mercados. Uno de los montones más impresionantes de mi correspondencia clasificada contiene las quejas de los hombres de negocios de más allá de mis fronteras a causa del encarecimiento producido por los impuestos de mis aduanas, las cuales, al parecer, eran el único y verdadero obstáculo a la expansión universal de aquella industria. Paralelamente a las cartas de los conspiradores políticos, de las que acabo de dar una muestra, hay las de los conspiradores económicos, que no transcribo porque están mucho peor escritas y porque los hombres de negocios no contaron jamás con un poeta alto como los cedros, reluciente como el sol, y con una violeta a su costado, tan tierna y fiel como Freya. Puestas las cosas en parangón, no puedo menos que preguntarme si el aparato militar de mi primo y sus ambiciones territoriales sirvieron de pantalla a los tenderos, o si las aspiraciones de éstos le valieron a mi primo de justificación moral ante sí mismo o ante la Historia; pero conviene no olvidar que siempre disponen los historiadores de documentación variada en que elegir lo que más les convenga. Después de todo, ¿no es lo que estoy haciendo, o pienso hacer, con este montón de cartas mías?

Esta señora Stolle hubiera sido feliz si no llegase a la ciudad, sin que la luna o las estrellas lo hubieran anunciado, sin que saltasen los tarots que la señora Stolle consulta secretamente, sin que le precediesen murmuraciones o conjeturas, la señora Rheinland, que compró una casa muy bella y abrió un salón un poco más pequeño que el de la señora Stolle, pero de gusto francés algo más puro: con cuadros, sillones y sofás de la línea más moderna, que permitían sentarse con más comodidad, y en alguna ocasión, si lo aconsejaban las circunstancias, tumbarse dos (uno de ellos, por supuesto, la señora de la casa. ¡Pues no faltaba más!). Su piano sonaba maravillosamente, y hubo quien dijo que se debía a la presencia en su interior de un diablo musical, pero esto no lo creyó jamás la señora Stolle, aunque lo haya aprovechado para acusar de bruja a la señora Rheinland. Si ésta recibía los martes, la otra recibía los jueves, y si la una ofrecía té a la inglesa, la otra ofrecía, además, chocolate a la francesa o a la española, a elegir. Se ignora por qué razón la señora Rheinland congregó a su alrededor a los liberales, quizá porque ella lo fuera, pero es el caso que todos los avanzados, incluido el Almirante, emigraron al salón de la señora Rheinland con el pretexto de que el té les sentaba mejor que el chocolate, lo que explica que los reaccionarios se mantuviesen en la fidelidad estricta a la señora Stolle, a los derivados del cacao y a los grandes valores de imperecedera cotización. En un salón se recitaba a Goethe; en el otro, a Victor Hugo. Aquí se hablaba de Wagner; allí de Beethoven. Y un largo, complejo y políglota etcétera contraponiendo lo que pasaba por nuevo a lo que empezaba a envejecer. «¿Es que no oyó hablar nunca de esos pintores franceses que trabajan a la intemperie?» «¿A la intemperie? ¿Y no se mojan?» «¿Y cómo marcha en París lo de la poesía?» «¡Ah! pero, ¿aún no lo sabe? ¡En poco tiempo han procesado a un novelista y a un lírico!» «¡Pobre Francia! ¿Qué será de nosotros?» Una vez encontré un sobre bastante grande encima de mi mesa. Lo abrí con precauciones, porque, por ese procedimiento, se me habían enviado insultos y acusaciones graves, aunque falsas. Esta vez era un informe largo y pesado acerca de las actividades de la señora Rheinland, de quien no se sabía ni el nombre, ni el origen, ni la raza, ni de dónde le venía el dinero, ni en qué lo gastaba, ni quiénes eran sus misteriosos visitantes nocturnos, aunque se sospechaba que, amantes, no, sino conspiradores. Y muchas cosas así. Pensé que si un informe igual se lo habían enviado al Águila del Este, pronto recibiría un impetuoso ucase, resultado verbal de sus exigencias raciales, obligándome a expulsarla del país. Y lo hubiera sentido, porque los liberales eran los enemigos del Águila, y al haberse congregado alrededor de la señora Rheinland, resultaban mis partidarios, en tanto que los amigos de la señora Stolle habían colocado en la presidencia del salón un águila de cartón enorme, cuyas garras de oro oprimían a Europa. ¡Dios mío! A Myriam le hubiera gustado asistir, aunque de incógnito, a algún martes de la señora Rheinland. ¡Y a mí también, qué diablo! Pero si algo había en este mundo que no le fuese dado a Myriam era el incógnito: su enorme frente de genio revelaba a las leguas su ilustre, su detestada progenie.

Ya cité al Almirante, sin decir nada de él. Su aparición fue silenciosa y discreta, y no me hubiera enterado si no fuera por la acumulación de informes, denuncias y sospechas promovidas por el Águila desde su nido en las montañas, fulminaciones de un Júpiter remoto cayendo sobre mi escaso ducado. «¡Ojo con él! ¡Es un hombre peligroso!» Se le acusaba de todo, pero principalmente de conspirar contra la estabilidad del Imperio (que no lo era), contra su unidad (que no la había alcanzado) y contra la ambición de las alas del Águila, más poderosas que el poderoso viento. No dejó de sorprenderme, porque el Almirante le había ganado al Águila la única batalla naval de su historia, le había permitido pasear su vanidad de turco vergonzante delante de una escuadra de buques desmantelados, de marineros rotos y de banderas humilladas, y lo menos que podía era estarle agradecido. Experimenté inmediatamente simpatía por aquel héroe en el exilio, pobre además, me informaron, y de buena gana le hubiera invitado a merendar conmigo, y a que me explicase ciertos momentos de la batalla que yo nunca llegué a entender, y no por torpe que sea, sino porque los educados en la estrategia y la táctica terrestres, como yo, siempre alcanzamos poco de lo naval, y no falta quien diga que las de la mar no son guerras, sino las diversiones más o menos dramáticas de unos caballeros revestidos de oro de la cabeza a los pies. Yo había comenzado la carrera de la mar por el puesto de guardiamarina, según la tradición, pero como hubo que cerrar la escuela por escasez de dinero, me paré a la mitad, sin más de marinero que unas cuantas palabras que me permitían quedar bien cuando la Asociación de Capitanes Mercantes me invitaba a presidir la cena anual del solsticio de invierno. ¡Era uno de los días felices del año! El Burgomaestre cedía el salón de sesiones de la municipalidad, como quien dice la historia entera del país, o, al menos, su historia democrática: tan encerado, tan conservado, tan gótico siempre, y allí instalaban unas mesas enormes: preferentes, las próximas a la chimenea gigantesca, donde podían arder en poco tiempo todos los bosques del contorno, así los considerados como riqueza forestal como aquellos de siempre (afortunadamente pocos) se habían tenido por sagrados; ese lugar, digo, se reservaba para los anfitriones, y las demás, algo alejadas del fuego, pero no tanto que se pasase frío, para los capitanes de los barcos extranjeros y para la gente de tierra. A mí me colocaban de espaldas a la chimenea, y mi asiento destacaba por un respaldo más decorado, de regular antigüedad. Como ya no teníamos barcos de guerra, encontraba ridículo aparecer vestido de almirante, título que todavía conservaba no sé si por alguna decisión irónica de la Dieta, y como tampoco era cosa de vestirse de capitán de bomberos en traje de recepción, pues me ponía el frac, que todavía hoy, algo más grueso, me cae bien y me permitió hacer un gran papel entre las barbas, los tatuajes y las canciones de aquellos capitanes, gente que había recorrido los Siete Mares, había fornicado con todas las razas del mundo y se había emborrachado con todos los licores. ¡Habían paseado mi bandera por todos los muelles y la habían dejado quedar bien! Lo digo con tristeza, porque hoy, en vez de las pacíficas cruces blancas y rojas, navegan bajo el Águila Negra sobre campo de gules, con bordura de hijos de puta. Pues el año que vino el Almirante, le supliqué a esta gente que lo invitase, y el Almirante apareció con su gran facha de gigante vencido, todo nobleza y todo huesos, con los oros ajados de su casaca y las plumas marchitas de su bicornio. Yo había indicado que me lo trajesen antes de empezar la cena: me lo llevé a un rincón, y le expliqué las razones por las que había esperado hasta entonces para darle la mano. «Tenemos el mismo enemigo, Sire —me respondió—; yo ya soy viejo y lo más que puede hacerme es mandar que me maten; pero Vuestra Alteza debe andar con cuidado.» «Pues a mí, Almirante, no creo que se le ocurra matarme, porque no le serviría de mucho, y un crimen político siempre acaba por dar disgustos; pero echarme de mi casa, lo hará un día de éstos.» La única carta del Almirante que figura en mi archivo se la dirige a su mujer, que no le había acompañado al destierro. Dice textualmente: «Señora: el castillo en que Vuecencia vive lo levantaron los de mi nombre hace un montón de siglos, y todo lo que hay en él me pertenece, exceptuadas las alhajas que regalé a Vuestra Excelencia, los trajes y todos los alfileres que aportó al matrimonio, quizá también alguna aguja o un paquete de horquillas para el moño que no figuran en el inventario. Si el destierro me ha colocado fuera de la ley política, no me excluye, que yo sepa, del beneficio del Código Civil, según el cual, y si el Monarca felizmente reinante no se opone, sigo siendo propietario de mis bienes. Le aseguro a Vuecencia que no le reclamaré jamás ninguna chuchería, ni de las que había en el castillo ni de las aportadas por usted; pero esa imagen de santa Brígida que acaba de regalar al jesuita que tan asiduamente se cuida de su alma, es mía, y, como mía, encuentro excesivo que haga con ella un donativo. Comprendo, señora, que la salvación de su alma es un asunto personal de bastante interés, el único, en realidad, a que debe entregarse, ya que las vanidades del mundo y los placeres de la carne no es verosímil que la sigan tentando, sobre todo si se considera que hace tiempo que ha dejado de ser tentadora: pero ¿no se da cuenta de que ese negocio, al menos como cuestión particular, nos atañe a todos, y que si todos quisiéramos un jesuita para nosotros solos, no habría suficientes, ni tampoco dinero o santos de palo góticos para pagarles los servicios, que, por otra parte, puede hallar casi gratis en la parroquia? Preséntele usted mis respetos a ese santo varón tan interesado en aposentarla en el cielo, aun a riesgo de que protesten ante el Señor sus ocupantes habituales, temerosos de que se contaminen de tanta estupidez (los pecadores, señora, son sólo estúpidos), y dígale que si se lleva del castillo a santa Brígida, será contra la voluntad de su legítimo, aunque indigno, propietario, lo cual recibe el mismo nombre en los Códigos Civiles que en los Eclesiásticos (Gen... cap... ver...). Estoy seguro de que el buen padre lo tendrá en cuenta y renunciará a santa Brígida, excelente ocasión para que Vuecencia la devuelva al lugar que ocupaba en la alcoba de mi madre, muy devota por cierto de dicha santa sueca. Si por alguna razón excepcional, de las que no figuran en el catálogo de las razones, se preocupa también de las cosas de mi alma, debo decirle que estoy enamorado de una muchacha joven y hermosa, al menos según mi gusto de honrado marinero, pero que mi edad no me permite ir más allá del pecado mental ampliamente consentido y con frecuencia buscado: si los viejos viven de recuerdos, a mí me quedan aún las ilusiones. De todos modos, es una lástima que así sea, porque, de condenarse, condenarse por algo. Si Su Majestad el Rey felizmente reinante se digna pasar alguna vez por mi castillo, como lo hizo cuando necesitaba de mí, o como su padre hacía cuando necesitaba de usted, preséntele mis respetos y dígale que voy muriendo, cada vez un poco más, aunque no lo de prisa que él quisiera: comprendo que soy un clavo que se le clava en el talón, pero de serlo doy gracias al Señor, que juzgará a los reyes ingratos, aunque no crean en Él. Dígale también que, al embargar mis rentas, me ha obligado a aceptar el socorro de los masones, cosa que no soy. Por cierto, ¿me haría usted el servicio de consultar al jesuita si me voy a condenar por mis malos pensamientos o por vivir a costa de la masonería? Puede creer Su Excelencia, señora mía, que ni un solo momento de nuestro largo matrimonio lo recuerdo con emoción consoladora. A veces me pregunto quién tuvo la culpa, y me encuentro tan dispuesto a disculparme, con tantos méritos a mi favor, que la proclamo culpable. Reciba mis saludos... Confío en que no pondrá dificultades para que cuiden mi avenida de abedules como es debido».

# VI

El Señor nos dé su pan y su paz: eso va en gustos. Dispongo de una mesa bastante grande, pulida hasta el espejismo, en un salón pequeño donde la mesa excede la proporción debida, pero donde hace calor en el invierno porque el arquitecto que lo hizo supo calcular perfectamente las relaciones entre la chimenea y el espacio que ha de llenar su calor. Si el tiempo está de lluvia —¿cuándo no?— su cortina gris impenetrable detiene la ambición de mi mirada cuando busca mi ciudad en la lejanía, el perfil de sus torres o al menos su resplandor en el cielo: rojizo y a veces amarillo, según. Esos días, si me pongo melancólico, en vez de leer las novelas francesas que Christian me envía regularmente («¡Lee ésta, que está muy buena!»), me entrego al repaso de mi correspondencia. Si mi amigo Christian me enviase diarios europeos, probablemente me sentiría poco seguro en mi retiro, porque, gracias a Dios y a su prepotencia, mi primo, el Águila del Este, nos ha robado la paz. Si vela, los países se inquietan; pero si duerme y esconde la cabeza bajo el ala, temen su despertar. Un día estuvo a verme un viejo embajador, con el que había hecho amistad en tiempos de mi afición al billar, y me dijo que el Águila, mi primo, al levantarse cada mañana, piensa que todavía hay hombres que no lo acatan y tierras que no le pertenecen, y se siente ofendido: «¡No sabe usted cómo grita, cómo clama a los cielos, cómo pregunta al Destino cuándo Dios le dará lo que le pertenece! Si hace buen día, organiza un desfile con todas las tropas a mano, y él cabalga a su frente, coronado de plumas y de acero». Son maneras de ser.

Entretengo el ánimo vecino a la tristeza con la lectura de cartas, como dije, pero frecuentemente sólo con su ordenación, que aún no tengo completa, aunque ya me queden pocas. Las he puesto encima de la mesa, colocadas con una piedra encima como un enorme solitario, para que no las lleve el viento cuando abro el ventanal y me asomo a la lluvia. Van por números cardinales, uno, dos... No necesito decir que este orden, o cualquier otro que se me hubiera ocurrido, es completamente artificioso, pues lo natural de las cartas es su desorden; cada cual escribió sin pensar en el otro y, sobre todo, sin tener en cuenta que yo había de romperme la cabeza en busca de un principio de clasificación. ¿Por personajes? ¿Por temas? ¿Por meses o por años? Su ordenación natural es la maraña. Se cruzan, se ignoran, se completan, se contradicen. Su propio revoltijo invita al orden, aun a alguien tan desordenado como yo. Puedo, por ejemplo, tener presente la ortografía y colocar en un montón las que tienen faltas y en otro las impecables; pero también puedo pensar en las que gustarían a Sainte-Beuve y las que gustarían a Chateaubriand. ¿Y por qué no agruparlas por tamaños, las cortas y las largas? Pero nada de esto me gusta. Lo que yo ando buscando es otra cosa que no sé lo que es y no hallaré jamás: quizá la vida que las produjo, de la que son residuos. Sin embargo, con ellas en montones, me siento, no un semidiós, que a tanto no alcanza mi vanidad, pero sí como un historiador a quien le fuese concedido ordenar el pasado a su capricho. ¿Y no es ésta, precisamente, la misión de los historiadores? Ellos tienen una idea previa, y con los datos en la mano, la realizan, lo cual ofrece la ventaja de que así se entiende el pasado, pero la desventaja de que es mentira... en el caso de que esto sea una verdadera desventaja. Lo que sucede es que lo mío no aspira a tanto: son menudencias, vidas privadas. Pero ¿quién duda que, en este o en el otro orden, cuentan esta o la otra historia? Todo depende de cómo las baraje. A veces me acosan tentaciones de revolver mi solitario hasta armar un buen lío y de leer después los destinos trucados.

El Almirante
El joven Guntel
El paso de Gasparini
La doble o las dos Lislott

¡Y mi querido amigo Werfel! ¡Y el policía Paulus, con sus informes sobre los sucesos diarios! Y todo lo demás.

Lotario, el poeta, a quien ya mencioné
Virgilio, el teólogo
Diomedes, el científico

¿Verdad que es bonito, ese nombre de Diomedes? ¿Existe por ventura un santo al que acogerlo? Un campeón, al menos, de los antiguos, sí; no el epónimo de una saga. ¡Diomedes! Pero tenía en un puño el mundo, tenía el Cosmos entero en la cabeza, le rezumaba el Cosmos, le rebosaba y se le derramaba por los bordes, más cosas en su cabeza de las que caben en el cielo y en la tierra. ¿Os acordáis de lo que dijo Hamlet a Horacio? Diomedes se reía. «¡Hamlet no pasaba de la mera sospecha, ni siquiera llegaba a la intuición! Hamlet tropezaba con el telón del misterio y oía voces al otro lado.» Y a mí no me sentaba bien aquella afirmación tan rotunda, porque, con otros muchos, cuento a Hamlet entre mis antepasados. Si no, ahí están las genealogías. O, por lo menos, ahí deberían de estar: no sé si el

Águila del Este habrá mandado borrarlas de la antesala de mi trono, donde llevaban siglos pintadas al fresco indeleble por un pintor italiano de renombre: era preciso verlas, con una cabeza, de mujer o de hombre, metida en cada circulito, cada círculo en una hoja de abedul, todas las hojas prendidas a las ramas del ancho y plateado tronco, cuyas raíces no se sabe dónde acaban: como que, según una vieja leyenda, penetran tan profundas en la tierra, y se extienden tan atrevidas, que los millones de abedules que nacen más allá de los canales, en el país de Christian y en los demás aledaños, son retoños del mismo. Pero no me gusta creer en este cuento, no me gusta siquiera recordarlo. ¿Por qué no han de ser autónomos los abedules de Christian? Yo no soy ambicioso.

Me hubiera gustado gobernar con prudencia mi país hasta la muerte: favorecer la construcción naval y el comercio marítimo, las industrias forestales, la caza y la pesca. Me hubiera gustado asimismo tener una amiga hermosa, amorosa y secreta, aunque fuera esposa morganática, con un piso en la ciudad y visitas clandestinas, sombras nocturnas y embozadas que se deslizan con cautela hasta el jardín del amor; de modo que mis súbditos vieran en mis aventuras ocultas, ante todo, el respeto a la memoria de la reina que no pudo serme fiel, y, después, las peripecias de un trapicheo tierno, aunque duradero, pero sin consecuencias políticas: «¿No te parece que es un peligro que el Duque ande de noche por esas calles, expuesto al puñal conspirador o a que le tomen por un ratero?» Pues todo esto se frustró porque el joven Guntel llegó tarde con su botella. Y por qué llegó tarde ya se verá, que está en las cartas que voy a transcribir aquí, pero son varias, contemporáneas de otras que reclaman un puesto en el espacio (si se considera la mesa en que las voy colocando) o en el tiempo (si, por el contrario, se considera el antes o el después de la colocación). No deja de ser curioso que yo sea el señor del espacio y del tiempo infinitos, aunque mi señorío no vaya más allá de un salón calentito, si bien prestado, con un gran ventanal por el que no se ve más que la lluvia, pero desde el que a veces se columbran mis (ya no mías) torres trepadoras. Algunos días de fiesta, con el viento a favor, escucho músicas de bandas populares, y no sé si será ilusión, pero llegué a oír canciones.

No debo empezar por Guntel, menos aún por el informe policíaco en que se me comunicó la llegada de Gasparini. Lo que verdaderamente puede constituir el buen principio de una buena ordenación, es un informe del Incansable Escrutador del Misterio. Por ejemplo, éste:


*Del Incansable Escrutador del Misterio*
*al Gran Duque Ferdinando Luis*


«¿Adónde fueron nuestros dioses, Alteza? Nadie lo piensa, nadie se lo pregunta, a nadie le importa ya. Sin embargo, a alguna parte fueron, en algún lugar están, en algún sitio se esconden. ¿Os lo habéis preguntado, Señor? Yo puedo responderos: debajo de la tierra se ocultan, en otras partes no pueden, los dioses nuevos los echaron de los cielos que eran suyos, estos cielos que son nuestros; los nombres les arrebataron, estos que aún ponemos a nuestros hijos, y las historias contadas en las noches de viento, cuando se les oye ulular, y la grandeza, aquella inmensa grandeza con que nos los mostraban los sacerdotes y los poetas, cabalgando en las ráfagas osadas del huracán, al aire los cabellos dorados, las espadas en alto, que cortaban en tiras el arco iris, y detrás las diosas incontables, una para cada uno cada día de la divina eternidad sin fin, vírgenes siempre, ebrias de amor y de violencia. ¡Ah, las grandes diosas rollizas, sensuales, paridoras de grandes navegantes! No eran de estos de ahora, nuestros dioses, buenecitos y dóciles a la invocación de los poderosos, el Águila del Este los tiene a su servicio, y, como él, las otras Águilas de los vientos restantes, del Oeste, del Norte, del Sur y del Noroeste. ¿Son muchos y les llaman dios? ¿O dispone cada Águila del suyo, de modo que cuando ellas contienden en el aire, sus dioses se pelean en el cielo? Son teomaquias que no comprendo, Alteza. Nuestros dioses antiguos no eran justos, ni razonables, sino arbitrarios y magníficos. No se dejaban convencer por las ofrendas y las promesas personales, cortaré para ti tantas cabezas, y ayudaban al que les parecía, con injusticia, hasta hacerlo grande y alguna vez divino. Aunque también sea cierto que existieron palabras con virtud, puestas en cierto orden, un ritmo cuyo secreto se perdió, que los envolvían como en redes invisibles y paralizaban sus venganzas: ¡los pobres dioses, presos de las palabras! Todo lo que les concierne es raro, y esas palabras mágicas ya no hay quien las recuerde.

»En el refugio secreto de los dioses no hay sosiego, Señor, unos quieren volver y otros no. Por las bocas de los túneles que las retamas cubren llegan en oleadas rumores de contienda, aunque sólo verbal. Disputan dioses y diosas acerca del regreso, si aparecerán un día con la furia en los ojos y la destrucción implacable, la ciega destrucción de los cascos de sus monturas. Los hay que sólo quieren resurgir fulgurantes: venir del sol en la tarde, salir del sol que se pone, y así, envueltos en la luz de la sangre, sobrevolar la ciudad con estruendo de gritos e imprecaciones, para volver de noche, sombríos, a la luna, en silencio y terribles, más que antes: el silencio de los dioses es la muerte. Pero los hay que intentan ir más allá de la amenaza, destruir, arrasar las piedras y los hombres, y dejar de su paso la memoria del humo y del espanto que ascienden hasta el cielo. Esto es lo que se escucha, Señor, en las bocas de los grandes corredores que oculta el bosque, es lo que nos revelan los genios del abedul y de la hiedra, que pueden penetrar hasta aquel ágora, dioses en torno a un fuego inextinguible en el que queman sus propias esperanzas: sus servidores les llevan carne de oso y el vino que les ofrendan los aldeanos. Los genios del abedul y de la hiedra lo saben todo, Señor. Lo mismo reptan que trepan, y a veces vuelan. Cuando se sientan en corro, en el claro del bosque, a la luz de la luna (si la hay), cantan por orden los largos recorridos por los túneles sombríos, y enumeran las revueltas y las vueltas, las rectas y las curvas. Su canto no es más que eso: como un mapa cantado por los vericuetos subterráneos. De pronto, de un zarpazo, el oso les dispersa.

»¿Qué váis a hacer, Señor, de vuestras tierras, cuando los dioses iracundos aparezcan en las bocas del Infierno? ¡Los dioses iracundos, señor! ¡Espadas de bronce celeste, sediento de cabezas!»

Pues no es mala manera de empezar, ¿verdad? Un poco exagerada. Todo lo que sucedió fue que me echaron del trono: un trono pequeñito, pero decente, y de notable antigüedad. Lo habían fundado navegantes barbudos que aún creían en esos viejos dioses.

La primera de las cartas del joven Guntel no cae mal aquí: ayuda a comprender, no sé si lo que vengo contando o lo que pienso contar.

*De Guntel a Roberto*

«Mi querido Roberto: mi padre te habrá dicho que le escribí, y que me encuentro bien, aunque sin nada que contar. Esto lo dije para que esté tranquilo y para que no se le ocurra la disparatada idea de venir a ayudarme. Pero hay dos o tres peripecias que sólo a ti puedo comunicarte: lo necesito y no confío en nadie.

»En primer lugar está lo del viaje. Lo nuestro en pequeños balandros hasta pocas millas de la costa, todo lo más hasta la isla, no fue nada. Si acaso el aprendizaje elemental de poner en el suelo los pies cuando el suelo se mueve. No es que sea mucho, pero como comienzo no está mal, pues me permitió aguantar sin caerme los bamboleos del barco, que son en todas direcciones: no sólo cabecea o se cae hacia la derecha (estribor) para caer luego a la izquierda (babor), sino que tiene diez o doce movimientos más. ¡Oh, Roberto! Asómbrate de la sabiduría de tu amigo: hay un punto en el barco que sólo se mueve hacia adelante, con el barco mismo, o sea que está prácticamente inmóvil. Lo primero que te llama la atención es el revoltijo que se arma en cubierta cuando vamos a zarpar: algo recordarás porque estabas en el muelle, pero no sé si habrán llegado hasta ti los pitidos y las voces de los contramaestres. Yo estaba cerca del capitán, haciendo como que aquello lo conocía, cuando empezó la maniobra, y te aseguro que es cosa de ver, y quizá de oír, cómo las voces sosegadas, aunque firmes, del capitán, conforme pasan de unos a otros, van aumentando de volumen, engendrando el ruido y el grito. Es algo así como si este hombre del traje azul y de la pipa, con el cuello y las solapas de la zamarra levantadas, tuviera sobre el sonido el mando de un director de orquesta. ¿Recuerdas cuando escuchamos por vez primera la *Novena*?

»Nos asombraba que el hombrecillo de la batuta, melena blanca más grande que su cuerpo, sacara de aquel conjunto de voces y de instrumentos un orden tan convincente. Pues esto se le parece, aunque no sea lo mismo. Bueno, es tan distinto que a lo mejor el parecido es ilusorio. Por lo pronto, no entiendo nada. El capitán inmóvil, en una postura negligente, dice con voz regular, la pipa entre los dientes, que icen tal vela (yo no recuerdo los nombres), y, antes de que lo pienses, aunque con mucho estruendo, eso sí, aparece una vela tendida allá en la punta de un mástil que casi no se ve. En la punta, ¿comprendes?, pero, entre tanto, otros marineros han tendido la más grande de todas, la que queda aquí mismo, lo que se dice encima. Yo me pregunto si vamos a navegar así, con dos únicas velas, y unos trapos que salieron de proa, y para qué sirven las demás, pero, al remontar el cabo, donde la mar se encabrita, hay nuevas órdenes, nuevos pitidos, nuevas voces, y en muy pocos minutos todo el velamen queda en sus sitios desplegado, y el barco salta las olas como una gaviota jugando. Para explicármelo, tuve que imaginar que en la orquesta dialogan la flauta y el violín hasta el momento en que interviene toda la masa instrumental. La diferencia más importante es que el capitán fuma su pipa y se recuesta en una especie de barandilla que tiene el puente, mientras que al director no se le ocurre llevarse a la boca la batuta. ¿Lo imaginas? Una cosa curiosa es que aquí todo el mundo trata de señor a todo el mundo: el capitán al contramaestre, el contramaestre a los cabos, los oficiales entre sí... Al que no tratan de señor le ordenan a silbidos, que debe de ser un poco como ordenarlo a patadas, pero los silbidos son menos humillantes. Querido Roberto: el mundo está lleno de cosas que nosotros ignoramos. Hay mucho más que Beethoven, que Victor Hugo y que Lord Byron. En este momento no sé si es preferible la mar cantada en verso, o la misma mar, movediza, violenta, verde-gris con espumas blanquecinas y el navío brincando de una cresta en otra cresta, encaramado o caído. Nunca seremos capaces de imaginar cómo es la vida de un albatros, ni qué conciencia tiene de sí mismo ni de las láminas del viento en que planea. La cuestión no está en creer que tiene alma, como tantas veces hemos discutido, sino cómo es, en qué difiere de la nuestra. Por lo pronto, he deseado ser viento, mar, barco y albatros. También he deseado ser la pipa del capitán.

»Bueno. Por este camino de las experiencias cósmicas no voy a contarte nada, y tengo bastante que contarte. Olvida que soy poeta y piensa solamente en el viaje y en el mensaje. Piensa que mi padre me entregó un objeto sagrado y que mi obligación es llegar hasta su destinatario y entregárselo. Piensa en la botella que

guardo en mi baúl. "Señor, hace ya muchos años..."
¿Recuerdas las veces que ensayé, bajo tu dirección, las
palabras del discurso y el mejor modo de decirlas? Pues
he vuelto a ensayarlas, y pude comprobar, con alegría,
que no olvidé palabra ni movimiento, pero esto *tampoco tiene importancia*. Todo empezó cuando llegamos al
Puerto de las Estrellas Azules (Bluestars Port) y tendieron la pasarela al muelle. Nos dijeron que durante cuatro horas podríamos recorrer la ciudad, si nos apetecía, o ver los espectáculos de los cafés del puerto, aunque sólo los varones de cierta edad y con experiencia.
La medida de la experiencia y de la cierta edad no quedó suficientemente aclarada, de modo que me conté entre los pasajeros expertos y maduros. Fui a uno de esos
cafés y asistí al espectáculo. Querido Roberto: he visto a una mujer desnuda —quiero decir, a varias—; he
visto a una mujer cochina; he podido escuchar las voces lúbricas de los varones maduros y experimentados,
mientras yo enmudecía. Finalmente lo que vi no me
sirvió de nada, y sigo preguntándome cómo es una mujer desnuda, porque a estas que vi les faltaba misterio, eso sobre lo que versaban nuestros interrogatorios
interminables, lo que intentábamos descubrir con nuestras adivinaciones. De algo, sin embargo, me sirvió el
espectáculo del café del muelle: saber que mezclado al
mundo de la decencia está el de la indecencia, el de la
fealdad al de la belleza; el de lo horrible al de lo maravilloso, y que nadie lo ha debidamente delimitado. Querido Roberto, la más desvergonzada y repugnante de
aquellas mujeres que vi desnudas es también una de las
más bellas, quizá la más, de mi vida. ¿Tú lo entiendes?
Te digo bella sin restricciones, te lo digo como puede
ser absoluta la divinidad de Dios. Y te digo, además:
pura en reposo y en silencio; pura cuando, fatigada, se
recuesta en la columna que limita el escenario, y baja
los párpados: entonces parece como si la recobrase otra
mujer que lleva dentro; lúbrica, demoníaca, cuando
abre los ojos y se mueve, cuando canta procacidades in-

concebibles, cosas que yo mismo no sé si he llegado a entender. Después, cae el terciopelo rojo, ornamentado de un falo de oro, y ella se despide con un ademán de desprecio hacia todos. Se llama Lislott: es lo único que sé. Ese nombre, ¿no te recuerda algo? ¿No es próximo a uno de diablo o diablesa? Los varones maduros y experimentados rugen cuando ella marcha; yo me retiro, me deslizo como si me escondiera por las callejas del barrio marinero, que todas conducen al muelle. Entonces, busco el barco y me reintegro a algo que entiendo y que es hermoso y en el que tengo un lugar. Pero ¿sabes?

»Delante de la puerta de mi camarote había una mujer. Tenía un puñal en la mano, y parecía defenderse de un hombre escondido en la sombra. Vi la escena, me lancé sobre el hombre, y éste escapó por la crujía oscura. La mujer sonrió y me ofreció el puñal: "Toma; puede hacerte falta". "Pero, ¿y usted?" "Yo, aunque no lo entiendas, te defendí a ti." "¿A mí?" "A tu tesoro." "No tengo ningún tesoro, señora." "No lo sabes, pero sí." Se me acercó con el puñal en la mano. "Eso que intentas entregar al Gran Duque vale más de lo que crees." "Pero, ¡si no es más que una botella!" Estábamos en una penumbra creada, más que anulada, por un farol de gas colgado de un mamparo. Al darme el puñal, le había cogido la mano. No se resistió, sino que la abandonó dulcemente. "¿Quién es usted?" "Acuérdate de que me llamo Lislott." El nombre me sacudió: de un tirón la situé debajo de la lámpara y la miré: era la misma cara, pero distinta. Quiero decir, ni lúbrica, ni pura, sino enérgica y algo triste. Sonrió al verme estupefacto. "¿Es que te recuerdo a alguien?" "Sí, pero... No, no puede ser. La cara sí; pero tendría que verlo todo..." Soltó una risa menuda, pero sin burla. "¿No te parece que es un poco pronto?" Sin que pudiera prevenirlo, me dio un beso y huyó, no sé por dónde ni adónde. Y, ahora, Roberto, me tienes cercado por las dudas sin causa, por las preguntas sin sentido, por la perplejidad.

No volví a verla durante el viaje, ni en cubierta ni en el comedor, ni en el salón. Intenté preguntar, pero me di cuenta de que me falta mundo para hacerlo con discreción. En la proa del barco, al viento la melena, erguido como un poeta que desafiara el huracán pero que fuese al mismo tiempo el mascarón, sé quién soy; pero en un sillón de terciopelo rojo, mientras una dama ignorada toca el piano, no lo sé.

»Lo más que puedo contarte es que cuando, por fin, dejamos de navegar hacia el norte y lo hicimos hacia el sur, es decir, cuando doblamos el cabo septentrional hacia nuestro destino, alguna gente de la tripulación se mostró especialmente jubilosa, exultante. Inquirí si sucedía algo. "Usted, ¿es de la Banda del Este, señor?" "Le confieso que sí." "Pues estamos frente a la Banda del Poniente." Lo dijo con el mismo júbilo que si hubiéramos llegado al Paraíso.»

A lo mejor, esta carta de la señora Stolle debiera de figurar antes que la de Guntel. Pero, al tratarse de menudencias, ¿qué más da?

### De la señora Stolle a su Amiga del Alma

«¡Oh, *darling, darling, mon coeur*, de qué manera me conmueve esta coincidencia en los gustos que se deduce de tu última carta! ¿Cómo voy a estar de acuerdo con los lazos de moaré en la garganta cuando se lleva un escote escandaloso? ¿Y quién va a convencerme de que el lacito, aunque sea violeta, aminora el efecto, perturbador hasta la repugnancia, de lo que casi se muestra más abajo? No sé qué van a inventar esos franceses para lograr que todas las mujeres parezcamos cocotas, pero, afortunadamente, el buen ejemplo nos llega de más allá del Canal, en las personas y costumbres de la Corte Impecable. Allí no se usan lacitos de moaré. Luego, nada de lacitos, y al Infierno sin paliativos la que los lleve. Le consulté el caso al reverendo Virgilio, que es uno de mis fieles (alguna vez te hablé de él, ¿verdad?), y después de estudiarlo muy concienzudamente, me respondió que la intención del lacito, si bien en un principio parece invitar a una distracción, acaba por actuar de indicativo y que, por tanto, y sin asustarse, se puede considerar su uso como costumbre cuasi diabólica, "en el caso —añadió— de que lo diabólico exista como se venía entendiendo y no de manera abstracta y especulativa, entre la fantasía teológica y la poética". "Entonces, Reverendo, ¿cree usted que la señora Rheinland, que fue la primera en ponérselo, al mismo tiempo que rebajaba su escote una pulgada, está como quien dice en el Infierno mismo?" El reverendo tardó un momento en contestarme, como si lo pensase; luego me dijo: "En el caso problemático de que exista el Infierno y de que la señora Rheinland se sobreviva a sí misma para poder ir a él, puede usted asegurar que, en cierto modo, ya está allí aposentada". "Pero, Reverendo, eso que acaba de decirme, ¿supone alguna duda acerca de la realidad del Infierno?" "Duda metódica tan sólo, duda científica. El teólogo serio no puede sin más ni más aceptar las creencias tradicionales, que, al menos una vez cada siglo, tienen que ser revisadas. Nosotros no lo hemos hecho apenas desde los tiempos de Lutero." No me eché a llorar por vergüenza, ni me arrojé en sus brazos porque el pobre Virgilio es tan distraído y, sobre todo, tan inexperto (practica el celibato, como en los viejos tiempos) que no hubiera sabido qué hacer conmigo, aunque estábamos solos y yo sé de sobra lo que haría con él. Me sacaba de quicio sospechar que la señora Rheinland puede seguir enseñando los pechos en el más acá con la conciencia tranquila acerca de lo que pueda sucederle en el más allá. Yo tengo mala conciencia, gracias a Dios y a la buena educación recibida; ¿qué sería de nosotros sin la mala conciencia? ¿Qué sería de ti, amor, *darling*, experta en tantas perversidades mentales? ¿Te acuerdas cuando, en la corte de La Haya, jugábamos a matar gente fea? A matarla con el corazón, no con puñal ni con veneno. Finalmente me serené. "Revise lo que le parezca bien, Reverendo, pero no nos deje sin Infierno. Si me quita esa arma, ¿cómo voy a combatir contra esa bruja de la señora Rheinland, esa judía vergonzante y vergonzosa?" "Lo pensaré, lo pensaré." En el fondo fue una suerte que el reverendo no me haya sofaldeado, como hubiera sido mi gusto, porque en aquel momento entró Simone Paschal con noticias políticas expresadas con gritos convulsos. "¡Que lo echan, que lo echan, que lo quieren echar!" "¿A quién?" "¿A quién va a ser? Al Gran Duque." Las noticias que traía vienen quizá de Viena, pero quizá de Munich, y con estas incertidumbres nunca hay nada que se pueda comentar con un mínimo de lógica, como en los buenos tiempos. Las noticias inciertas sólo permiten la murmuración a medias, llenas de peros, de quizá, de quién sabe, y de distingos peligrosos. Y las mujeres como yo sólo se muestran en la plenitud de su hermosura cuando afirman, cuando apabullan. Tuve que desviar la conversación hacia la señora Rheinland y afirmar como se afirma la muerte que se aguanta las tetas con un artificio moderno que le trajeron de París (por cierto, ¿sabes tú algo de esto?). En fin, es muy probable que tú, en ese retiro italiano, sepas más que nosotros, o, al menos que las noticias te lleguen menos torcidas. Lo único seguro es que al Gran Duque le queda poco tiempo de reinado, salvo que aparezca no sé qué talismán milagroso del que se habla estos días y que un verdadero ejército de esbirros se dedica a buscar por toda la ciudad, no de la parte del Gran Duque, que a ése le trae todo sin cuidado, sino de la otra. ¡Un talismán! Fíjate tú. Como en los tiempos de María Castaña. ¿Será ese falo francés que usaba Isabel de Inglaterra, y que le dio tanta suerte que fue la única de las joyas robadas a la Corona que no apareció jamás? De algo de eso se trata, que, encontrado, asegurará el trono a nuestro Gran Duque. Dicen que lo trae un adolescente divino, al que quisieron ya asesinar un par de veces, yo que sé, y que veré de traer a mi salón. Además es un poeta. Lo de divino lo puedes entender como quieras.

»No dejes de decirme cómo resuelven las italianas lo del lacito. No estoy nada tranquila. Tengo oído que los moralistas católicos permiten que el escote baje todo lo que se quiera con tal de que no se muestren los botoncitos. ¡Menudos son esos curas! ¡Inmorales! Y de los pechos que van cayendo, ¿qué?

»Margarita, *darling*, mándame algún libro de los que tú sabes. La señora Rheinland se dedica a la importación de escritores franceses. Los ingleses ya los conocemos todos, aunque no entendamos alguno. ¿Qué se escribe en Italia? La vieja musa de Aretino, ¿ya se ha extinguido? ¡Es la maldita política la que agota el buen humor y la inventiva.»

Ya no sé si hago bien o mal en transcribir lo que Myriam le escribió a Rosanna cuando llegó a París. Mis escrúpulos son bastante razonables si se tiene en cuenta que, en medida bastante amplia, yo soy el tema. Rosanna me lo ocultó e hizo bien, porque estaba obligada a hacerlo; pero Rosanna ignoró siempre y lo sigue ignorando que de todas las cartas que pasaban por la estafeta real, yo recibía copia. Si, como dije, la mayor parte de estos papeles no los leía, de algunos adiviné la importancia y éste es uno. No es rigurosamente contemporáneo de los dos anteriores, pero sí aproximadamente. Cuando llegó a la ciudad Gasparini, Myriam ya se había marchado, pero Guntel, ese muchacho de la Banda del Este, portador del talismán, se le había anticipado al músico en pocos días. Myriam me anunció su marcha con la acordada antelación. Como entonces todavía me quedaba algún dinero, pude ayudarla a prepararse un equipo decente y a llevarse consigo un razonable viático. El viaje a París incluía una desviación a Weimar, no por voluntad de Myriam, sino porque yo se lo había aconsejado. Marchó una mañana gris, en un coche diligencia cargado de personas, dc baúles, de maletas. Fui a verla marchar, aunque de incógnito, y no olvidaré jamás aquel momento en que, tras el restallido de la fusta en el aire mojado, tintinearon los cascabeles, y el coche, con su carga, se perdía en la niebla: la escena ha sido tantas veces dibujada por los ingleses que no vale la pena describirla, pero no está de más saber que Myriam lloró comedidamente al despedirse de mí, y que yo lloré cuando ya ella se había marchado.

Myriam envió a Rosanna, desde Weimar, una esquela muy breve, con noticias de su salud y de lo bien que le iba en el viaje: dos o tres más desde algunas ciudades entre Weimar y París, más o menos iguales, y finalmente ésta, desde París, una vez asentada.

### De Myriam a Rosanna

«Rosanna: ¡Si pudieras imaginar qué sola estoy en esta ciudad tan enorme, que sólo entrar en ella me dio miedo! Como no has viajado nunca en tren, no sabes cómo se mezclan la carbonilla y la lluvia, no sabes qué zarabanda es una estación de ferrocarril, aunque yo me haya marchado en una diligencia, bastante más incómoda que el tren, pero, no sé, con cierta humanidad. No dejo de recordar la limpieza con que zarpan de nuestros muelles los barcos, y las caras de los viajeros acodados a la borda, todo a lo largo, con las manos diciendo adiós a gentes que no conocerán jamás. Esos barcos de vela ya no son el progreso, sino esos otros, de carbón, tan sucios como los trenes; y yo, según me explicó mi padre largamente, una de las dos tardes que hablamos largo, tengo que dejar de pensar en lo pasado y amar el progreso. Todo eso del retraso y del progreso de que vengo oyendo hablar no lo entiendo del todo. De momento, el mundo se divide en lo que está bien y en lo que está mal: lo de entender el progreso y el retraso vendrá más tarde, espero. Mi padre me habló mucho del *progreso* de su música, de que se anticipa al tiempo, y también de la del señor Wagner. Creo (y lo siento) que mi escaso interés por su arte le ha decepcionado, y le ha inquietado en cambio mi interés por sus relaciones con una gran dama con la que quiso, no sé si quiere aún, casarse. Sobre esto se mostró muy cauto, y derivó su conversación al relato de su último viaje a Roma y a la vaga idea que tiene de hacerse cura. Muy bien. Nos despedimos muy cortésmente, y me obsequió con un libro y una flor marchita dentro del libro. ¡Qué espiritual!, ¿verdad? No he logrado todavía averiguar si la flor marchita es él o soy yo.

»Como habíamos previsto, aquí, en París, estoy en casa de la tía Theresa. Como lo es por parte de mamá, no existen problemas de genealogía. La tía Theresa lleva vida mundana en una ciudad mundana en la que empiezo a poner los pies mundanamente. Ya me llevaron a la Ópera, donde me aburrió el espectáculo y me divirtió la gente. Nuestra Corte es modesta, Rosanna, demasiado modesta. No es que a mí me importe el lujo, pero así como el que se veía en la escena me parecía forzado y falso, la falsedad de lo que se veía en las plateas y en los palcos era de otra clase: como si dijéramos una falsedad auténtica; no sé si no me estaré armando un lío con esto de las dos falsedades, pero estoy segura de que lo entenderás, porque no habrás olvidado algunas de nuestras conversaciones cuando comentábamos el espectáculo de la señora X, y de la señora Z, aparentando lo que no eran, y mostrando, en lo que fingían ser, la verdad de lo que quisieran ser. Lo que ahora observo es que predomina la falsedad que revela sobre la autenticidad que esconde. ¿Y no será, esa falsedad reveladora, el progreso? Te aseguro que estoy bastante confusa, aunque espero aclararme alguna vez.

»Bueno. Todos estos trámites intrascendentes, todas esas bobadas, las he ido escribiendo mientras decidía si ha llegado o no el momento de revelarte la verdadera razón de mi marcha. No puedo deducir de tu conducta conmigo, de tus palabras, si la has olvidado o si tu bondad te ha impedido advertirla. En cualquier caso, nuestra sinceridad recíproca, el amor que nos tenemos, me obliga a confesártelo, y después de que yo escriba ciertas palabras, no volveremos a hablar del caso. Yo decidí marcharme en el momento mismo en que descubrí, no que el que creía mi padre no lo era, aunque sí el tuyo, sino que *estaba enamorada de él*, y tomé la decisión de marchar, un poco precipitadamente (¿recuerdas que me preguntaste: ¿qué prisa tienes? y yo no supe explicarte por qué tenía prisa?), tomé esta decisión, digo, en el momento en que comprendí que también él me ama y que unos días más de convivencia harían inevitable la catástrofe. (¿La catástrofe? ¡Dios mío! ¿Por qué amarse lo es?) Entiéndeme bien, Rosanna: ya sé que no podría nunca casarme con él, pero no sentiría el menor escrúpulo de ser su amante si pudiera serlo en el silencio y en la paz de un lugar escondido y lejano donde nos llamáramos el uno al otro con nombres distintos de los de Myriam y Ferdinando, pero no es posible. ¿Qué sucedería entonces? Pues que esos mismos que ahora se burlan de tu padre porque mi madre le engañó, se escandalizarían ante el supuesto incesto. La segunda tarde del coloquio con mi padre le dije francamente cuál era la razón de mi marcha a París. Creo que fué el único momento, de todo el que estuvimos juntos, en que se conmovió y en el que sintió algo semejante al remordimiento. Me dijo: "Si el príncipe Ferdinando y tú fuerais católicos, quizá yo pudiera arreglar la cuestión en Roma. Sería difícil, pero no imposible. Pero, en estas circunstancias, Roma no puede hacer ni deshacer. En cualquier caso, el príncipe tendría que aceptar públicamente su deshonor y yo mi pecado. Es un problema sin solución, hija mía". Yo le respondí que la tenía y que ya se la había dado marchando. "¿Es tu renuncia a ser feliz?" "Sí. Ése es el punto de partida..."

"¿Y adónde llegarás?" "No lo sé." Por lo pronto, Rosanna, he llegado al dolor. Ya sé lo que son noches enteras de llanto y la tentación de la muerte. Vagamente recuerdo que he venido a París con el pretexto de mi afición a la ciencia (por aquí, inevitablemente, me embarcaré en el tren del progreso), pero, hasta ahora, no pasa de un vago recuerdo y un propósito vago. A la tía Theresa le divierte la idea de verme en un invernadero en compañía de hombres de bata blanca. "¿Y tú también, criatura, tendrás que ponértela, y esas antiparras tan divertidas que llevan casi todos?" Para la tía Theresa, la ocupación de una muchacha como yo, además del amor, debe ser la vida social, hallar un buen partido para casarse y, como entretenimiento y adorno, cierto interés por las artes y por las letras. Me prometió llevarme al salón de la princesa Mathilde, que es donde se reúnen los hombres más sabios y más sensibles de París. "¡Ya verás, unos hombres deslumbrantes, aunque nada recomendables para maridos!" Esto me aleja un poco de mis sentimientos, pero, al quedarme sola, no puedo evitar la conciencia de mi verdadera situación: soy una mujer frustrada porque mi amor no es ni siquiera un sueño. ¿No encuentras diabólicamente injusto que yo fuera condenada por lo que no es condenable?

»Una tarde, hace apenas dos meses, me sentí tan angustiada que necesité morir, pero, en vez de arrojarme al canal desde mi ventana, fui a las habitaciones de tu padre dispuesta a preguntarle: "¿Nos atrevemos?": esas solas palabras, suficientes, por otra parte. Lo encontré solo y me miró tristemente y con tanto amor que empecé a llorar y escapé de su lado. Yo creo que había comprendido mi decisión, y que aquella mirada que no olvidaré jamás, fue su respuesta. A veces se la reprocho en mi corazón, a veces se la agradezco, pero en todo caso comprendo que tenía razón. ¿Te das cuenta? Tenía razón: lo que no entenderé nunca, pese a mis conocimientos matemáticos. La razón y el amor no se compaginan.

»Te quiero, Rosanna, y lo quiero a él. Dale un beso de mi parte, no el que me gustaría darle, sino el que puedas darle tú.»


Por estos mismos días, Guillermo Federico Carlos me escribió en nombre de Carlos Federico Guillermo, a quien vengo llamando el Águila del Este, que le cuadra. Con esta carta introduzco en el relato a la Emperatriz, ya nombrada, pero que aquí se insinúa con algún mayor detenimiento. No es de los personajes permanentes en mi vida, no por mi culpa, sino por su voluntad: vino, estuvo, se fue, y dejó tras sí ese rastro difícilmente definible que unos llaman desvergüenza; otros, extravagancia y, algunos, desdén, sin que sea, a mi juicio, nada de eso. Por lo que a mí respecta, me dejó su recuerdo, que no quiero definir salvo como inolvidable, pero al que todavía le queda algo de aroma. Necesito hacer constar que la carta de Guillermo Federico Carlos me alegró, pues implicaba nada menos que la seguridad de que, durante algunos días, probablemente pocos, Carlos Federico Guillermo me respetaría como Jefe de mi Estado, aunque no sin peligro, como podrá deducirse de la carta misma: nadie está libre de que algún insensato grite un potente ¡Turulú! a S.M.I. En ese caso, en algo a mano ha de emplear la voracidad, y yo estoy hace tiempo disponible

*De Guillermo Federico Carlos a su
primo muy querido Ferdinando Luis*


«Su Majestad me encarga que te escriba. Recibe como suyas las advertencias e instrucciones que contiene esta carta. Acontece que a su Majestad la Emperatriz se le ha ocurrido pasar unos días en esa ciudad en que habitas, famosa por sus canales, por sus galerías orientadas al oeste, por sus escasas, aunque incomparables, puestas de sol: no hay, sin embargo, ninguna pista que nos permita conjeturar cuál de ellas es la razón, cuál es la causa que mueve a nuestra Soberana, cuya afición a los viajes es, por otra parte, sabida y comentada por todos los periodistas europeos. Pero, querido primo, ¿cómo podría atreverme a imaginar las razones aquí? Mi prudencia llega al extremo de aconsejarte que ni siquiera intentes establecer una hipótesis secreta. La voluntad de la señora es libre. La Emperatriz es como un pájaro, y sus vuelos, imprevisibles. Pero, sucede, además, que, en cuanto golondrina, gusta de disfrazarse de calandria o viceversa, de modo que llegará a tu capital llamándose condesa Korda. Ni parada, pues, ni fanfarrias. ¿Cómo te las vas a componer, sin embargo, para que, a pesar de su disfraz, se aloje en tu palacio? ¡Ah, querido Ferdinando, es cosa tuya! S.M., nuestro egregio primo, pone como condición que no te vea, aunque sí puede ser acompañada y agasajada por tu hija. ¡Qué oportuno sería, una vez arreglados los trámites, un viajecito tuyo por la costa del Este! Son gente peligrosa, recuérdalo: separatistas o más bien integracionistas, pues nuestro excelso pariente cuenta allí con muchos partidarios. Si, ese viajecito es públicamente aconsejable y, la llegada de la condesa Korda, la mejor ocasión. Del presente que se le haga (cualquier chuchería cuyo valor sea digno de la persona a quien se entrega) puede encargarse también tu hija. Procura no cometer olvidos, menos aún errores. Aunque la Emperatriz se cree viajera solitaria e incógnita, el aparato entero del Imperio la vigila, y en casos como éste, en que sale de nuestras fronteras actuales, un ejército a mi mando garantizará, a las mismas puertas de tu país, su libertad y su integridad. Aprovecho esta ocasión para enviarte un saludo muy sincero. S.M.I, en cambio, lo ha olvidado.»

Esta otra nota, medianamente diplomática y escasamente cortés, recibida por la vía oficial, completa, a mi juicio, la situación de mi ducado durante aquellos días memorables que precedieron a mi destronamiento. Me invitaba a una conducta desacostumbrada y fatigosa, aunque inútil y antipática para mis súbditos: no guardaba relación, al menos aparente, con la llegada de la Emperatriz, menos aún con mi tristeza por la ausencia de Myriam, sino con un personaje de quien todos habíamos oído hablar, pero con cuya presencia y compañía no habíamos contado para tan pronto, aunque quizá la hubiéramos deseado. Al enterarme de su llegada, involuntariamente se me reconstruyó en la mente una vieja historia sentimental y dolorosa que, en cierto modo, y con ligeros cambios, podía repetirse:

*Del Ministro de Policía a Su Alteza*
*el Gran Duque Ferdinando Luis*

«Alteza: el conocido virtuoso del violín signore Ruggiero Gasparini, que viene recorriendo desde hace tiempo los países del centro de Europa y ofreciendo en ellos conciertos que despiertan justamente el entusiasmo de los más cultos auditorios, se dirige a esa capital. El signore Gasparini, además de un artista ilustre, es un carbonario peligroso, ante el cual todas las precauciones son insuficientes. Tenemos la sospecha de que estos viajes le sirven de pretexto para relacionarse con grupos liberales secretos, con los que conspira contra la política oficial de los Imperios en nombre de esa falacia moderna de la libertad de los pueblos, y, singularmente, de esa incómoda utopía que es la libertad de Italia. Alteza, el señor Gasparini *debe ser vigilado* hasta el punto de poder dar cuenta de *todos sus actos*, singularmente los privados, sobre todo de aquellos que pueden esconderse tras el descanso simulado y el necesario sueño. Todos los días nuestro representante recibirá una exposición detallada de lo que el signore Gasparini ha hecho durante el día anterior: es orden directa de S.M.I., cuya gloria aumente el Señor.»

Está claro que quien no sólo sospecha que se le vigila, sino que lo sabe (y hacérselo saber es fácil), tiene sus movimientos muy limitados: mediante un apretado cerco policíaco, podría anularse tanto su peligrosidad política como la sentimental. Pero lo primero que yo consideré fue la escasez de mi policía: ¿Cómo iba a copiar por duplicado la correspondencia, proteger a la Emperatriz y vigilar al músico? Concurría además en mí la circunstancia de mi absoluta falta de ganas de emplearme en aquellos menesteres, y de emplear a más policías de los necesarios para que yo estuviese informado, no para que lo estuviese el Águila; y no como venganza del pequeño contra el grande, sino porque mi primo necesitaba un tipo de informes distintos de los que a mí me apetecían. Yo me atrevía a conocer la verdad; a mi primo le urgía convencerse una vez más, primero, de que su mujer no le engañaba (sus devaneos, si los hubo, los sospechó alguna gente, pero en la ignorancia contumaz y deliberada, nutrida de las más indiscutibles certezas, él hallaba singular satisfacción), y, después, de que todo el mundo conspiraba, lo que le autorizaba a llenar las cárceles y a ejecutar de vez en cuando a un cándido libertario.

Dispuse lo disponible, cosa nada fácil porque mi ducado, antes de pertenecer al Imperio Inmensurable, era apenas un pequeño rincón poblado de personas cuya mayor aspiración en esta vida era y es todavía la de asistir a puestas de sol bonitas (lo cual no implicó jamás desdén o descuido de otros menesteres menos líricos). Se esperaba a la Emperatriz a mediodía; al signore Gasparini, en la diligencia de la noche. Yo había organizado una ausencia simulada, pero, a las diez de la mañana, llegó a la puerta de palacio, corriendo a todo correr, un soldado con una misiva urgente y personal. En ella me decía la Emperatriz:

*De S.M. la Emperatriz Úrsula Cristina a su primo*
*el Gran Duque Ferdinando Luis*

«Querido primo: no hagas caso en absoluto de las instrucciones que mi marido te haya enviado en relación con mi viaje y mi estancia entre vosotros, porque a lo que él teme es a la escasez, verdadera o fingida, de camas en tu palacio, aunque no parezca un temor demasiado digno de su alcurnia. ¿Será que su verdadera vocación es la de aposentador real? Si es necesario que desaparezcas, ¿qué voy a hacer sin ti? Tu compañía forma parte de mi programa total, de modo que organiza la cosa en este sentido. Puedo ir al teatro con tu hija, de quien se cuentan primores, pero la idea de hablar sola no me divierte nada. Querido primo, disfrázate si es necesario de algo que yo no deba alejar de mí. Lo dejo a tu invención o a tu capricho, porque espero que en ningún caso me defraudes. ¿Y si te presentaras como el que eres, ni más ni menos, ese que me gustaría conocer, porque hace veinte años que vengo oyendo hablar mal de ti? No creo que por quedarte corras más peligro: lo que ha de ser, ha de ser, por lo menos en el mundo del Gran Turco. Hoy almorzaremos juntos en la intimidad, de la que no veo por qué excluir a tu hija. Úrsula Cristina, E.»

## VII

El traje que traía la Emperatriz acumulaba en su corte y ornatos cuanto de extravagante y masculino pueda soportar sin destruirse la elegancia y la feminidad: éstas son las únicas palabras que se me ocurren cuando recuerdo su sombrero, la curva de su falda, su chaquetilla, el cuero delicado de sus botas, pero también el modo entre irónico y perverso con que encendía un cigarrillo ante la mirada indiscreta, aunque no asombrada, de Rosanna. «¿Es que todavía no fumas, criatura? Hay que ir acostumbrándose: las mujeres estamos destinadas a todo y no sabremos jamás de qué vendrá grávido el Destino. Ya ves: hija, como tú, de un Gran Duque, y hecha ahora Emperatriz, si bien es cierto que contra la voluntad más íntima del Emperador, que me hubiera tolerado mejor como querida.» Rosanna me dirigió una mirada rápida y soslayada, que Úrsula Cristina sorprendió y que la hizo reír: Rosanna la recibiera con tal cortesía, con una reverencia tan perfecta, que la Emperatriz se había asombrado de que quedara todavía en Europa un lugar donde se conservasen las exquisitas maneras inventadas por nuestros antepasados para poner freno de gracia a su enorme vigor, brutal a veces. Eran las de Úrsula Cristina tan impecables y tan naturales, que la imaginaba uno pidiendo perdón por el modo algo agresivo de nacer, pero la diferencia entre su manera de usarlas y el de Rosanna consistía tal vez en que ella las aplicaba con visible sorna a los actos que se le ocurrían inmediatamente, sin meditar su conveniencia, en tanto que Rosanna lo hacía aún con virginal ingenuidad. Una de las atracciones de mi palacio para los visitantes es el famoso arambol de su escalera, cuatro plantas de irreprochable espiral construida en caoba y bronce por estupendos artesanos. Úrsula Cristina la contempló y no dijo nada; mejor dicho, sí, algo: «Vamos arriba». Y subimos al cuarto piso, ella más diligente que nadie. Y cuando estuvimos a la altura de las mansardas, nos hizo una reverencia, a Rosanna y a mí, se montó en el arambol como en el caballo más lúcido, y se deslizó velozmente hacia abajo, las faldas hinchadas por el aire, como una flor que se nos escapa de las manos, que al caer recorre una curva imaginaria, y que de vez en cuando levanta la cabeza, mira y se ríe, *as you like it:* supongo que aquélla sería la diversión de la condesa Korda. A la estupefacción siguió la prisa por bajar las escaleras, empujados quizá por la esperanza vana de llegar antes que ella: estaba ya a la altura del primer piso, ascendiendo, cuando la tropezamos. «¿Os gustó?» «Pues ¡claro!», dijo Rosanna, muy contenta. «¿Por qué no lo haces tú también?» «Lo tendré en cuenta cuando empiece a fumar.» Úrsula le dio un beso. «Y a amar, criatura, no lo olvides. Antes de amar hay algún inconveniente para bajar así las escaleras.»

No deja de ser curioso, y quizá extraño, con la extrañeza de lo sospechoso, el que, en los primeros papeles que después de la llegada de Úrsula recibí del Incansable Escrutador del Misterio, se me hablase de la Emperatriz, aunque sin precisar cuál. Una de las muchas muertas, por supuesto, pero, como con los muertos nunca se está seguro, menos aún que con los vivos, anduve algunos días preocupado por aquella identidad de títulos. El informe decía:

*Del Incansable Escrutador del Misterio a
Su Alteza el Gran Duque Ferdinando Luis*

«Algunos de vuestros súbditos, Alteza, acostumbran a pasear, a la hora del crepúsculo, por el muelle del Oeste: quizá sepáis, Señor, que a veces, entre las nubes grises, se transparentan rachas rosadas, o asoma una franja púrpura al romperse una nube: así, Señor, sabemos que el sol existe aún, que está detrás, y conservamos la esperanza de que amanezca un día azul alguna vez. Pues bien, a la hora del crepúsculo del día diecisiete, una linda fragata negra y verde se acercaba a la costa, dando bordadas, y pasó bastante cerca del faro y del espigón: tan esbelta, que la gente se recreaba en mirarla, un poco borrosa del perfil a aquella hora; y yo no sé en virtud de qué fenómeno, óptico o mágico, hubo un momento largo en que se multiplicó en incontables fragatas, iguales y con las velas hinchadas, que surgían del horizonte como puede surgir la escuadra rosa cuando el zar la revista: a mí, mi catalejo me permitió ver, además, los pasajeros asomados a la borda, los marineros en zafarrancho. No eran de nuestro tiempo, Señor, sino pasados, acaso muertos renacidos, esos de que ya tengo informada a Vuestra Alteza, que se acercaban en viaje exploratorio, y que una noche de éstas, nadie sabe aún cuál, desembarcarán en un lugar ignoto y convergerán en la ciudad con su temor de que alguien venga a robarles las tumbas con el pretexto de la Grandeza. Seguramente os preguntaréis, Alteza, las razones por las que, siendo muertos enterrados en nuestra tierra, y pudiendo venir por los caminos reales, por las trochas y por los atajos, lo hacen por la mar, pero los muertos tienen sus modos y nunca es previsible su conducta. Señor, esa linda fragata donde viajan los muertos bien puede ser, y, si no me equivoco, es la *Cristina Regina*, hundida en 1665: una fragata muerta.

»En lo que fue Monasterio de San Magnus, se oculta a los curiosos, no a los fieles, el sepulcro de la Emperatriz. Ignoro si Vuestra Alteza lo conoce: es de mármol, y han labrado en la tapa la efigie de la Gran Señora, con la corona, el cetro y la bola del mundo en la mano. Los encajes de su gola son un primor, sus cabellos casi pueden contarse, y hay quien se atreve a acariciar sus manos. En una inscripción latina consta: "Aquí yace...", pero todas las historias han insistido en que la Gran Señora no está sola, sino que junto a ella, en el mismo sepulcro, enterraron a su hermana, la que no fue nunca reina. Nada revela, nada alude a la presencia de sus huesos, pero, una noche, un rayo destapó el sepulcro, se olvidó cuándo, y el esqueleto de la hermana apareció abrazado al de la Emperatriz, con las manos al cuello, como intentando estrangularla. ¡Cosas extrañas, Señor, que inventan los aldeanos, pero que a veces son ciertas! Entonces se supo que en el fondo del sepulcro también hay montañas y ríos secos, recuerdos indescifrables y músicas perdidas. Las gentes del contorno le temen, a este sepulcro, pero nadie se atreve a iniciar un amor sin acercarse a él, ella delante, el muchacho detrás, con flores o con estrellas, y pedir a la efigie de la Gran Señora permiso para amarse. Lo hacen de rodillas, cogidos de la mano, las cabezas inclinadas.

»Señor, el sepulcro de la Emperatriz se quebró. No encuentro respetuoso decir que reventó, pero ésa sería la palabra. Una grieta lo cruza en diagonal imperfecta: empieza en la esquina izquierda, rompe el moño del peinado, divide la nariz, altera el seno derecho y el ornato de la falda, termina en el borde de la losa, un poco más arriba de la esquina inferior derecha. Hay también otras roturas menores, y a primera vista el fenómeno no es extraño, porque si la muerte nos destruye, el tiempo nos arrebata el sepulcro y nos borra del recuerdo. Si dije que reventó fue porque se escuchó un estallido, que a aquellas horas de la noche pareció un terremoto, y la gente pudo oír las voces de la Gran Señora preguntando dónde estaba y por qué la habían dejado a solas con su hermana. Aquellas voces, Señor, eran órdenes venidas de la muerte, y la gente sabe que no puede esconder la cabeza debajo de la almohada. Saltaron de los lechos, se vistieron, se proveyeron de viandas y bebidas, y con hachas ardiendo acudieron desde la aldea en procesión al sepulcro. La Emperatriz les esperaba a la puerta de las ruinas, lo mismo que aparece en su estatua, entiéndase, altiva y gordinflona, y su hermana detrás, temerosa y delgada. Ninguna de las dos, Señor, daba señales de muerte. La Gran Señora tendía las manos. "¿Qué voy a hacer con mis manos?", preguntaba. Y su hermana le respondió: "Comer". Les acercaron las viandas, las comieron alumbradas por las antorchas, que los aldeanos colocaron en círculo, y, al terminar, la Emperatriz dijo en voz alta:

»—¡Mi carroza! ¿Dónde está mi carroza?

»Los aldeanos quedaron perplejos, indecisos, pero algo desconocido aconteció después.

»Señor, os conviene saber que la carroza de los antiguos reyes ha desaparecido del Museo Nacional, y que, del sepulcro de San Magnus, escaparon los ríos, las montañas y los recuerdos: sólo quedan las músicas que dan vueltas y vueltas, mientras la Emperatriz, con su hermana que no fue reina, anda por esos caminos al acecho de un descuido para entrar.»

Tardé algún tiempo, quizá sólo cosa de minutos, en recordar que, en mi prosapia, no figuraban en absoluto emperatrices, y no por especial inquina contra la dignidad y el título, del que habíamos oído hablar más o menos como el resto de la gente, sino porque las cosas habían venido así, ya se sabe: la suerte de una princesa, en cierto modo, la decretan las hadas, y a las de mi familia esos seres sutiles no habían sido nunca especialmente favorables. Lo inmediato a la lectura fue imaginar a las resucitadas recorriendo las trochas de los bosques en vehículo tan inadecuado como la carroza de mi colección, la más moderna por cierto, un coche ya calcado en los modelos ingleses que se habían liberado de la decoración rococó y aspiraban a la elegancia de líneas dentro de la sencillez y de la utilidad: una carroza en todo caso poco apropiada a una figura de mujer con cetro, corona y el mundo entero en la mano, dejando aparte por su fragilidad, la filigrana marmórea de la gola. Pero me quedé perplejo cuando, al repasar los nombres de mis antepasados, empezando por el conde Ulfo el Gallego, no hallé ninguna emperatriz. No fue un descubrimiento de golpe, sino la conclusión que se saca de un examen concienzudo, aunque confiando en la memoria, y cuando se lo conté a Úrsula Cristina, tampoco ella consiguió recordar, así, de pronto, quién podía ser la mujer coronada que rescataba de la muerte y del olvido el informe del Incansable Escrutador del Misterio. «Pero de esto no puedes deducir que no exista, pues si ese hombre lo que hace es revelarte lo que permanecía oculto, por alguna razón debe tratarse de una emperatriz excepcional. No quiero insinuar con esto que haya podido ser una trotamundos como yo, porque, en tiempos pasados, andar de un lado a otro resultaba complicado sobre todo a causa del decoro y de los bandoleros que infestaban los bosques, razones ambas que obligaban a desplazarse con un séquito carísimo. Pero, fuera de los viajes, a las emperatrices les quedó siempre un amplio margen para la extravagancia, como lo prueba la conducta de mi tatarabuela Catalina, la de Rusia; pero no creo que en este caso, se trate de ella. Habría que investigar.» Consultamos los libros de la historia nacional, aunque sin resultado. «La descripción que ese hombre hace del sepulcro y de sus ocupantes me recuerda al enterramiento de Isabel de Inglaterra en la abadía de Westminster, donde, por cierto, están también los huesos de su hermana María, pero Isabel no

100

llegó a emperatriz, y su hermana fue reina, aunque quizá no le hayan faltado a Isabel ganas, como no le faltan hoy a nuestra tía Victoria, según se murmura por ahí. Cuando pasé un año en Inglaterra para perfeccionar mi inglés, Victoria se acordaba a veces de mí, y de que al parecer desciendo de una reina remota de la casa de Lancaster, y preguntaba si ya sabía todo lo que debe saber una chica de mi rango que lleva en la sangre un poco de Inglaterra: por eso me enseñaron el sepulcro de mármol, y me explicaron que la reina María está también allí, pero no se sabe que un esqueleto haya intentado nunca estrangular al otro. Yo, por lo menos, jamás lo oí, y eso que en Inglaterra se aprenden bastantes cosas raras en materia de esqueletos y similares. Sin embargo...» Le dio un arrebato repentino, me tomó de la mano y me llevó a la sala del trono, donde están pintadas las genealogías. La sala de mi trono es considerablemente mayor de lo necesario e incluso de lo justo, es demasiado grande para cobijo de un Gran Duque de frágiles fundamentos, pero la gente del pasado tenía de la grandeza una idea distinta de la nuestra; la tuvo por lo menos Enrique VI, que fue quien mandó construirla, si no según sus planos, al menos según las proporciones que deseaba, de acuerdo con su experiencia interior de la grandeza. Probablemente aquel espacio desmesurado le venía justo a Enrique del mismo modo que a mí me sobra sala por todas partes, o, más bien, que me sobraba, pues el que lo goza ahora como derecho de consorte es Raniero, mi yerno, quien no se atreve a usarlo y únicamente lo abre cuando viene a la ciudad Carlos Federico Guillermo, que éste sí que se sienta y colma la sala con el ruido de su respiración y con las voces triunfales que dicen que profiere a solas, cuando arroja a todo el mundo e inicia su relación singular con aquel escándalo de los inmensos espacios apetecidos. Lo más seguro será que la gente tiemble mientras espera más allá de las puertas cerradas; porque todo puede esperarse de un hombre que clama en el desierto cuando el desierto es el salón de un trono; pero yo, al imaginarlo, no puedo menos que sonreír, pues no hay duda de que, aunque grande, mi salón es elegante, y dentro de su magnitud guarda unas proporciones regulares, las ventanas están bien dispuestas y las luces sabiamente calculadas. Tiene, además, ecos, yo no sé ni jamás supe en virtud de qué recurso arquitectónico, pero cualquier ruido resuena como en una catedral vacía o como en un espacio entre montañas: un eco de esos que alteran el equilibrio de la nieve y precipitan en los valles los aludes. Y en medio de esta grandiosidad, la figura achaparrada de mi primo tiene que aparecer como una especie de escarabajo descontento de sí mismo, lo cual es inconcebible, porque no hay más que contemplar un escarabajo para darse cuenta de lo contento que está de ser el escarabajo que es. En cambio, hubo que ver con qué naturalidad penetró Úrsula Cristina, con la seguridad y elegancia de quien está habituado a dominar espacios sin que le sobrecojan ni le envanezcan; y hablaba además de tal modo que su voz no despertó los ecos ni los rumores. No había soltado mi mano. Me llevó segura hasta aquella pared en que las genealogías comienzan, y fue leyendo los nombres inscritos en los círculos con valor foliáceo, los nombres de los que estaban retratados: Arturo y Agnes, padres de Bryant, de Asterio, de Rodulfo y de Ana... Basilio y Egmerarda, padres de Iván... Jorge y María, padres de Astolfo, de Tristán, de Roderico. Se recitaron casi todos los nombres conocidos, autóctonos los de los reyes; latinos, eslavos, sajones y germánicos los de las reinas. ¿Serían reales todos aquellos antepasados? Crecían como la cornamenta de los ciervos, ramas y ramas, toda la sangre y la historia de todos pesando sobre mi sangre: que ya está bien. «¡Pues no aparece ninguna emperatriz!» Hilda, la princesa viroja, había estado prometida a Otón III, pero le había ido con el cuento al emperador de que los ojos de la princesa prometida no se portaban de una manera correcta, simétrica quiero decir, sino que por aquel capricho de alejarse uno de otro más de lo conveniente, establecían un inmediato desequilibrio en la conciencia de sus interlocutores, algo así como un desasosiego que les hacía perder la chaveta y les salía todo mal: de dónde le había venido a la princesa la fama de portadora de desgracias, o sea *jetattora*. ¿Y cómo iba a casarse, en aquellas condiciones, nada menos que con la cabeza visible del Sacro Romano Imperio?

»¿Tenía una hermana llamada María, esa Hilda?», le pregunté a Úrsula Cristina, y ella volvió a la pintura genealógica y la estudió. «Pues parece que sí, aunque no se lea muy bien el nombre. Sí, sí, aquélla puede ser María.» «Porque de lo que yo he oído hablar fue de una princesa que acabó por volverse loca y su locura consistía en creerse emperatriz, aunque hay quien dice que más que volverse loca, lo fingía, y así logró vivir como una emperatriz, porque para tenerla contenta le inventaron una corte imperial de la que, eso sí, faltaba el emperador, siempre ausente por las guerras de Italia.» «Ésa debe de ser la falsa emperatriz viroja de que hablan las baladas tristes de las mujeres sin amor.» «Seguramente.» «Pues, a lo mejor, es esa misma que se levanta ahora de su sepulcro y le da por recorrer los bosques de abedules.» «En una de tus carrozas, no lo olvides, pero lo encuentro natural.» «¿Qué menos que una carroza para una emperatriz, aunque sea viroja?» «No hay nada escrito acerca de la belleza de las emperatrices, y de los chismes de la corte se deduce que no sólo las hubo putas, sino también feas. No estoy completamente segura, pero creo haber oído contar que la primera carroza se construyó precisamente para una emperatriz, aunque no sé de dónde. También es posible que no haya sido para una emperatriz, sino precisamente para una reina de Portugal. Alguien que ahora no recuerdo me dijo que las carrozas de las reinas portuguesas no sólo eran las más lujosas, sino las más hermosas y originales del mundo, alegorías fluviales de caoba y marfil. Ni las de la reina de España podían compararse a ellas.» «Pues lamento no poder ofrecerte a ti una carroza de esa clase. Las que se guardan en mi museo son mucho más modestas y, fijándose bien, algo vulgares. Mis antepasados no ponían su orgullo en las carrozas, sino en los barcos de vela.» «¡Ah, los barcos de vela!», murmuró, misteriosa, Úrsula Cristina, y se quedó con la mirada perdida en altas y complicadas mastelerías imaginarias. Yo respeté su silencio y aquella errabundez de su mirada. Después de un rato en que pudo resolverse, para bien o para mal, la historia entera del mundo, o, por lo menos, la nuestra, Úrsula Cristina dijo: «No tenía pensado ir a Lisboa, al menos de momento, pero me vino la idea de ver esas carrozas, y si el rey de Portugal me lo permite, pasear en una de ellas un día y una noche sin descanso. Pasear por los caminos a la orilla del mar. En Portugal no hay que esperar un capricho de los dioses para ver ponerse el sol, como aquí. Allí se ve con frecuencia». «Por eso los portugueses dan mucha menos importancia que nosotros a la puesta del sol.» Volvió a quedar silenciosa, aunque su silencio, aquella vez, durase menos. Después dijo: «Lo ideal sería ir a un sitio donde se vea salir el sol y se le vea ponerse. Recorrer su curso entero por el cielo. Eso será como sentirse bueno y malo al mismo tiempo, angelical y diabólico». «Una dicha como ésa sólo es posible en la isla de Madeira.» «¿Y después?» «¿Quién conoce el después? Seguir el curso del sol sería bonito, no perderlo jamás de vista; pero corre demasiado.» Se había oscurecido el salón. Los retratos de las paredes semejaban recuerdos de fantasmas fugitivos, y por las altas ventanas empezaba a entrar la noche. «Yo instalaría aquí nuestro lecho, en vez de ese trono de cuernos de reno que has heredado y que seguramente mi marido sustituirá por uno de apariencia dorada, fabricado expresamente en Viena, o, a lo mejor en Moscú, donde trabajan muy bien la madera. Un lecho para dormir nosotros, para dormir después de habernos amado. Yo escribiría oportunamente una carta a mi marido y le diría: cuando te sientes en el trono de Ferdinando Luis, escucha bien, porque los gemidos de mi amor con él no pueden haberse escapado de un salón tan hermoso. Escucha en el silencio y podrás oír lo que no oíste ninguna de las veces que me has violado, lo que no oirás jamás de mi garganta.» Lo que yo hice entonces fue apartar a un lado aquel trono de tanto mérito arqueológico, cuernos de renos ancestrales, y dejar la alfombra expedita: para fabricarla habían hecho falta las pieles de toda una familia de osos blancos.

Quiso Úrsula Cristina conocer las demás cartas del mismo informador, y se rió con ellas, pero me dijo: «Yo, aunque soy una mujer moderna, en cierto modo, creo en estas cosas, pero a ti te conviene creer con restricciones. Si yo no creyera en augurios, ya habría asesinado al Turco, pero los augurios dicen que la asesinada seré yo». Llamaba así a su marido y lo hizo con desprecio algo morigerado por la ironía. Cuarentona como era, conservaba su cuerpo lindo y una infatigabilidad que más parecía arma política que presupuesto erótico. «Cada vez que el Turco viene a mi cama, a ejercer lo que él llama sus derechos, me siento humillada, y para recuperar el respeto a mí misma, no me queda otro camino que engañarlo. No me importa lo que dirá de mí la Historia, pero a la Historia le convendrá saber que me casaron con Carlos Federico Guillermo, hijo de Francisco y de Ana, y no con Carlos Federico Guillermo, hijo de Ana y de un padre conjetural y quién sabe si coyuntural, al que se recuerda como un jenízaro lampiño. Hay, por lo tanto, suplantación de persona, yo no estoy casada con nadie, ese señor que ha engendrado en mí tres hijos es un tirano que abusa de mi cuerpo fiado en sus bayonetas, y yo, en lo íntimo de mi corazón, siento que no hay agua bastante en el Danubio para lavarme la suciedad con que me cubre cuando me abraza. Me odia más que yo a él, pero cuando me tiene ya vencida, se le suelta la imaginación y cree estar violando a la hija de Carlomagno. ¡Como si entre Carlomagno y yo no hubiera saltos, mutaciones y alguna que otra trampa!» Aquí se detuvo, me destapó y me hizo girar el cuerpo. Acercó la bujía y me estuvo examinando la cintura por la parte de la espalda. «Tú no podrías decir lo mismo, Ferdinando. El genealogista de mi madre nos aseguraba que todos los varones de tu familia, bastardos o legítimos por parte de los padres, tenéis un lunar en la cintura, casi encima de la cadera. Tú lo tienes, amor mío, no muy grande ya, porque, con tantos siglos de transmisión, seguramente se fue gastando, pero no cabe duda de que, al acostarme contigo, abrazo a un descendiente directo del conde Ulfo el Gallego, aquel navegante bárbaro y espléndido. ¡Cómo me siento ennoblecida, Ferdinando!» Le pregunté, bromeando, si había venido para eso, para ennoblecerse. «No. Ante todo, vine por verte, alguien me enseñó un retrato tuyo y me gustaste, con esa cara tristona que tienes. No necesité informarme, ya que lo estaba, más de lo necesario, por el *dossier* que el Turco tiene encima de su mesa con los datos que te conciernen. De los papeles se deduce, y tú seguramente no lo ignoras, que un día imprevisible, pero no lejano, en que el Turco no me halle a mano para desahogar en mis entrañas la furia de un contratiempo, la humillación imaginaria que acaba de infligirle una mirada impunible, entrará en tus estados y te pondrá en la frontera. Lo justo, creo yo, es que anticipes la venganza poniéndole los cuernos, pero también que le des un motivo: se me ocurre que, si llega a sospechar que hemos dormido juntos, y lo sospechará indudablemente, tendrá una razón a la que agarrarse para invadirte y destronarte. No creas que no pienso a veces en él y en sus razonamientos, más extraños y enrevesados que sus conclusiones. ¡Cuántas no he tenido que remediar de esta manera o de otra, sus injusticias! Si dejo en alguna parte un testimonio de que me acosté contigo, y pienso dejarlo en mi diario, los que vengan intentarán paliar la brutalidad del Turco echándome la culpa, y yo estoy persuadida de que, así, aparecerá todavía como mucho más grotesco. Fíjate tú, el día que se coronó, cuando le colocaban la diadema en las sienes, una dama mía bastante confidente, me susurró al oído: "¿Esperáis, Majestad, que le encaje como Dios manda?". Y yo le pregunté: "¿Y cómo manda Dios que encaje?". "Suavemente, señora, vos lo sabéis." Le tuve que tirar un buen pellizco.»

En este momento de la conversación, Úrsula Cristina pegó un brinco, y, como estaba, se subió de un salto al rodapié de la tarima y empezó a hacer piruetas como que caía, como que no caía, hasta que recorrió todo el camino varias veces. Me echó un sermón en cuclillas, me cantó una canción en equilibrio sobre un pie; se envolvió en una capa e imitó a su colega, la rusa, arengando a las tropas que partían para la guerra de Crimea. «¡Balaclava, Balaclava!», empezó a gritar. Y, de repente, se me volvió con picardía. «¿Te gusto?» Le dije que sí con un gesto, y se echó a reír. «En realidad lo que me hubiera apetecido es ser funámbula, mucho mejor que Emperatriz. ¿Y si tú fueses *clown*, el más interesante de mi compañía y por debajo el más tierno?, pero, en traje de *clown*, con esos rosas, con esos azules, y tantas lentejuelas, ¿no se te antoja excesivo? Lo mismo que el de los húsares, pero más feo. Los húsares, por lo menos llevan bigotes. Pero del mismo modo que yo soy aficionada a funambular, como ves, si a ti te gustara lo de *clown*, una vez encontrado el traje conveniente, podríamos escaparnos y trabajar en un circo. ¿No ves ya los anuncios, grandes letras iluminadas? *El matrimonio Korda, la gran sensación del siglo: ella se juega la vida en el alambre mientras él hace reír.* Imagínate lo que dirían los Grandes Duques cuando se enterasen, y las princesas de Brunswick, y esas cursis que son el gineceo de los príncipes de Europa. ¡Hola!, cuando un niñato coronado necesita casarse, porque ya le cogió el vicio o está a punto de cogerlo, siempre queda disponible una de ellas, con sus trenzas rubias y su excelente reputación moral. Son primas mías.» Al regresar a mi lado me habló muy bajo. «Quizá te guste, pero sé que no me quieres mi me querrás nunca. A quien quieres es a Myriam.» Advirtió, por la sacudida de mi cuerpo, mi sorpresa. «Lo sabe todo el mundo, amor mío, o, al menos, el mundo de las cortes europeas, y hablan de vosotros como de los protagonistas de un drama antiguo. Un sacrificio admirable, de los que ya no se llevan. Si he venido a verte fue por admiración.» Me dio un par de besos súbitos, y añadió: «A pesar de todo os compadezco. Lo que más siento es que esa niña sólo se dé cuenta de su error cuando haya pasado por otros brazos y sienta repugnancia de sí misma, o al menos compasión. Entonces volverá a ti, te lo aseguro. Como novela de intriga, carece de ella, pero puedo decirte que el mes pasado fui a visitar al señor Liszt, que me debía un concierto, y le reproché su conducta: la historia se sabe por su culpa, no por la vuestra. Se lo contó a su amante, esa chismosa de la Wittgenstein, y ella lo repitió en Viena, en Munich, en Berlín y en París. Por cierto que los franceses consideran a Myriam como a un personaje de Racine. ¡Qué heroísmo! Los de ahora no están acostumbrados a tanto esfuerzo moral, no se creen capaces de él, y si les sorprende, en el fondo no lo estiman». Estuvo un largo rato silenciosa, mirando al techo. Yo no osaba moverme, por si se había dormido. Y casi me dormía yo, cuando me cogió la mano y me preguntó si la escuchaba. «Sí.» «Pues, mira, se me ha ocurrido calcular cuántos policías de mi marido habrá en ese palacio, y no soy capaz. Yo creo que son tantos como ratones, oscuros y escurridizos. Si ahora saliese de la habitación, desnuda como estoy, podría oírse el rumor de unas pisadas rápidas, seguidas de más pisadas, y todos los ratoncitos se habrían escondido para no verme desnuda. ¿Tú crees que lo pondrán después en sus informes? No se atreven. No escribieron jamás. "La Emperatriz ha pasado la noche con Fulano". Ni siquiera lo dieron a entender. Piensan que el Emperador puede saber o sospechar que le engaño, pero no que ellos lo saben o lo sospechan.» Saltó de la cama como por una decisión desesperada y se envolvió en su capa. «Voy a gratificarlos. Atravesaré envuelta ese salón grande que hay ahí al lado, como si buscase algo, y, al regreso, haré que se me caiga la capa.»

Tardó en volver cosa de cinco minutos algo largos. Venía riéndose y rió todavía un rato después de haberse acostado. «¡Los pares de ojos detrás de las columnas, de los sillones, debajo de las consolas! Ojos ávidos, lascivos, de gente sin moral. ¡Cómo les gustaría contarlo al llegar a su café, al grupo de amigos! "Vi a la Emperatriz en cueros." Pero alguno que me vio y lo dijo, fue ahorcado en secreto. La visión de mi cuerpo condena a muerte, de modo que hay que cerrar la boca, quedarse con la imagen, con el recuerdo, y un día se preguntarán si fue cierto o lo han soñado. Entonces, el recuerdo será el de una mancha blanca en la oscuridad.»

Otra cosa que me dijo fue que me haría quedar bien ante la posteridad: «No tengo más que contar lo que pasó esta noche, pe a pa».


*De Guntel a Roberto*


«Querido Roberto: es muy posible que esta sensación que tengo, o, mejor aún, este convencimiento, de haber caído en otro mundo, no sea la respuesta exacta a mi situación presente, y que no valgan estas palabras para explicarlo y te permitan enterarte y entender. Llevo más de una hora dándole vueltas al propósito de escribirte, y, al sentarme y coger la pluma, no he decidido aún por dónde voy a empezar. Se recomienda, en estos casos, hacerlo por el principio, pero ¿cuál es? Por lo pronto, los hechos no aparecen en mi memoria con un orden, sino a lo que cae, y yo mismo me siento incapaz de ordenarlos. ¿Tú sabes que el dueño de mi pensión ha sido cantante de ópera y aún lo sigue siendo, aunque frustrado? Dice que sus rivales le hicieron perder la voz dándole un bebedizo, y debe de ser por eso por lo que los tiene a todos muertos y en sus ataúdes, almacenados en nichos en la antesala de su escritorio, con marbetes en que constan el nombre y el retrato, las fechas de nacimiento y muerte, y los títulos de las óperas en que alcanzaron la gloria más sonada, o el lugar: "Triunfó en el Trovador", "Triunfó en la Scala". De noche, cuando los huéspedes se retiran, menos uno, al que ha invitado a tomar café, se sienta en un sofá, apunta por orden a cada nicho, se dirige al inquilino y le habla largamente, se ríe, le canta un poco, le saca a luz sus trapos sucios y acaba asegurando que pisará sus cenizas. Bueno, eso es lo que hizo cuando me invitó al otro día de llegar, y supongo que lo repetirá con los demás, quizá por turno. Después leyó en unos diarios de noticias los éxitos que alcanzan, en Nápoles y en Viena, Fulano y Perengano, y añadió: "A Fulano le tendré pronto aquí, porque está tuberculoso. Perengano es más duro de pelar, pero confío en que su corazón se resienta y le estalle de un do de pecho involuntario. De un modo u otro, también acabará junto a los otros". Esto lo dice fumando un puro largo, de La Habana, que huele a todos los diablos, y con un gorro en la cabeza, de terciopelo negro y bordados de oro, como ese que hemos visto en algunos retratos de monsieur Sainte-Beuve. Le falta, además, un brazo, pero con la mano que le queda hace contra los cadáveres de su almacén toda clase de signos, obscenos o mágicos. Cuando yo iba a retirarme me retuvo y me dijo al oído: "Escúcheme, yo tengo la mayor simpatía por nuestro Gran Duque y quiero que nos siga gobernando en paz. Sé que andan detrás de usted para robarle el talismán que protege al Señor de sus enemigos. ¿Por qué no me lo entrega, y lo escondemos en uno de esos ataúdes? Seguramente el de Pietro Contarini será el más adecuado. Contarini triunfó con *Spirito Gentile* y sigue cantándolo después de muerto: lo escucho a veces y le aseguro que lo hace muy bien, pero es tan feo su esqueleto que, cuando viene la policía a hacer algún registro (la policía hace registros con el menor pretexto), se limita a entreabrir la tapa sin mirar lo que hay dentro. Ande. Vaya a su cuarto, si es que lo tiene allí, y tráigalo". Yo creo que este señor Gualterio, que así se llama, me había hipnotizado: fui a buscar la botella del mensaje y se la enseñé. Quedó un poco asombrado y un poco decepcionado. "Pero ¿no es más que esto? ¿Una botella?" Le expliqué que mi padre estaba presente cuando el Gran Duque, hace ya muchos años, la arrojó al mar con un mensaje para sí mismo, y que, casi milagrosamente, mi padre, la había encontrado en el mar y la había reconocido. "¿Y le mandó a usted para que se la trajera al Gran Duque?" "Sí, mi padre es viejo y padece reuma." Miraba y remiraba la botella. "Pues le va a costar trabajo que el Gran Duque lo reciba. No sabe usted cómo se pone la burocracia con esto de las audiencias." Y me devolvió el frasco. "¿Es que no me la guarda?" "No. Creí que se trataría de algo diminuto y magnífico, un verdadero talismán, pero un objeto tan vulgar como una botella difícilmente puede suscitar el interés de nadie. No me explico cómo hay quién ande tras ella. ¿A quién se le ocurre que en una cosa así pueda encerrarse virtud que detenga el Destino o que lo cambie? Una gema sería otra cosa, una de las mágicas, como el topacio, o un escarabajo egipcio, o ciertas pinturas sobre piedra que hacen las brujas en mi tierra. Aunque tratándose de un príncipe, lo más adecuado sería una esmeralda... Por otra parte, caballero, tiene usted que considerar mi condición de cantante. Yo vivo en el mundo de la ópera. ¿No cree usted que una botella mágica en un escenario sería recibida con la rechifla del público? 'Aria della boteglia'. Soy incapaz de imaginarlo."

»Dio un paseíto corto, como meditabundo, y, ya despidiéndome, añadió: "Si quiere esconder la botella bien escondida, dígaselo al Almirante. Él colecciona los cascos vacíos de todas las que bebe, y una más no creo que le estorbe". Pues, mira: aquella noche, cuando todo el mundo dormía, entré en la antesala, levanté la tapa del ataúd de Contarini, y dejé la botella en el rincón más alejado. Me dio un poco de asco porque inevitablemente rocé los restos del cantante. Por cierto: ¿quieres creerme que escuché, como una música remota, el aria del *Spirito Gentile?*

»Mi calle es una calle apacible, de casas ocres o coloradas, con ventanas blancas. Está cerca del puerto; para poder ver la mar, hay que doblar la esquina: entonces se te aparece súbita y terrible, olas inmensas que rompen todo a lo largo de la escollera, que a veces saltan el parapeto y salpican de espuma las avenidas. También entran por los canales y menean los barcos anclados. Una noche intenté ir al muelle, y las razones no se te ocultan: ¡Nuestro amor al reflejo de las luces en el agua, de las estrellas cuando las hay! ¡Nuestra búsqueda de metáforas que expresen la identidad del mar y de la noche, de esa totalidad que nos envuelve cuando se pierde la mirada por encima de las ondas invisibles! Gúdula, una de las criadas, que parece haber tomado a su cargo mi protección, me aconsejó que no saliera, y yo, persuadido de que lo hacía por temor de que fuera a algún lugar de esos que llaman de perdición, le dije que no pasara cuidado, pero ella insistió, y al ver que marchaba, recomendó toda clase de precauciones. "¡Sobre todo mire dónde pone los pies!" ¡Qué oportuno mandato!, el mismo que me hacían mis tías cuando, de niño, salía a la calle un día de lluvia fuerte. Mi deslumbramiento, al llegar a la calle, fue inesperado, aunque explicable: había luces en las puertas y en las ventanas de los pisos bajos, voces que salían de tabernas ni vistas ni sospechadas, carteles y colgantes con mujeres desnudas que se anunciaban así, y putas, muchas putas, de todos los tamaños, de todos los colores y de todas las edades: sentadas en el suelo, acostadas, asomadas, quietas o saltando, calladas o cantando. Cuando saqué la pierna de mi portal la mantuve en el aire porque no quedaba sitio para ponerla, ni aquí ni allá, sin pisar una cabeza, o unas nalgas, sin hollar unas piernas estiradas. Intenté retirarme, pero una de ellas me había agarrado la capa y tiraba... Había enfrente un hombre apoyado en la pared, con una pierna recogida y un clavel en la oreja, que tocaba la mandolina, y una de aquellas mujeres le puso un pitillo en la boca, se lo encendió y me arrojó a la cara la cerilla apagada. Logré recobrar la capa, la recogí, la sujeté bien, e intenté transitar por encima, por el medio de aquellos cuerpos, de aquellas voces, de aquellos cánticos, alejándome de la mandolina, del clavel, de aquella dentadura blanca con que el hombre sonreía. Las mujeres del suelo, las sentadas, las asomadas a las ventanas, me chistaban, me llamaban, me hacían ofrecimientos, pero como si fueran muñecas y las moviera un mecanismo. Acaso muertas. "¿Vas a ver a Lislott, bonito?" "¡Anda, vete a ver a Lislott y ven después!" Olía a pachulí barato y a sudor, pero, al final de la calle, un rótulo enorme, alumbrado por lámparas de gas, anunciaba el nombre de Lislott. No peleé gran cosa para sustraerme a la atracción del nombre, empujé la puerta del cabaret: bailaban en el escenario unas mujeres vestidas de blanco y negro, muchas enaguas, muchos volantes, muslos al aire, y medias negras que enseñaban al bailar: el baile consistía en eso, y en mostrar al final un trasero disimulado tras una flor de encajes; todo con una música arrebatadora, inquietante. Me arrimé no sé adónde, y esperé no sé qué o a quién, aunque íntimamente convencido de que me había atrapado un sortilegio cuyos efectos sentían ya mi piel, mis labios, mis narices, un sortilegio de perfume espeso y tabaco de marineros, cuyo humo veía ascender al cielo desde las mesas, ocultas las pipas por cabezas rubias, morenas, algunas blancas. Pero el sortilegio no me llegaba al alma: la sentía libre, al menos para entender y para juzgar: entendí y juzgué que me encontraba metido en eso por cuyo ser nos preguntamos tantas veces: la canalla. Aquello era un pedazo de aquel París que intentábamos imaginar viendo y leyendo, y la música también venía de París... Hasta que algo me rozó, hasta que me llegó un perfume más fuerte de algo que no era pachulí, sino carne; hasta que me acarició una mano. Lislott estaba a mi lado; igual a la otra, a la de Port Bluestars, también a la del barco, pero distinta inexplicablemente. ¿Cómo pueden ser distintos dos seres exactamente iguales? ¿Es sólo cosa de la mirada, de la actitud del cuerpo?, ¿o es que a la voz de la otra le faltaba la aspereza (como un roce al terminar la frase) con que ésta me dijo: "Si me das la botella te llevaré al Paraíso"? Fue como si se rompiera el sortilegio, ¿sabes?, pero curiosamente, sólo por un efecto verbal: porque me di cuenta de que "botella" y "Paraíso" son palabras que no caben en la misma oración. ¿Serán incompatibles como "botella" y "ópera"?, ¿es acaso que "ópera" y "Paraíso" pertenecen al mismo orden? Si hubiera dicho "talismán", quizá: un talismán nos puede conducir a cualquier parte irreal o real. La miré sonriendo, la aparté un poco de mí, le respondí escuetamente: "No." "No sabes lo que dices ni el peligro que corres. Todos los hombres que sirven al Emperador, también todas las mujeres, andan detrás del muchachito guapo que trae escondido lo que asegura en el trono a Ferdinando Luis. Nosotros no queremos en el trono a Ferdinando Luis, queremos al Emperador." "Yo quiero a Ferdinando Luis." ¿Por qué?" "No lo sé. Porque lo quiere mi padre, o quizá porque el trono es suyo." Las bailarinas francesas habían terminado la exhibición de sus traseros y la escena estaba sola. La orquesta inició entonces una música distinta, de una dulzura oriental y envolvente. "Tengo que salir a escena. Si esperas, cantaré esta canción para ti. Entonces no te apartarás jamás y conocerás mi cuerpo, el más hermoso del mundo." "Ya lo conozco." Se escurrió por la oscuridad y yo pude marcharme. Pero la calle se vaciaba ya (si es que alguna vez había estado llena); era la calle burguesa vista durante el día, con sus faroles de gas, cuatro en total, y todas las luces de las ventanas apagadas. Llovía un poco, el suelo de losas brillaba, y el aire venía salobre del puerto próximo: fue como si me lavara por dentro y por fuera y me devolviera el vigor que aquel perfume me iba haciendo perder. Oscuramente sabía que no hallaría explicación a lo que, en el fondo de mi alma, me interrogaba. ¿No has experimentado nunca que la luz del alma puede apagarse, igual que una bujía? Fue lo que me sucedió. Quedé en las meras sensaciones: el fondo gris oscuro de la mar, el aletazo de alguna gaviota, la lámpara del faro alumbrando la niebla. No había nadie, y hervía la mar de espumas. Si me acomodase al pretil del muelle y esperase, yo sé, como lo sabes tú, que al final de algún tiempo acabarían saliendo de la mar los monstruos sumergidos, o quién sabe si los barcos de los antiguos navegantes, los que marcharon y no volvieron en los últimos mil años. Me dio miedo, como me da siempre miedo cuando me rondan esas formas visibles y terribles del misterio, en las que me cuesta trabajo creer, en las que no creo. ¿No se puede ser poeta sin llevar este lastre de visiones involuntarias, sin que no puedas dejar de ver lo que la aparente realidad esconde? Vidente, visionario...

»El Almirante no se había acostado todavía. El Almirante es un huésped de mi pensión, un héroe que padece en el destierro la ingratitud de un rey. Es viejo, enjuto, muy alto, le caen unos inmensos bigotes blancos, y, aunque no lo quiera, porque es cortés, parece que le mira a uno desde lo alto del trinquete. En la mesa, me sentaron a su lado, y me cogió simpatía. Estaba con un vaso delante, y al pasar y saludarle, me rogó que me acercara. "Venga, joven poeta, y acompáñeme. ¿Usted sabe lo que es la maricangalla?" Le respondí que no. "¿Y la mística?" Debí de poner cara de bobo, porque se rió y me palmoteó el hombro. "Tengo que ir enseñándole un poco de la ciencia de la mar, porque es útil para la poesía. Nuestro lenguaje abunda en palabras que, no sólo suenan bien, sino que casi son visibles. No importa que no sepa lo que significan, porque a usted, como no es marinero, llegan vacías: usted puede llenarlas. Escuche algunas: serviola, obenque, halacabullas, imbornal, guardainfante, estay, levantichol, guindaste, guardamancebo... ¿No le gustan? Puedo decirle hasta cientos. Yo pienso que en un poema de amor quejumbroso no sonaría mal gualdrapazo, ¿verdad? Pero enseñarle a usted esas voces no es suficiente. Le tengo que llevar conmigo a casa de la señora Rheinland. Gúdula me contó que hoy salió usted solo, y no debe hacerlo. Su aprendizaje social y quién sabe si político, lo hará mejor en el salón de la señora Rheinland, donde estoy seguro de que será bien recibido. Lislott acude siempre..." "¿Lislott?" Me volvió a sonreír, pero esta vez sin inocencia, como el que está en el secreto. "Sí, jovencito, la del puñal. ¿O es que ya la ha olvidado?" ¿Te explicas, Roberto, que no entienda lo que pasa?»

Ésta es una de las cartas que leí a Úrsula Cristina, después de almorzar, cuando Rosanna pidió permiso para retirarse. Antes me había leído ella una, enviada a su marido por un propio, aquella misma mañana, en que le reprochaba el haberme obligado a alejarme con un pretexto estúpido que ella había tenido que rectificar para hacer que yo regresase del viaje a las provincias del Este, pues no tenía el menor propósito de aburrirse. «Como puedes comprender, el mío al visitar la ciudad incluía un par de horas de charla diaria con su Gran Duque, quien me ha alojado admirablemente, con una suntuosidad superior a la que la condesa Korda se atrevería a exigir. Por cierto que, cuando Ferdinando Luis insinuó, medio riendo, que le habían prevenido de la llegada de la Emperatriz, aunque de incógnito, yo intenté convencerle, y creo haberlo conseguido, de que soy de verdad la condesa Korda, y que la Emperatriz aprovecha mi nombre y cierto parecido en el andar para disimular sus viajes misteriosos. Ferdinando Luis quedó confuso, tiene dudas acerca de quién se alojó en su casa, y yo me divertí, pero he pensado en la conveniencia de que los soberanos de los países europeos o, al menos, de los limítrofes al nuestro, tengan en su poder, como objeto decorativo o como instrumento diplomático, un retrato de la Emperatriz, esa dama trashumante que llega cuando menos se piensa, hace lo que nadie espera y marcha sin previo aviso, generalmente con seudónimos inverosímiles [los Korda, a quienes ahora se remite, no han existido nunca, aunque ella les atribuye una historia de siete siglos. En estas condiciones de falsedad, ¿cómo no va a ser sospechosa?]: pero ¿quién asegura que no se presentará un día como cantante de ópera? Sabes que es capaz hasta de dar un concierto sin saber de canto, y de que el público acabaría aplaudiéndola. Bueno, todo esto es paja y relleno de una carta que no tiene otra misión que la de apartar de nuestro primo Ferdinando Luis toda responsabilidad por haberte desobedecido, pues, de lo contrario, me hubiera desobedecido a mí, que es bastante más grave: contigo tiene que ser disciplinado, sí, pero, conmigo, mi condición le obliga a ser galante.»

La lectura de la carta de Guntel a Roberto requirió explicaciones más laboriosas. Por lo pronto, tuve que contarle el ya remoto acontecimiento, llamémosle mejor impensable ocurrencia, de la botella arrojada a la mar, operación de la que me pidió detalles que casi tuve que inventar: quedaban demasiado lejos para poder recordarlos con precisión, y además, se me repetía la duda de que el hecho inicial hubiera sido cierto. Después me dijo: «¿Y cómo no mandas a buscar a ese muchacho para que te entregue la botella? Si crees de verdad que su devolución te protege de mi marido o te ofrece alguna clase de garantía frente a su capricho o su brutalidad, cuanto antes las tengas, mejor». Le contesté que eso sería como hacer trampas a la Fortuna; que yo había enviado mi suerte al azar, caso de haberla enviado, y que tenían que cumplirse todos los trámites incalculables puestos en juego desde aquel mismo momento: las realidades cósmicas que había, como si dijéramos, comprometido con mi ocurrencia. «Fíjate en todo cuanto hasta entonces permaneciera desligado de mi Destino, indiferente a él, y que a partir de aquel momento queda como extraño cooperante, los puntos del círculo incompleto que intenta cerrarse a sí mismo: la mar a la que arrojé la botella, aquel condestable joven que creyó en la trascendencia de mi acto, los vientos y las olas que llevaron quién sabe adónde y trajeron quién sabe por qué la botella hasta que el mismo que me vio arrojarla la encontró y la reconoció: aquí debía casi completarse el círculo, pues sólo faltaba hacérmela llegar; pero, este hombre, antes de enviármela, se lo contó a alguien en quien confiaba y no debía confiar, porque una cadena impensada, totalmente imprevista, de confidencias y revelaciones llegó hasta tu marido, con lo que el cierre del círculo se dilató y quién sabe si se habrá frustrado al poner el Emperador en la pista de la botella a sus más extraños sabuesos, y sobre todo esa extraña mujer que se exhibe desnuda en un cabaret del que, según todas las trazas, yo no tenía noticias, o que quizá no exista más noches que las indispensables para tentarme y desorientarme. De todos modos esa mujer de cabaret debe de ser soñada o imaginaria, porque preguntó por la *botella*, y la policía no buscó una botella sino *un talismán*. Se conoce que, en las alturas imperiales, una botella se estimó como un objeto vulgar indigno de interferir en la voluntad del Águila. ¿Imaginas lo que dirían los historiadores?: "No pudo expulsar a Ferdinando Luis de su trono gracias a una botella". Se hubieran reído aquellos para quienes la Historia es una ciencia seria. Un talismán es distinto, viene cargado de misterio, resume en sí potencias desconocidas. Un Águila vencida por un talismán queda con mucho más color. Por esta razón, en este momento, toda Europa está preocupada por el muchacho y el talismán, que si llegará a tiempo, que si no llegará... Me gustaría comprobar que, como sospecho, los maridos con grandes cargos palatinos, son partidarios del orden, es decir, de que no llegue a mis manos el talismán, y que, en cambio, sus amantes y los amantes de sus esposas desean que lo reciba. "¿Crees que el Gran Duque Ferdinando Luis recibirá el talismán a tiempo?", se preguntan, al despedirse, antes del último beso. Pero yo tengo que verlo de otro modo. El mero hecho de haber arrojado a la mar una botella con un mensaje para mí mismo, ha reunido en una serie imposible de calcular y de predecir, realidades heterogéneas cuyos encadenamientos al parecer azarosos, pero quizá fatales, yo no debo alterar, sino sólo asistir a su desarrollo y esperar las consecuencias: estaba implícito en el acto mismo de arrojar la botella, que fue ni más ni menos que conjurar al Destino. Por eso no mando a buscar al joven poeta y le pido que me la entregue.» Úrsula Cristina quedó bastante pensativa, los pensamientos que le iban y le venían dejaban en su frente señales de esperanza o de tristeza. «Pues, mira, primo, si no estuvieras enamorado de Myriam, yo me quedaría contigo, y entre los dos le haríamos frente al Turco cuando intentase invadirte. La condesa Korda es capaz de levantar al pueblo contra la fatalidad y de convertir en tragedia lo que se proyecta como mero paseo militar. Pero incluso eso podríamos evitarlo, porque haría llegar a mi marido cierta carta que teme recibir desde que le negué toda autoridad sobre mí llamándole bastardo, la carta que lo anonadaría para siempre. Eso lo haría si tuviera barruntos de que llegases a amarme, porque, aunque te parezca raro, camino con la esperanza de que alguien me ame alguna vez, una esperanza con la que engaño la seguridad que tengo de que jamás me amará nadie. A ti podría seducirte, pero no quiero causar daño a una criatura que se sacrificó por un hombre en el que nadie cree, y que bien merece encontrarse con el amor intacto el día que regrese. Es una lástima. ¡Cómo me gustaría pasar a la

Historia como la condesa Korda, la que ayudó al Gran Duque Ferdinando Luis en su lucha a muerte por la libertad! ¡Sería tan hermoso y altamente ejemplar para otras Emperatrices menos audaces que yo! Seguramente tus súbditos me levantarían una estatua de cuya placa conmemorativa habrían eliminado pudorosamente mi condición de amante del Gran Duque. Es una lástima...» Entonces, se sirvió una copa de coñac, la bebió, y me pidió que la llevase a la terraza, donde llovía.

# VIII

Estas cartas que siguen se las oculté a Úrsula Cristina, y no por deslealtad, sino acaso por todo lo contrario. Son cartas que se cruzaron.

*De Myriam, en París, a Rosanna*

«Es ya tanta mi confusión, que no me queda otro remedio que escribirte, a ver si así comienzo a ver el mundo un poco claro. Si estuvieras conmigo, si me acompañases a los lugares adonde voy y escucharas conversaciones semejantes a las que oigo, lo más seguro sería que, entre las dos, si no lográbamos arreglar lo que anda desbaratado, que es casi todo, por lo menos llegaríamos a entenderlo. A mí, a veces, me sucede que alcanzo una conclusión, pero inmediatamente la rectifico, y no es que de ese modo acepte la contraria, sino que me quedo a la mitad del camino, dubitante.

»Esta sociedad que me rodea, ¿está de verdad temerosa de que su fin se aproxime, o es sólo una ilusión mía? ¡Porque, por otra parte, parecen tan seguros! Yo, sin embargo, siento que todo tiembla, como al comienzo de un terremoto. ¿Qué es una mujer decente? La pregunta carece de sentido, sería más ajustado preguntarse: ¿quién es una mujer decente? y, al no encontrar respuesta, hay que arriesgarse a la interrogación extrema: ¿es necesario ser decente? ¿No se trata de una noción arcaica que ha traído a París, con su liviano equipaje, una princesa dudosa? ¡Vayamos más allá, Rosanna! ¿Existe la decencia? Puedo garantizarte que, en el mundo en que yo vivo, esa palabra carece de sentido, aunque sospecho que, más abajo de donde nosotros nos encontramos, haya quien dice que la entiende, e incluso que la practica, pero no porque le salga del alma, sino por miedo, por conveniencia o por rencor. Hoy me han llevado al salón de la señora de Païva, uno de los dos más elegantes de París a los que acuden escritores, sabios, artistas, gentes *du monde*, brillantes, bulliciosas, y tan rápidas en todo lo que hacen o dicen que yo no tengo tiempo de enterarme, en el caso de que digan o hagan algo completo, ya que cortan la frase para empezar otra y rectifican los actos comenzados porque son otros los que convienen o los que, de momento y sin razón, se les ocurren. La señora Païva lleva un nombre portugués, el de su marido, al que dejó en Lisboa después de haberle sacado una suma suculenta, más de lo que ganaría tu padre en cincuenta años. Ahora tiene un amante alemán que pretende obtener de Roma la anulación del matrimonio con el portugués para casarse con ella. Se explicaría esta pasión si la señora Païva fuera bella, o al menos deslumbrante, pero los inteligentes de París comparan su nariz a una patata. Es la hija bastarda de un Gran Duque ruso y de una hermosa judía. ¡Qué distinta su vida, de haber sido al revés! Con un poco de suerte, yo no correré la suya. Oigo contar negocios sucios de perlas negras, de palacetes en los Campos Elíseos, de carruajes y otras historias: todo con mucha cama por el medio. Lo contrario de nuestro romanticismo, de nuestra esperanza o desengaño del amor, es eso, la cama bien administrada, la cama como el camino real para el triunfo de las mujeres, no para cobijo del corazón. Pero nada de eso me importa. Un señor académico, feo, inteligente y maligno, que me estuvo llenando la cabeza de murmuraciones divertidas, acabó por preguntarme: "Pero, en resumidas cuentas, ¿qué es lo que le interesa?". Y cuando le respondí que la Historia Natural, se quedó como el que, de repente, no sabe en qué mundo vive. Otra persona me descubrió que este señor académico es una especie de miserable, envidioso, que persigue a las mujeres de los amigos... ¿Sabes que de estas cosas se habla, delante de una muchacha como yo, con la mayor naturalidad? Alguien decía un día de éstos, en el salón de la princesa Mathilde, que es el otro al que me han llevado: *"Moi, mon idéal c'est des yeux, des cheveux, des dents, des épaules et du cul"*, y sentí de repente cómo se me apretaba el mío. ¡Si alguna de nosotras se atreviera a decir esa palabra delante de nuestra institutriz...! ¿Te acuerdas de miss Palmer? Claro que ella era inglesa y protestante, y esto es Francia, que fue en cierto modo católica, y una de las cosas que he descubierto es que ser ateo y sinvergüenza en un país que fue católico no es lo mismo que serlo en uno protestante. Nuestros ateos y nuestros libertinos lo son a causa de un razonamiento. Los de aquí obedecen a corazonadas, y aunque no crean en Dios, no se sientan con trece a la mesa. Yo creo que en eso consiste la diferencia entre la Corte de Viena y las restantes cortes alemanas que hemos conocido..., de refilón alguna vez.

»"Princesa...", me dijo otro señor. Le interrumpí: "El título que uso, caballero, es sólo el de condesa, y aun éste me sobra". "Pues, condesa, le convendría saber que a una muchacha de su edad le estaría bien casarse. En París lo que haga una mujer soltera está siempre mal visto. Únicamente el matrimonio da libertad al amor." "Pero soy pobre, señor, soy una condesa pobre y difícilmente encontraré quién se case conmigo." Se echó a reír. "Más de mil ricachones la pesarían en oro, sólo porque usted les ayudase a ascender un poco por esa escala que, a muchos de ellos, se les hace empinada." "¿Y después?" "¡Ah!, después la dejarían tranquila." Ya ves el porvenir a que se me invita. Pues no soy una excepción entre las muchachas de París. ¿Y sabes qué me dijo otro? "Las tres únicas mujeres inteligentes que conocí en mi vida son gordas. Señorita, usted, que parece inteligente, cuídese de su cintura."

»Sin embargo, todavía no se me acercó ninguno de esos ricachos, probablemente porque no transitan por este mundo al que yo me asomo de vez en cuando, todas las que creo necesario contentar a la tía. Esto no quiere decir que nadie se haya fijado en mí. El otro día, precisamente en el salón de la princesa Mathilde, la anfitriona se mostró bastante terca en presentarme a un caballero a quien, al parecer, había sorprendido por mi aspecto. La tía me dijo que accediese, o por cortesía, o por curiosidad. Se llama monsieur De Molé, Gastón de nombre de pila. Tendrá veintiséis años, es de buen aspecto, y, sin llamar la atención por su elegancia, lleva bastante bien el frac. Me acompañó durante casi toda la noche, me preguntó por mis estudios, se amilagró bastante de que una chica como yo dedique tanto tiempo "a esa cosa monótona que es la Botánica, habiendo otras más variadas". Cometí la ingenuidad de interesarme por ellas. Me respondió que las Bellas Artes, y, por encima de todas, la música. En cambio, no se me ocurrió averiguar si él era músico, sino que me limité a escuchar su entusiasmo por un montón de señores de esos que nos hicieron familiares de niños, y que a ti todavía lo serán, los grandes maestros de la sinfonía, de la música de cámara y de la ópera. Se despidió de mí a una hora normal; la tía estaba metida en una conversación secreta con la señora de la casa y con un par de caballeros; después me contó que la Emperatriz de Francia se había dedicado a jugar con un mozalbete, y que éste a poco la enreda en un buen lío. Bueno, cosas de corte. Cuando, por fin, nos despedimos, la princesa me preguntó que qué tal me había parecido el pianista.

"¿Qué pianista?" "¡Oh!, monsieur De Molé, ese muchacho que te acompañó durante toda la noche. Me han
asegurado que le espera un excelente porvenir de virtuoso." ¿Te das cuenta, Rosanna? ¡Mi única conquista
(aparente) ha sido la de un caballero espabilado que ha
visto en mí a la hija del mago del teclado, la hija de
quien le puede ayudar, enseñar y aupar...! Las ambiciones de monsieur De Molé han encontrado, de pronto,
que el camino hacia su meta pasa a través de mi cuerpo. Claro que el suyo no me apetece nada. El estudio
me consuela y me entretiene. Sucede, sin embargo, que
a veces me sorprendo tumbada en cualquier sofá, con
los ojos cerrados, y me siento entre vosotros. Y me entristece mucho, porque quienes entienden de política,
quienes tienen la vista fija en Carlos Federico Guillermo, saben que cualquier día echará a tu padre del trono. Se dice por ahí, se dice que lo hace porque necesita de nuestra capital como base de sus barcos en la fu-
tura guerra contra Francia. (Por cierto, ¿adónde va a
ir tu padre si lo echan? Si se viene a París, o a un sitio
tan cercano que no pueda resistir la tentación, me mar-
cho a vivir con él, y todo al diablo.) Pero se dice también que, antes que nuestro primo, el rey de Prusia
también proyecta humillar a este Napoleón de aquí, en
fin, que se le va a adelantar a nuestro primo y son muchos los que afirman que después se proclamará Emperador. ¿Uno más? pero ¿soportará tantos imperios
nuestra Europa? Claro que si los prusianos vencen a
Francia, Francia dejará de ser Imperio, y no será uno
más, sino una mera sustitución de la cabeza que soporta la diadema. Cuando hablo de estas cosas con la tía,
me dice que no me preocupe, que en cualquier caso,
sea el de Prusia, sea nuestro primo el que ataque, nosotros podemos salir de Francia por el sur y esperar en
España, donde ella tiene parientes. Lo malo es que también se augura a la reina de España poco tiempo de reinado. ¿Cuándo esta Europa nuestra estará un momento quieta?

»No me atrevo a decirte que le des un beso a tu padre, porque ese beso una hija no lo sabría dar. Pero dile, eso sí, que le recuerdo.»

*De Rosanna a Myriam*

«Ahora te contaré la llegada de la Emperatriz, que está estos días con nosotros escondida o disimulada bajo el título de condesa Korda, pero es un disimulo inútil porque todo el mundo sabe quién es, y, si no lo sabe, lo sospecha, a causa de las incontables precauciones que se han tomado antes ya de su llegada. La ciudad está inundada de policías imperiales, en palacio los tenemos hasta en el plato, y no exagero porque al lado de nuestros viejos, queridos y adorables John, Gunter y Evelina, los hay ahora nuevos con cara de espiarlo todo, el salero que le pasas a la Emperatriz. Nunca anduvo por nuestra casa más gente vestida de negro cuya única ocupación visible es la de leer periódicos y levantar la vista cuando pasas.

»La Emperatriz es divertida, inteligente y caprichosa. Las extravagancias que lleva hechas desde que está aquí no las creerías. Pero, hoy mismo, papá invitó a comer al barón de Cronstadt, que tuvo con ella una conversación sobre estrategia. ¿Sabes que nos dejó a todos maravillados, empezando por el propio Cronstadt? Pensé que se iba a lucir delante de mí, y a duras penas pudo quedar a la altura de la Emperatriz. Habías de verla allí, en el Juego de la Guerra, con el puntero en la mano, discutiendo movimientos de tropas, moviéndolas ella misma, y asombrando a papá y al barón: como que si ella la dirigiera, la guerra de que tanto se habla como inevitable la ganaría Francia. "Pero yo no estoy allí, y si estuviera, nadie me haría caso. Por tanto, no podré impedir que un año de éstos se cumpla la aspiración suprema de mi marido, humillar a Francia, poner su tosca bota encima de París, no porque París le importe, sino porque en el fondo de su alma siente que París soy yo." Cronstadt dijo que lo de humillar como finalidad suprema le parecía una mala política; que, en todo caso, basta siempre con vencer, pero que cualquier humillación será el germen de guerras futuras cuyo final no está tan claro como éste. "Estoy de acuerdo contigo, barón, pero mi marido es un terco al que no importa que su patria pueda ser humillada mañana si él puede humillarme indirectamente hoy."

»La otra novedad es la llegada del signore Ruggiero Gasparini. Llamé a Werfel, el violinista amigo de papá, que ahora viene a darme clases de música, y me dijo que, como canta su fama, es un gran virtuoso, quizá el mejor de Europa, o al menos tan grande como el que más (ya sabes que a Werfel le gusta Sarasate); pero las noticias que me llegaron por mis doncellas no fueron tanto relativas a su virtuosismo como a su encanto personal. Julietta, sobre todo, que en cuanto se enteró de que andaba por la ciudad me pidió permiso para verlo, llegó desvanecida y yo diría que enamorada. "Alteza, es un hombre como no puede haber otro, pero si me hicieran jurar que es un hombre, yo diría que no, que es el diablo, moreno y guapo, moreno como si viniese tostado del Infierno; me miró, por pura casualidad, y no caí de milagro. De todos modos, algún desmayo hubo, a su paso, en la calle de los comercios. Un señor respetable protestaba de que a esa clase de sujetos les permitieran andar sueltos, y anunció a voces que escribiría al Burgomaestre. Lo que se dice protestar, lo hicieron algunos más, pero ninguna mujer."

»Cuando Úrsula Cristina supo que Gasparini había llegado, dijo en seguida muy contenta: "Esta tarde iremos a escucharlo". Me señaló a mí, no a papá, y le dio una disculpa. Dos horas antes del concierto, apareció en mi salón y me dijo que quería ver mis trajes. Le enseñé lo que tengo, lo examinó con calma y, aunque lo aprobó, no dejó de aludir oscuramente a cierta tendencia de nuestra estirpe a la austeridad, revelada no sé por qué detalles. Escogió, finalmente, tres, y me los hizo probar, uno tras otro, y, por fin, decidió: "Llevarás éste", por el violeta y el rosa, recuerda, aquel de los bodoques, que me sienta tan bien cuando estoy contenta, pero que me entristece aún más cuando estoy triste. Esta tarde estaba alegre, con una alegría que me salía del cuerpo, no por nada concreto. Me explicó que, como tal condesa Korda, le correspondía un lugar secundario, de modo que aquí me tienes, descendiendo del coche ante una Emperatriz reverente, pasando delante y sentándome en la parte iluminada del palco mientras ella permanecía en la penumbra. ¡Qué lista es! La gente nos encañonaba con los gemelos, y me veían a mí, no a ella. Se había puesto un traje de terciopelo, con agremanes de plata y unas rosas, y estaba deslumbrante, aunque pareciera que no quería deslumbrar. ¿Por qué se vistió así, para quién? Para apabullarme, no, lo hubiera logrado con mucho menos. La orquesta tocó nuestro himno, no el Imperial, y la gente, al hacer la reverencia hacia el palco, supongo que se la habrá hecho a ella: yo estaba volada, y me temo haber saludado con timidez.

»Ahora, imagínate los cortinajes rojos, la alfombra roja, y el gran piano negro a un lado, aunque no lejos del centro. Salió de pronto un hombrecillo patizambo y algo cargado de espaldas, de frac; nos hizo una reverencia, saludó al público, se sentó al piano y tocó, *muy bien*, la *Apasionada*, que nos sumió a todos en una especie de ensoñación romántica, como que la Emperatriz exclamó: "¡Esto no estaba en el programa, esto es una trampa!"; yo creo que algo de trampa tuvo, de preparación de la trampa mayor, la llegada y la actuación del signore Ruggiero, que es como le llama ella: apareció justamente cuando estábamos aplaudiendo al pianista, cuando éste hacía ridículas reverencias con su joroba y su pata torcida. El verlo, quieto, en la esquina del escenario, como si esperase el término de la ovación, fue tan sorprendente, tan inesperado, que dejamos de aplaudir y el teatro quedó en silencio, un silencio que no es el habitual y que cualquiera llamaría milagroso, pero sin Dios. Traía el violín y el arco debajo del brazo, las manos libres. Al dejar todos de aplaudir, él lo hizo, él solo: se aproximó al pianista, y le abrazó. Entonces hubo una segunda ovación. Yo aplaudí como todos, pero sentí algo así como si alguien me gobernase desde fuera, que me arrancase a la fuerza los aplausos. Úrsula Cristina, que contemplaba desde su penumbra, dijo: "Es diabólico". Entre dientes, ¿comprendes?, como si no estuviera bien que yo lo oyese, pero para que lo oyese. Úrsula tiene más mundo que nosotras y sus actos y sus palabras son mucho más complicados. Buena parte de lo que dice no sé si llego a entenderlo.

»Pues el signore Ruggiero nos hizo una doble reverencia: la primera, hacia mi palco; la segunda, a todo el público. Se colocó a la distancia necesaria del piano y, sin atril, empezaron a tocar. Muy bien, una sonata perfecta, pero sin que el diablo que todos esperábamos apareciera. Tampoco lo hizo en la segunda, más perfecta si cabe, pero tranquilizante; las travesuras empezaron con la A Kreuzer, pero no pasaron de eso, de travesuras; como si en lo más alto del violín asomase el diablo la jeta y se riese. La Emperatriz, durante una de esas diversiones, en que algo hacía guiños y jugaba al escondite desde lo alto de las cortinas, puro sonido, imagínate, la Emperatriz, digo, se inclinó hacia mí: "Esto no tiene nada que ver con la música"; y volvió a escuchar, muy atenta, desde su penumbra. Por fortuna no me preguntó nada: yo estaba temblando, me sentía el objeto de las burlas y de los guiños. Bueno: aquí acabó la primera parte. Quedé tranquila..., hasta que le oí decir: "La costumbre, Rosanna, es invitarle al palco". "Pero ¿va a venir aquí?", le pregunté con terror. "Naturalmente, y no debe enterarse de que te ha puesto nerviosa. Sería ofrecerle una victoria prematura." Llamó al ujier y le dio el recado. Gasparini no tardó en aparecer: traía el instrumento debajo del brazo y todavía se limpiaba la frente con un pañuelo: habría tenido tiempo de hacerlo antes, digo yo. Bueno, no se limpiaba, precisamente, sino que traía el pañuelo como si hubiera acabado de pasarlo por una frente sudorosa. Al entrar en el antepalco y ver a la Emperatriz, quedó seco, y cuando iba a iniciar la reverencia, Úrsula Cristina le dijo: "A ella, a ella, señor Ruggiero. Yo no soy más que la condesa Korda". No me explico por qué, entonces, él sonrió como si hubiese triunfado, y me saludó. ¿Habrá percibido el temblor de mi mano? Úrsula Cristina acudió en mi ayuda. "Ruggiero, ¿a quién intentas deslumbrar esta noche?" Él se inclinó profundamente. "Ignoraba que Vuestra... Excelencia estuviese en el teatro. Le pido sinceramente perdón." "Ruggiero, eres un redomado hipócrita, ¿qué vas a hacer en la segunda parte cuando toques tu música?" "Lo que hago siempre, Excelencia. Vuestra Excelencia no puede sorprenderse: me ha oído ya." "¿Y qué te dije otras veces, Ruggiero? Repítelo." "¿Delante de la princesa, Excelencia? ¿No sería causarle una desilusión anticipada? Los jóvenes creen en el arte, son nuestro único apoyo. ¿Qué sería de nosotros si todo el mundo nos escuchase como lo hace Vuestra Excelencia?" "Que tocarías mejor, Ruggiero." "Mejor de lo que lo hago yo, no puede hacerlo nadie. Eso lo sabe muy bien Vuestra Excelencia. Incluso creo recordar que alguna vez me lo dijo." "He cometido muchas debilidades en mi vida, y una puede ser ésa.". Aquí hubo un silencio durante el cual uno y otro me miraron, como si pudiese empezar allí una conversación que yo estorbaba. Creo que me ruboricé; en cualquier caso, me retiré un poco, busqué un lugar donde sentarme. Ella lo hizo también, y, cuando estuvo sentada, señaló a Ruggiero otro sillón, pero él declinó el *honor* con una reverencia. "Imposible, Señora." Úrsula Cristina rió con más franqueza que nunca, como si estuviera divertida; pero yo no entendí el porqué. "No lo haces por protocolo, Ruggiero, ni por respeto, sino porque, sentado, pierdes la mitad de tus dotes." "También puedo tocar sentado, Excelencia." "No se trata de tocar, sino de *representar*. Oí contar que Talma no se sentaba nunca. La gente dice que eres un genio del violín, pero yo te aseguro que lo eres del teatro. Deberías interpretar el *Otelo*, Ruggiero, y no porque seas celoso..." Ruggiero volvió a inclinarse: "No recuerdo una sola vez, Excelencia, en que vuestra palabra no me haya combatido...". "Pues yo recuerdo una, Ruggiero: y también que nadie tan alto como yo te elevó hasta su altura." "Este recuerdo, Señora, me permite respetarme a mí mismo." ¿Qué querían decir?

»Llegaba hasta nosotros el murmullo de la sala, más alto que de costumbre. Úrsula Cristina le indicó al músico que el pueblo se inquietaba. Se fue y regresamos al palco. El pianista apareció ahora como guitarrista. Tocó algo de Bach y fue aplaudido. Ruggiero vino esta vez sencillamente, saludaron los dos... Te aseguro, Myriam, que era digno de verse, el uno achaparrado, deforme, de piel coloradita y pelo blanco, y el otro delgado, con una melena crespa y rebelde, con un perfil de águila furiosa. También en el modo de moverse parecía pertenecer a mundos diferentes; pero ¿cuál es el de Ruggiero? Su piel parece, en efecto, quemada por el fuego. ¿Será su mundo el Infierno? Primero tocaron una sonata para violín y guitarra; después, otra sonata para guitarra y violín, ambas del mismo Ruggiero. ¿Cuándo aquel arco y aquel hombre fueron más diabólicos? Durante la primera sonata, nos encogió el corazón, nos lo sacudió, nos lo apretó, hubo momentos en que creí ahogarme. Úrsula Cristina sonreía, pero ¿cómo es posible que fuese más intenso el efecto de la segunda sonata, cuando el violín no es más que un acompañante? Es una pieza extraña, ésta para guitarra y violín. El hombrecillo de la media joroba lleva la voz cantante continuadamente, sin un solo silencio; el violín, mientras tanto, parece condenado a desaparecer contra su voluntad: viene, va, se esconde, reaparece, con un lamento, con un chillido, con un ¡ay! prolongado que se interrumpe en vez de degradarse, o con un roce que parece el de la tierra contra el aire o el del alma contra el dolor. Y lo más extraordinario fue que llegó un momento en que no era el violín el que sonaba, sino Ruggiero: quiero decir, él era el arco y la caja, y el sonido le salía del cuerpo. Fue algo indescriptible. En un palco vecino, un hombre sollozaba: la gente respiraba fuerte, una muchacha dio un grito agudo y se desmayó: tuvieron que sacarla de la sala. La sonata terminó como si todo se rompiera, antes que nada los corazones; después, el mundo y los cielos. Estalló un aplauso, Ruggiero quedó quieto, y la Emperatriz, sin dejar de sonreír, murmuró: *"Traggediante"*. Yo me sentí mal. Le pregunté a Úrsula si Ruggiero iba a volver. "¿Lo quieres?" "¡No, me da miedo, quiero irme!" Me acarició. "Haces bien. Vámonos."

»Me puse a escribirte al regreso del teatro. Es ya hora de que me reúna con papá y con Úrsula: tengo el corazón trastornado y la cabeza llena de nieblas. ¡Cómo me gustaría que estuvieras conmigo! Tendría a quien tartamudear lo que siento.»


Aquella noche, Werfel estaba invitado a cenar. Es regordete y genial, y a primera vista se le toma por un profesor modesto, en modo alguno por un artista que enseña en el Conservatorio, con especial talento, el violín y el violoncello. Le había rogado que trajera ambos instrumentos, y allí los dejó, encima de un sofá, ayudado de un ujier. Úrsula Cristina lo recibió con distracción cortés, porque no la previne de quién era. Cuando nos sentamos a la mesa, le pregunté a mi hija que cómo le había ido en el concierto, y Rosanna titubeó y apenas dijo nada. «¿Y usted estuvo allí, Werfel?» «Naturalmente, Alteza. ¿Cómo podría faltar? ¡Sería ofender al genio!» Por muy prudente que sea Werfel, y lo es, se le notó la ironía. «¿Y qué le pareció el concierto?» «Admirable, Señor. El signore Ruggiero, cuando ejecuta ciertas composiciones, más que hacer música, lo que hace es empujar a la gente hacia el Infierno.» Entonces, la Emperatriz se fijó en él y yo le expliqué: «El profesor Werfel enseña en el Conservatorio y entiende un poco de música». «Y de lo que sobrepasa la música, por lo que veo.» «¿También, entonces, la Señora...?» «Sí, profesor, estoy de acuerdo con usted en eso del Infierno. Lo que sucede, en mi caso, es que escuché a Gasparini muchas veces y ya no me coge de sorpresa, pero la gente le sigue obedeciendo, y no al Infierno, a la muerte irían todos si el arco de su violín se lo ordenase.» Al terminar la cena, Werfel nos hizo el honor de tocar para nosotros, primero unas partitas para violoncello sólo; después otras para violín. Rosanna, un poco alejada y un poco en penumbra, cerraba los ojos, pero la Emperatriz escuchaba con ellos muy abiertos. Comprendí que Rosanna, más que escuchar, recordaba, y hasta es natural que soñase; la Emperatriz, en cambio, no perdía ripio de lo que acontecía en el violín. Cuando Werfel saludó, Úrsula le preguntó sin más trámites: «Y, usted, ¿por qué está encerrado en este pueblo, en este país? Usted pudiera ser el rival de Ruggiero.» Werfel me señaló con el arco. «Su Alteza conoce las razones.» Entonces, yo le expliqué a Úrsula que aquel hombre que ejecutaba tan bien como Ruggiero, había perdido a su mujer de joven, se había retraído, había hallado en la música un consuelo, pero no como instrumento de gloria sino de la propia perfección. «Werfel es ante todo un filósofo, eso que antes llamaban un sabio. Creo que ha llegado a entender la verdad de la vida, y yo, aunque lamente su encierro en esta ciudad pequeña, no dejo de aprobárselo. Es feliz, si eso tiene sentido.» Werfel completó mi idea a su modo: tocó unas notas en el violín, desconocidas, algunas frases, muy pocas, y después quedó quieto, con el arco en el aire. Miraba a la Emperatriz. Ella aguantó la mirada, no con desafío, sino como si entre los ojos de él y los de ella se hubiese tendido un puente de comprensión y comunicación. «Sí

—dijo Úrsula Cristina—, eso no puede decirse más que con esa música, perdida ya para siempre. Las palabras no sirven.» Pero yo no lo había entendido, Rosanna no se había enterado, y acabé comprendiendo que, en lo que acontecía, yo no tenía participación. No me sentí humillado.

Aquella noche, cuando estábamos solos, Úrsula me dijo: «No sabes cómo me alegro de haber venido, porque te he cogido afecto y porque creo que podré ayudarte a evitar un dolor». Le conté que, muchos años atrás, también Amelia cerraba los ojos al escuchar el piano de Liszt. «Hay una diferencia, sin embargo: Liszt estaba delante, lo habías alojado en tu misma casa, era su música la que cerraba los ojos de Amelia y le engendraba deseos y esperanzas. Ruggiero no está presente, Rosanna tiene que recordar, la estará haciendo ahora, seguramente, porque, después de una experiencia como la de hoy, ninguna mujer puede dormir. Este pequeño matiz que distancia un caso de otro, lo podemos aprovechar a tu favor, y también al de Rosanna. No le vendrá mal la experiencia, no le vendrá mal el peligro, a condición de que evitemos que caiga. No olvides que, cualquier día de éstos, se presentará a la puerta de tu palacio el conde Raniero, que está deseando titularse Gran Duque consorte. Tu hija no va a ser feliz con él, porque es tonto y le gustan los tenientes jóvenes. Rosanna necesitará de un gran temple para defenderse, y de una gran discreción para no cometer errores.» Y, en otro momento de la conversación, dijo: «Se equivocan en la educación que nos dan a las princesas. Me enseñaron historia, política y música, pero nadie me previno de que, al casarme con un hombre al que no amaba, el deber que se me imponía tenía que fundarse en algo, o la fidelidad tener algún apoyo. La obediencia no basta, aunque nos obliguen a que baste. Ellos piensan que no es más que un acto político, y olvidan, y no parece importarles, que una mujer pone su cuerpo a disposición de otro sin nada que lo justifique ni lo compense, porque en la cama no hay príncipes ni princesas, sino hombres y mujeres. Todas las princesas somos violadas, estamos aquí para eso, para eso nos inculcan el sentido del deber. Desde el mismo nacimiento nos castran de la felicidad, nos la arrebatan de antemano, nos incapacitan para ella, pero nosotras, alguna vez, la deseamos. Rosanna, ahora mismo, no sabe lo que le pasa, es la primera vez que tiene a mano algo que podría darle dicha, aunque es posible que ignore qué palabra corresponde a lo que siente. Se engaña, nosotros lo sabemos, pero la apariencia es seductora. Pienso con pena que esta noche misma, varias docenas de jovencitas sienten lo mismo que ella. ¡Ya lo ves! ¡El violín de Ruggiero les ha arrebatado el sueño a las doncellas! Pero, a nosotros, la que nos importa es la tuya».

Ya nos habíamos dormido, o, al menos, me había dormido yo, cuando Úrsula me sacudió el brazo. «¡Despierta! ¡Despierta y escucha!» Tardé unos minutos en espabilarme. El silencio era tan oscuro, tan compacto, como la soledad: ese silencio enorme de los palacios, limitado, quizá, por los pasos lejanos del centinela, y, en mi ciudad, por algún rumor de los muelles: una campana de barco. Si suena al amanecer, pienso en el velero que zarpa y en el rumbo que coge. Del mismo modo que a mi hija le está vedada la felicidad, me lo están a mí los viajes, esos mismos que emprendía mi ensueño cuando, en la madrugada, me despertaba la campana de un barco. Alguna vez, entre las campanadas y yo, corrían ráfagas de viento.

«Escucha ahora. Escucha.» Se oyó claramente un violín lejano, no en el palacio: venía de la parte del jardín que da al canal: un muro de piedra antigua y una larga avenida de abedules, mis árboles de plata. «¿Es una serenata?» «En todo caso, no a Rosanna, sino a mí. Traté muy duramente a Ruggiero, esta tarde, y viene a congratularme.» «La habitación de Rosanna está por ese lado.» «Será inevitable que reciba esta música como destinada a ella.» Seguimos escuchando. El sonido iba y venía como si lo llevase y lo trajese la brisa. «Desde el salón de mármol verde se escuchará mejor», le dije. «¿Insinúas que debemos levantarnos?» «¿Y por qué no?» «No me hubiera atrevido a proponértelo, pero me alegra. ¡El susto que se van a llevar los policías!» Tanto mi bata como la suya eran largas y con capuchas amplias. Me la puse: ella se echó a reír. «¡Pareces un monje! ¡Yo me la pondré también, y así el susto será mayúsculo!» Encendí un quinqué y salí, seguido de Úrsula Cristina: ella, de rojo intenso; yo, de verde botella, que en la oscuridad se quedaban de un gris oscuro. Demasiado compactas para ser fantasmas, nuestras figuras, sin embargo, debían de resultar extrañas y por supuesto insólitas, con el roce de las babuchas, seda y fieltro, multiplicado en el silencio de los grandes corredores. Por lo pronto suscitaron rumor de pasos que huyen, de sombras que se esconden. A un sujeto nervioso, con sombrero de copa, que no pudo ir más allá de un rincón, lo deslumbré con el quinqué, lo deslumbré adrede, metiéndole la luz entre los ojos; otro, de sueño profundo, dormía en el sofá, envuelto en una capa y con las botas quitadas: ¡qué tristeza infinita la de aquel par de botas abandonadas en la alfombra! Sospeché algunos más, en la esquina casi remota del salón verde, que a aquella hora y con tan escasa luz no pasaba de enorme espacio asombrado. Dejé el quinqué en una consola y nos acercamos al ventanal de la galería. Iba a abrir, pero Úrsula Cristina me detuvo. «¡Con cuidado! Tu hija estará asomada a su ventana, escuchando.» «Sí, muy cerca de nosotros, casi al lado.» «Entonces, lo mejor será que abramos sin precauciones. Un crujido discreto le hará creer que la vigilan.» Venía de fuera un aire húmedo y dulce, y, como si flotase en él, como si se deslizasen, las notas del violín que alguien hacía sonar por la parte del canal, seguramente desde una barca. Úrsula Cristina escuchó con atención. «Ruggiero Gasparini es un falsario hasta en algo tan serio como una serenata de desagravio. El que toca no es él. No sé a quién ha podido contratar que lo haga pasablemente, porque ese que toca es un buen violinista, pero me gustaría saber por dónde anda Ruggiero y por qué no vino.» «Conspirando, sin duda, en contra de tu marido, es decir, a mi favor», le respondí. «Sería conveniente que guardásemos el secreto. Si Rosanna escucha y cree suya la serenata, sufrirá su primera desilusión al saber que...» «Tienes razón. Sería prematuro y contraproducente.» Cerramos la puerta y nos retiramos. Confío en que, después de nuestro paso, el cosmos haya vuelto a su orden y los espías a sus lugares cómodos. Le dije a Úrsula que su marido exigía un informe detallado y diario de las andanzas de Ruggiero. «¿Te parece que lo hagamos entre los dos?», dijo Úrsula Cristina, divertida. No se me había podido ocurrir, pero lo recibí como una idea excelente. Al otro día por la mañana, redactamos el siguiente papel:

*De su Alteza el Gran Duque Ferdinando Luis*
*a Su Excelencia el Ministro Imperial de Policía*

«He tomado tan a pecho la vigilancia del peligroso carbonario, que me encargué personalmente de elegir los sabuesos que habrían de vigilarle. Escogí lo más selecto de mi traílla, todos alumnos aventajados de Scotland Yard, debidamente impuestos en los métodos inductivos de S.S. Haldane y en los deductivos de J. J. Joyce. Notables, además, por su olfato físico y su perspicacia; gente que sabe limitarse a describir los hechos, dejando su interpretación a la superioridad. De los escritos que me hicieron llegar, todos ellos en hermosa letra inglesa, se infiere el siguiente orden de acontecimientos relativos al susodicho carbonario, cuyo significado último, cuya real trascendencia, confío a superiores caletres, que no al mío.

»1. Desde la diligencia que lo trajo, tras haber arrojado unas monedas al pueblo que lo aclamaba, marchó directamente al Hotel de los Grandes Capitanes, uno muy bonito, con su bergantín encima de la entrada, donde le habían reservado habitación. ¿Por qué a este hotel, y no a Las Armas Imperiales, que es el más suntuoso? Se sospechó mucho tiempo que, en el primero, disimulaba su logia más secreta la francmasonería, aunque esto nunca haya podido probarse, pero lo que sí está demostrado es que el propietario de Las Armas Imperiales es de los nuestros, quiero decir, mi enemigo. Se sugiere la posibilidad de que, al mismo tiempo que monedas al populacho, haya arrojado a sus partidarios mensajes diminutos y redondos.

»2. Cenó en compañía de micer Frank Stein, su pianista. La ficha del señor Stein figura, con toda probabilidad, en los archivos de la Policía Imperial, calificado de "personaje siniestro". Su cuerpo deforme disimula, según todos los indicios, a un famoso dinamitero buscado por los Servicios de Seguridad europeos; un sujeto no ajeno al atentado contra el Emperador de los Franceses, aunque no su ejecutor, sino inductor; capaz, pues, de organizar un acto de terrorismo contra la misma Autoridad encarnada en el Orden mismo, contra la Persona Inviolable de S.M.I. Hablaban bajo. Cuando nuestro sabueso, vestido de camarero, se acercaba a servirles, callaban. ¡Sospechoso silencio!

»3. El peligroso carbonario se retiró a sus habitaciones, aunque no a dormir. Simuló estar ensayando el violín hasta horas avanzadas, pero no existe la menor duda de que sus tocatas encerraban claves, y que mediante esa música envió, no se sabe a quién, órdenes o noticias de sospechoso contenido. Inevitablemente. ¿Quién pone cercos a la música de un Stradivarius? ¿Quién limita su insidiosa expansión? Las leyes de la física, en este caso, la favorecen. Conviene, sin embargo, considerar la posible calidad mágica de alguna de esas tocatas. Los sabuesos quedaron paralizados, y después se durmieron. ¿Por qué?

»4. El pianista dinamitero salió a dar una vuelta por las calles del puerto. Entró primero a un cabaret de ínfima categoría, donde bebió coñac y se mezcló al infernal barullo de la canalla; después se metió en un prostíbulo caro, el que frecuentan los elementos liberales del país cuando gustan de expansionar su carne, menos pecadora, si cabe, que su espíritu; pero que probablemente sirve también, quiero decir el burdel, para encuentros clandestinos. Interrogada la mujer que le sirvió durante un par de horas, declaró que el referido cliente se había portado igual que los demás, aunque con especial voracidad, y que, desde luego, no llevaba colgada del cuello ninguna bomba, sino una medallita de la Virgen, porque es alemán de Baviera; pero la declarante no es de fiar. Esta policía se ha cuidado de que, en las noches venideras, figuren agentes nuestros en la plantilla del prostíbulo, especialmente entrenadas como el señor Stein.

»5. El peligroso carbonario se levantó tarde, después de desayunar en la cama. Pidió un repugnante chocolate, como los italianos y los españoles. Reclamó los servicios de un barbero: acudió uno de nuestros agentes, y ha emitido un informe sobre la sospechosa naturaleza de su barba (se entiende la del carbonario; la del agente es enérgica y dócil). De una somera inspección dedujo que el material subversivo, si lo hay, tiene que estar escondido, si no ha salido ya por cauces ignorados, en cuyo descubrimiento se emplea nuestra gente, aunque también es posible que semejante material, impreso e incendiario, no haya llegado aún.

»6. El peligroso carbonario dio un paseo, al mediodía, por las calles principales de la ciudad. Fue inevitable que se le acercara la gente, así la amiga como la enemiga. Tuvo ocasión de dar y recibir mensajes. No existe, sin embargo, seguridad de que lo haya hecho, pues por todos los síntomas se infiere que paseó en público para que lo aplaudiesen. Pero ¿quién sabe?

»7. El señor Frank Stein no se levantó hasta la hora de comer. Mantuvo la habitación cerrada con llave. No es imposible que, a través de la ventana, haya recibido visitas, recados o el material explosivo que nos preocupa. La noche anterior, mientras yacía en el prostíbulo, su equipaje fue concienzudamente examinado: a primera vista, no hay nada en él que pueda tomarse por una máquina infernal, aunque la afirmación no llegue a ser tajante, ya que en los medios demoníacos se inventan cada día nuevos modos de atentar contra la autoridad constituida, y una sencilla brocha de afeitar puede ser el aparato que destruya al mundo y, sobre todo, inicie la implantación de la anarquía. El señor Stein lleva en su maletín varias brochas de afeitar. Una de ellas ha sido sustraída para someterla al examen de nuestros artificieros. Se comunicará el resultado.

»8. El peligroso carbonario y el señor Frank Stein almorzaron juntos, hablaron y se rieron en voz alta, sopechosamente, pues algo disimulaban. Se retiraron a echar la siesta en habitaciones distintas, aunque comunicadas. Uno de nuestros agentes, que escuchó a través de ambas puertas, aseguró haber oído un rumor que lo mismo podía ser de un coloquio cauteloso que de una fuente lejana. No es aconsejable descartar el que hayan sido voces, pero también ronquidos.

»9. El concierto del peligroso carbonario fue, a juicio de los expertos, una invitación apasionada y perentoria a la libertad, a la independencia y al desorden, sufragio universal y régimen parlamentario principalmente. Las personas discretas que se hallaban presentes no sabían qué pensar ni qué hacer. Algunos aprovecharon el entusiasmo de los aplausos para marchar. Hubo varios desmayos. En su conjunto, el concierto entero fue un mitin, pero tan irreprochablemente disimulado, que no hay motivos lícitos para suspender el resto de los conciertos que se anuncian.

»10. Lo más importante, sin embargo, y siempre a nuestro juicio, fue la entrevista que el peligroso carbonario celebró durante el primer descanso, con una tal condesa Korda, o alguien que se hace llamar así, y que anda por aquí estos días. Esa dama se conduce capri-

140

chosamente y, sobre todo, sospechosamente. Tenemos indicios de que es agente de Inglaterra, aunque por otra parte puede ser una emisaria de la casa de Saboya, si bien no se descarta la posibilidad de que trabaje para el *Ministère des Affaires Exterieures* francés. Lo más escandaloso de su conducta es que se ríe de los protocolos. El peligroso carbonario se reunió con ella durante más de diez minutos sin que se haya podido averiguar de qué trataron, dadas las condiciones acústicas de los antepalcos, que fueron construidos, como se sabe, para proteger aventuras galantes o políticas. Ignoramos el carácter de lo que acabamos de denunciar. Personal especializado, provisto de lupa y otros detectores, buscó en las tapicerías manchas de las que pudiera colegirse una mínima conclusión. Nada.

»11. Por último, tras la cena, el peligroso carbonario, con su instrumento bajo el brazo, salió del hotel en que se hospeda, y, en un coche, fue conducido hasta un lugar en el muelle noroeste en que le esperaba una barca. No fue difícil seguirle, porque se adentró por los canales sin muestras de temor, sin tomar precauciones, hasta detenerse en el jardín de los Reyes Antiguos, que así llaman al del Palacio del Duque. Arrimada la barca al embarcadero, el peligroso carbonario ejecutó al violín, sin acompañamiento, multitud de piezas variadas durante más de dos horas. La gente que esta música atrajo fueron sin duda liberales, confesos o disimulados, prudentes sin embargo, porque se mantuvieron lejos. Algunos de ellos pudieron ser identificados, pero no resultaron liberales, sino melómanos. No nos cabe duda de que la música del peligroso carbonario decía algo, aunque no lo mismo a los unos que a los otros, pero no hay duda de que podía traducirse en palabras, y que estas palabras eran terribles, a juzgar por el entusiasmo y el silencio con que fueron escuchadas: digno de un agitador político, no de un virtuoso del violín. Carecemos de las claves oportunas, pero hemos creído percibir en la última de sus tocatas, una invitación al regicidio. Podemos añadir que se nos estremecieron las carnes de pavor al escucharlo.»

Este papel lo envió por un servidor de su confianza para hacerlo llegar al Señor Ministro Imperial de Policía. Estoy seguro de que nos habrá llamado idiotas, pero también de que la entrevista del «peligroso carbonario» con la condesa Korda le habrá puesto en un brete complicado. Úrsula Cristina aseguró que no podría dormir, el carcamal del Ministro, en la duda de si entregarle o no el informe a S.M.I., quien, de leerlo, cogería un berrenchín de los que acaban en guerra, o al menos en uno de esos monumentales desfiles que obligan a desguarnecer las fronteras y congregar en la Gran Avenida de la Gloriosa Esperanza a todas las tropas del país, con el tremendo esfuerzo logístico y el insoportable gasto que semejantes regocijos implican: no guerra, pero casi guerra, evitables tan sólo si ella está a mano para que el Turco desahogue su furia. «El Ministro de Policía lo conoce, y acabará por romper el informe, o lo sustituirá por una falsificación. De no hacerlo así, no sólo tú puedes ser expulsado de tus estados, sino también asesinado Ruggiero. Aunque se lo merezca, no le deseo un final tan aparatoso.»

Entre las copias de cartas que recibí al día siguiente, figuraba este breve billete:

«Señor: su serenata de anoche me ha conmovido y me ha dejado sin sueño. Se lo agradezco con la sinceridad de un primer entusiasmo, de una primera esperanza, pero ¿por qué se vale del violín para jugar con mi corazón?, ¿no ve que estoy indefensa? Le saluda. R.»

IX

*De Guntel a Roberto*

«De mi carta anterior habrás podido deducir que mis relaciones con la realidad, generalmente normales, aunque no vulgares (debido a mi manera poética de verla, y, sobre todo, de decirlo), andan un poco trastocadas. Me entretengo (a veces hasta la angustia) en pensar si lo que veo es lo real o lo que debiera serlo, o si detrás de una apariencia engañosa se esconde lo verdadero como alguna gente asegura, pero esa gente traslada la cuestión al terreno moral, si acaso al metafísico, y yo me quedo en lo físico, en el reino de las meras imágenes, de las meras sensaciones: ¿es que están superpuestas, unas y otras, las aparentes y las reales, o, quizá mejor, las falsas y las verdaderas?; pero, de no ser así, ¿de dónde saco esas que me perturban?, ¿por qué las percibo? ¿O será que las sueño? Asimismo estoy seguro de que Lislott, la bailarina impúdica, dos veces vista, no existe ni existió nunca, lo cual no impedirá que vuelva a verla, que intente una vez más tentarme con su impudicia; pero la otra Lislott, ¿es real? Sé, eso sí, que son como una sola. ¿Cómo pude adivinarlo?

143

No encuentro explicación, y estoy a punto de no poder distinguir esos dos mundos, uno del otro: a punto, pero todavía no: creo conservar aún un poco de discernimiento, pero ¿es suficiente? ¿Y durante cuánto tiempo? Un hombre en tales condiciones, ¿cómo podrá llevar a cabo la misión que le han encomendado? Aunque, bien considerado, la misión tampoco es de las comunes y corrientes: ¿cómo puede el destino implicarse de este modo inverosímil en el hallazgo y la devolución de una botella? La cual, por serlo, sólo por serlo, continúa en mi poder: ayer vino la policía, me registró, registró mi cuarto y mi baúl: buscaba el talismán imaginario y nadie de entre ellos fue capaz de adivinar que no pasa de una mera botella, pero yo tampoco podría decir qué buscaban. Esta investigación de mis enseres no es ningún sueño: el Barítono Frustrado (o tenor, no lo sé bien) se me quejó de las molestias, y me dio a entender claramente que, si se repetían, me rogaría que fuese con la música a otra parte.

»Mi propósito hoy es ceñirme a lo que veo, pero no tengo la culpa si me rodean lo insólito o lo difícilmente explicable. Por ejemplo: al mediodía de hoy, al llegar a la pensión en que vivo, me asomé a la portería, a preguntar si había carta para mí. La habitación del portero es larga y no muy ancha, tiene una ventana a la calle y está bien amueblada. Muy a la vista queda una mesa redonda, bastante grande, cubierta con un tapete hasta el suelo, y un quinqué de petróleo encima, que alguna vez vi encendido: da una luz muy hermosa, y llena las paredes de sombras alargadas. Pues cuando asomé la cabeza para preguntar por el portero, vi que, por debajo del tapete de la mesa, aquí y allá regularmente alzado, asomaban unas cabezas chiquitas cuyas caras me hacían guiños y se reían de mí: eran muchas, más de las que deberían caber en aquel escaso espacio, y eso, haciendo caso omiso de los cuerpos. En esto vino el portero. Me vio sorprendido y razonablemente asustado: "No les haga usted caso. Son los del mundo de abajo que a veces vienen a ver qué pasa en el mundo de la luz. Esa mesa que ve tapa una de las salidas, que también es una entrada, claro. Si alguna vez le apetece, podemos dar una vuelta por alguno de los corredores. Esa gente vive en ellos como almacenada, pero son alegres y de buen humor, aunque algo bromistas". Me esforcé en conservar la calma, y le respondí que bueno, que ya hablaríamos. Él, con la mayor naturalidad, añadió: "Se lo digo porque, desde que usted llegó, comprendí que es uno de los nuestros, de modo que podrá ver las cosas". ¿Qué es lo que voy a ver? ¿Y quiénes son esos "nuestros" a que pertenezco? Ando ya desconfiado, intento descubrir detrás de cuanto veo algo así como un suplemento de misterio o de extrañeza.

»Hoy pensaba referirme estrictamente a mis compañeros de pensión, a los que sólo veo a las horas de comer. Lo hacemos en una mesa redonda, en un cuarto interior empapelado de flores doradas y frambuesa; un cuarto grande alumbrado por una lámpara de muchos brazos, de cristal también dorado, con vetas no sé si violeta o violentas. Esta lámpara es lo más bello que hay en la casa, y el Barítono Frustrado me relató en secreto que fue un regalo de una señora importante, todo lo importante que pudo darme a entender, con la que pasó la noche después de su resonante triunfo en *Rigoletto*, del que no sabe si recuerda con más orgullo los aplausos o la aventura: que a la señora la había contentado excepcionalmente porque a él se le ocurriera entreverar el amor con fragmentos de ópera, o las arias con el amor, que da lo mismo, y la señora no estaba segura de en qué hallaba más placer, de modo que, para conmemorarlo, le envió al día siguiente esta lámpara, adquirida en una subasta en París, en franca lucha con una princesa eslava casi centenaria, pero todavía terne, que había maldecido a la victoriosa. Tiene por lo menos veinte brazos, la dicha lámpara, y en cada extremo un mechero de gas. No podemos decir que el Barítono Frustrado nos escatime la luz. De un modo u otro, la historia de la lámpara, si verosímil, me cuesta mucho trabajo imaginarla: el que canta lo hace de pie; el que ama, acostado, por lo general. ¿Hay que suponer al Barítono Frustrado levantándose del lecho para cantar y regresando a él para el amor? Más todavía: las arias italianas, ¿excitaban a la señora, o era su propia excitación la que le sacaba a él de las sábanas y le ayudaba a dar el do de pecho? Querido Roberto, con esto me armo un lío. Gúdula insiste en que todo lo que cuenta el Barítono Frustrado es mentira, y que en los ataúdes no hay cadáveres, sino recortes de periódicos. Y a propósito de sus aventuras amorosas, jura que es capón. "¡Si lo sabré yo...!"

»Ya te dije que el Almirante se sienta a mi derecha. La razón de la simpatía que me cogió este hombre, de la protección que ejerce sobre mí, y de su autoridad, se debe a que mi padre fue también marino de guerra. El Almirante me agradeció mucho el que, cuando me iba a relatar la famosa batalla naval en que triunfó con menos barcos que el enemigo y le permitió ofrecer una victoria a su rey, lo cual le costó el destierro, le dijese que ya la conocía en los términos y etapas de su desarrollo, por habérmela explicado mi padre: la fase de predominio del enemigo, la dudosa, y, por fin, la tercera, en que la victoria quedó por él con barcos y dotaciones cautivos, con potentes navíos desarbolados y a la deriva, juguetes impasibles del viento y de la mar: banderas hasta entonces gloriosas flotando en las olas sangrientas, y esa desolación de jarcias rotas, de velas que se lleva la corriente, a que queda reducido el teatro de una batalla naval después de que se han hundido todos los muertos. Esto le dio ocasión, sin embargo, no de repetir la historia, ni siquiera de precisar algún detalle que yo tuviera dudoso, sino de hablarme de maniobras en alta mar, de velas arriadas, de vientos fuertes que silban en los mástiles y de rumores de la marinería que, después de la victoria, canta. Íbamos por la calle, yo no veía más que velas, el aire lleno de velas hinchadas y de vientos que aspiran a cobijarse en ellas, y la voz del Almirante a estribor (quiero decir a mi derecha), hasta un momento en que dejó de ser cuerpo y fue brisa, que me envolvía suavemente y me arrastraba detrás de su palabra. Yo creo que, como pago de mi entusiasmo, me descubrió entonces el secreto de su vida: imagínate el paso del heroísmo a la intimidad, desciende a la cámara desde el puente de mando, o salta desde la Historia al secreto: está enamorado de Lislott, y ella le adora, pero su edad le incapacita para el amor, es un sesentón gastado que al despertarse cada mañana se asombra de que la muerte no haya llegado aún. "¡Un día más de amor y sufrimiento!", exclama, o dice que exclama, de ahí la desventura de entrambos, lo que se dice una tragedia de la que ignoro si hay detalles grotescos: todo se reduce (al parecer) a conversaciones largas, a caminatas junto a la mar, a ensueños compartidos y tentaciones de suicidio en pareja. "Un amor, caballero, hecho de pocos besos y de menos caricias, pura palabra triste, pero también remordimientos, al menos por mi parte. Sí, únicamente por mi parte. Le pido que busque otro amor, ella responde que no puede dejar de amarme. Entonces imagino, para consolarme, que una mujer, igual que un hombre, puede amar a dos personas a la vez... Es un hecho que los hombres podemos hacerlo así, y ya lo descubrirá usted cuando llegue el momento. Ella me dice que es imposible, pero confío que algún día aparezca quien dignamente pueda complementarme. O yo a él. ¿Por qué no yo a él? Hay poca gente capaz de hablar de barcos como yo, y Lislott adora que le hablen de barcos. Si se enamorase de otro, me contentaría con los efluvios que me llegasen de ese amor, y con seguir amándola." Te confieso, querido Roberto, que no alcanzo a entender al Almirante. No es que sospeche que no es una persona real, como de otros, sino que ese modo de sentir se me antoja sublime, y, yo, la única experiencia que tengo de lo sublime, son los cielos un día de huracán. Recuérdalo; quedar mudos frente a la mar, frente a los vientos.

»El señor que se sienta a mi derecha es un napolitano de mediana edad, la mejor facha que vi de hombre del Sur. Le llaman el signore Jacopo, y su distancia de todos y de todo, algo así como esa incomprensible superioridad que da a algunos el nacimiento, la disimula con su cortesía; todo es amable en él, hasta la misma distancia, como si se mantuviese lejos para no herirte o para no mancillarte. Embozado en su capa, con su sombrero alto, sale todas las noches entre el misterio y el miedo. Gúdula, la criada, me reveló que tiene amores con damas hermosas e inaccesibles, que fuerza puertas y asalta balcones prohibidos, y que no hay mujer que se le resista. "Yo tuve que pedirle que me dejase dormir con él." "¿Y lo hizo?" "Sí." Respondió como si, habiendo ella caído, se hubiera él inclinado a recogerla. Gúdula es una moza campesina bastante apetitosa: también hubiera dormido ya conmigo si yo no buscase en las mujeres algo que ella no puede darme. Por razones no muy explícitas, quizá no sean razones, unas veces creo que el signore Jacopo tiene que ver con el diablo y otras que es uno de ellos. Recuerda, sin embargo, que no creemos en el diablo.

»A la derecha del signore Jacopo se sienta Philip, el más extraño de todos, que no parece pertenecer a un mundo donde se compra y se vende, donde se barren las basuras de las calles, donde la gente se engaña, se roba y se asesina. De otros puedo imaginar y, si me apuro, aceptar, fantasías que ya irán saliendo; éste es todo él fantástico, y lo más inteligente sería considerarlo como un fantasma contumaz, no sólo como un fantasma terco, apegado a un error persistente, aunque no sepa de qué naturaleza. A mí me parece un príncipe, pero tengo la impresión de que tanto el Almirante como el Barítono Frustrado y el propio signore Jacopo lo tratan siempre de "Alteza", si bien no puedo imaginar la clase de príncipe que será, si vivo o muerto. Tiene una cabeza fina, rubia de un rubio pálido, como si el oro muriese y unos ojos casi muertos de color azul intenso.

Viste siempre de oscuro, sus modales son familiares y altivos al mismo tiempo, y coge los cubiertos con tal levedad que parecen moverse solos. Es muy joven, más o menos como yo, pero da la impresión de llevar sobre sí varios siglos de pasión y aburrimiento, como de haberse quedado para siempre en una juventud irresuelta. La vida no puede gastar un rostro y una mirada, en veinte años, como están gastados los suyos. Gúdula me confesó que, naturalmente, intentó alguna vez acostarse con él, pero con intenciones moderadamente maternales de ánimo y consuelo: no se decidió a hacerlo por miedo a romperle el cuerpo, de frágil que es. Este muchacho, príncipe muerto o lo que sea, también sale de noche, y a este respecto me dijo Gúdula: "Viola los conventos de monjas". Pero ¿cómo va a violarlos, si en este país hace tres siglos que no hay monjas? ¿Será un sueño que vive en un mundo donde ya no los hay, o un residuo que perdura de un mundo ya extinguido? ¿Consiste en esto su terquedad? ¿Y no podría ser alguien tan aferrado a una mala pasión que se olvidó de morir, y con él y para él lleva a cuestas su mundo de recuerdos? Yo lo imagino, no violando conventos, sino entrando en el único que existe, el que persiste sólo por y para él, de la misma naturaleza soñada, poblados de monjas esquivas sus claustros oscuros, donde una de ellas es más esquiva: la que deja cerrada la puerta de la celda todas las noches, cuando el príncipe Philip camina hendiendo las tinieblas o a la luz de la luna, por las inmensas crujías, los largos corredores, con la esperanza de que se le abra la puerta, pero las puertas no se abren; con la esperanza de verla, a la monja esquiva; pero no la reconoce, cuando pasan cantando, porque todas van veladas. (No pienses que estoy loco, Roberto; todo lo que te digo es cierto: hay algo que no muere, y no sabemos qué es la muerte.) A veces Philip teme que a su monja la hayan robado, o que la hayan emparedado por el pecado de amarle; entonces llora, y es cuando Gúdula le consuela.

»El matrimonio Hansen viene después. ¿Sabes que, cuando dudo de mí mismo, cuando temo volar por los aires, me agarro al matrimonio Hansen? No sólo son la realidad, sino que viven en esa vulgaridad irrescatable que garantiza que lo real es cierto, aunque sólo según algunos. Él es capitán de un barco que envuelve al mundo en una malla de derrotas: ella, durante las ausencias, vive en un pueblecito del interior, al parecer sosegada. Pero cuando él regresa, viene a la ciudad, se alojan en la pensión, y ella se cobra de las largas ausencias, del lecho tantas veces vacío. Él se llama Carol y, ella, Kristel. Él es recio, coloradote; lleva patillas y fuma en pipa; ella es gordita y gatuna. La noche de mi llegada, oí gritos y suspiros sin freno, que jamás había oído nada semejante, con ese tono y ese desgarro, como si alguien fuera feliz muriendo. Lo volví a oír la segunda noche. Le pregunté a Gúdula si mataban a alguien por su gusto y no del todo: me reveló que eran maullidos eróticos de la señora Kristel; que todo el mundo los oye, pero que nadie los escucha. Yo no me he habituado aún. Siempre, cuando voy a quedar dormido, me despiertan y me sugieren infinidad de imágenes grotescas en las que las patillas y los bigotes del capitán Carol parecen flotar entre oleadas de carne rosa.

»También me contó Gúdula que el capitán Hansen viaja con una muñeca, y que más de una vez se le sublevó la tripulación, que también quería disfrutarla. ¿No lo encuentras horrible? Puede servir de tema de un poema siniestro, aunque quizá sea mejor de una novela de espanto y risa. El capitán Hansen con la muñeca desmayada (es un decir) en el brazo izquierdo, hace frente a la tripulación con la pistola que lleva en la derecha, y cuando comprende que todo está perdido, arroja a la chusma vociferante el objeto disputado; se lo arroja, en un esfuerzo sublime, desde lo alto del puente, ellos se la disputan, y cada uno acaba con un harapo desgarrado y un pedazo de lana prieta como despojo. Mientras los tripulantes buscan en los rincones del barco a la deriva lugar para su orgía, el capitán se suicida por la conciencia que tiene de que todos los subordinados le estén poniendo los cuernos con su propia mujer.

»Verás que todo lo sé por Gúdula. No es que mantenga con ella relaciones fuera de lo decente, pero es el caso que me trae el desayuno a la cama y que mientras espera a que termine, me cuenta chismes. Así, según ella, los otros huéspedes, una madre de mediana edad y una hija hacia los veinticinco, que no salen de su cuarto más que a comer y que no dejan entrar en él ni para hacer la limpieza, esconden el embarazo de la moza, que se ciñe cuando la ven los demás y se afloja en el secreto de su cuarto. Han venido de América: Gúdula dice que a parir aquí. Está anunciado que pronto van a irse. Me fijé en los ojos de la muchacha, están especialmente tristes, aunque de una tristeza singular, quizá sólo biológica: Gúdula me explicó que son así los ojos de las preñadas.

»Esto que acabo de escribirte no es sólo lo que importa de cuanto quiero contar, y comencé por ahí como cuando se quiere hacer tiempo porque lo importante da miedo o timidez: hablar del tiempo y de la salud: que esta noche el Almirante me llevará consigo al salón de la señora Rheinland, y que esta mañana intenté llegar a las oficinas de Palacio para depositar en ellas una solicitud de audiencia a Su Alteza el Gran Duque. No es imposible que surjan dificultades de última hora, o quién sabe si en el camino, que me impidan conocer a Lislott, que es lo que realmente me interesa del salón de la señora Rheinland y confío en que hallarás razonables mis temores, dado lo que ya te conté acerca de esta mujer, que no sé si calificar de misteriosa (en cuyo caso yo veo las cosas como son) o tenerla por normal y tan real como el mismo Almirante, lo cual implica que el montón de preguntas que me hago y que en parte te vengo comunicando, quedan sólidamente en pie. Pero no es cosa de anticiparse a lo que pasará dentro de algunas horas o a lo que no pasará. Lo de mi visita a Palacio merece también contarse. Salí de casa bien informado del camino que debía seguir, y lo seguí: te aseguro que si bien contemplé con placer los grandes veleros atracados a lo largo de los canales, la maraña de mástiles y cables rebasaban allá arriba la altura de los aleros, no me distraje por vericuetos o cielos especiales de color, ni perdí mi camino: eran calles pacíficas y, a aquella hora, con la gente normal del mediodía: con ese ajetreo mezclado de descarga de barcos y venta de verduras en puestos callejeros, voces de marineros y de buenas mujeres que compran unas lechugas y de un empleado municipal que discute el tanto de una gabela. Esto lo llevo visto y vivido desde que llegué, es lo habitual de cada día, un mundo al que me voy acostumbrando y que no difiere del nuestro sino en su tamaño, calles y calles, canales y canales, y que en nuestra ciudad los barcos no penetran, como aquí, hasta el corazón mismo, hasta los pies de la antigua ciudadela. Pues de repente empezaron a oírse voces más levantadas que las corrientes, y no en la calle por la que iba, sino en otra aledaña: gente corriendo, grupos que crecen hasta casi multitudes, cantos, banderas, retazos de discursos que trae la brisa, y que coinciden en su texto con todos los pronunciados en todos los motines de la Historia, y no ya en la calle próxima, sino en todas las que me rodean, las calles y los puentes, de modo que mire al norte o al sur, me corta la salida el alboroto. Parece un cinturón subversivo que va estrechándose, o al menos un cinturón vociferante que me atosiga. Las verduleras esconden sus tenderetes, las compradoras huyen, los marineros se refugian en los barcos, y en algunos retiran las pasarelas. ¿Una revolución? Pero ¿por qué? Ésta no ha sido nunca una ciudad de barricadas, aquí nadie gritó nunca "¡A la municipalidad!", como los de esta mañana; pero no corrían a la municipalidad, sino que más o menos circunscribían sus carreras, sus cánticos, sus procesiones, sus discursos y sus amenazas a las calles circundantes, como si los gritos y los grupos se persiguieran sin cesar en el círculo de un tiovivo. Se cortó el anillo al levantarse un puente para que saliera el barco, se reintegró después. Me acerqué, con precauciones, a aquella riada humana y vi de cerca la algarada, en nada diferente de lo que hemos leído juntos acerca de motines antiguos y modernos, salvo que esta gente va bien vestida y nadie tiene cara de pasar hambre. Lo demás es tan igual que parece copiado; más aún, se diría que es una repetición, una imitación, y casi me atrevería a decir que *una representación*: esos rostros apasionados, esas miradas de odio, esos alaridos que salen del fondo de la injusticia milenaria, tantas veces imaginado cuando estudiábamos juntos las Revoluciones, ni los vi, ni los oí, sino la falta de convicción de un coro de comparsas en una función de ópera. El número final fue el sonido de unos clarines, gritos de "¡Viene la caballería!" y la rápida dispersión de los grupos, cese de los cánticos, carreras de huida. En efecto, llegaron los dragones, los sables levantados, y corrieron por unas calles por las que ya no pasaba nadie, sin que los sables llegasen a hendir cabezas, ni siquiera a golpear espaldas. Pero sucede, mi querido Roberto, que en nuestro país *no existen dragones* ni ninguna clase de caballería, sino ciertos famosos cuarenta y nueve soldados que todavía parecen muchos a algunos contribuyentes. ¿De dónde salieron estos de hoy? ¿Formaban parte de alguna representación? ¿Por qué? ¿Sólo para estorbarme el camino y hacerme llegar tarde a las oficinas del Gran Duque, que ya habían cerrado? ¿Eres capaz de imaginar la sensación que me domina de que la realidad se me pone de pie y me estorba? ¿Podemos admitir racionalmente que un papel encerrado en una botella sea tan poderoso que cambie el orden de las cosas y su naturaleza? Respóndeme si puedes. Yo admito que veo lo que veo, pero no admito que sea así. Si antes, o en otra carta, te escribí algo que lo contradiga, no me hagas caso.»

Lo curioso es que, del motín a que el joven Guntel se refiere, no fui informado, probablemente porque no existió nunca, pero sí de otros acontecimientos que, aunque similares, no parecían encaminados a estorbarle el acceso hasta mí, sino más bien a prolongar el proceso seguro de mi eliminación, y quizá a rodearlo de circunstancias tan excepcionales que resultan desproporcionadas. En el próximo informe de Paulus se hallará mencionada alguna de ellas. Cuando leí a la Emperatriz la carta del joven Guntel (fue el mismo día de recibir la copia) quedó visiblemente perpleja, y después de un rato exclamó: «¡Esto es cosa de Márika, tiene que ser cosa de Márika!». Y me explicó que Márika, aunque baronesa de Waldorff por su matrimonio, es una transilvanesa descendiente del conde Drácula, y la más bruja de todas las brujas existentes. «Es bellísima, y dicen que el demonio está enamorado de ella, que lo tiene a sus pies, y que hace lo que ella manda. Márika está enamorada de mi marido, pero no quiere estorbarlo, sino ayudarlo. Vive en su castillo de los Cárpatos, pero a veces se presenta en la Corte, la gente se echa a temblar, desaparecen ambos, y se dice que pasan noches de orgía en un pabellón de caza que no existe. Después, ella se va, pero sabe lo que él hace, lo que le sucede, lo que le amenaza, por un espejo que trae las imágenes distantes. Entonces ella, obra. Yo creo que al joven Guntel le pasa lo contrario que a don Quijote: don Quijote salía a buscar castillos y los encantadores le ponían ventas: Guntel sale a buscar ventas, y la encantadora de Transilvania lo rodea de castillos. Su buen sentido le impide creer en lo que ve, pero lo ve; como es poeta, a veces cree...» «¿Y toda esta tramoya la levanta el diablo para que no me entreguen una botella? ¿Tú crees que eso es serio?» «No creo que sea serio, pero todo el mundo sabe que hay brujas, y yo, concretamente, sé que existe Márika, que ya me habría matado si no fuera porque algo se lo impide.» Estuve a punto de preguntarle si llevaba algún amuleto o si se trataba más bien de algún pacto con las tinieblas, pero me detuve y creo que ella me lo agradeció: el momento de las grandes revelaciones no había llegado. Quiero dejar bien claro que en esta ocasión se me descubrió un aspecto insospechado de la persona de la Emperatriz, un aspecto que no encajaba bien en la imagen que me había hecho de ella. No me sorprendió, sin embargo, del todo, y el recuerdo de un sinfín de brujerías en las que jamás creí ayudó a la naturalidad con que pude escucharla. No obstante, la verdad es que lo que de la baronesa Márika me contó la Emperatriz ayuda a comprender las peripecias de Guntel, que, de otra manera, resultan increíbles, salvo si se admite que está proporcionadamente loco. Es de naturaleza opuesta la noticia, muy pronto propalada, comentada y disfrazada, de un telegrama que recibió, de su representante en Dresde, el signore Ruggiero, en el que se le comunica el ucase de la policía imperial con la prohibición de entrar en el país y de actuar en cualquiera de las ciudades de un modo u otro (federadas, anexionadas, aliadas) bajo su disciplina. Quedaba en suspenso toda una gira de conciertos que los aficionados y los críticos del Imperio y países de su influencia esperaban como la confirmación de una supremacía artística temida por los menos, deseada por los más, envidiada por muchos. Aquel aplazamiento de sus apoteosis inmediatas obligaba al signore Ruggiero a permanecer con nosotros en expectante quietud, un tiempo de cálculo difícil, a partir del final de su contrato. Nada le impedía marcharse a Holanda o a Inglaterra; pero en cualquiera de esos países tenía que hacer lo mismo que en el nuestro: esperar. Se supo, porque esto se sabe siempre, que al signore Ruggiero no le amenazaba la pobreza: por una parte, sus ganancias en nuestra ciudad no parecían desdeñables: dos conciertos a teatro lleno permitían calcular ingresos similares, si no superiores, para los tres restantes; pero, además, el *virtuoso* tenía fondos depositados en un banco de Londres: su corresponsal cursaba ya telegramas en clave sobre cuyo misterioso contenido se especulaba con verdadera tozudez colectiva, sobre todo en sus inesperadas consecuencias políticas: hubo quien dijo que la fuerza de Ruggiero era tanta que, de aquel incidente, podían deducirse dificultades económicas incalculables para el Imperio, pero ¿quién no comprende que estas y otras hablillas eran exageradas, y quizá tergiversadas manifestaciones de la gloria? «En materia de dificultades económicas, al Imperio ya no le caben más», dijo la Emperatriz. Finalmente, todo el mundo confiaba en que los carbonarios no abandonasen a un miembro tan distinguido y tan activo de su sociedad, y que, o bien directamente, o por medio de la masonería, le harían llegar los beneficios de su generosa y lejana mano. Fueron estas seguridades las que permitieron al signore Ruggiero bromear a costa de la prohibición y de la policía de S.M.I. y afirmar públicamente, nada menos que en el Antiguo Café del Ancla y del Delfín, donde se reunían los melómanos, los poetas y algunos cazadores liberales, que el mundo era más ancho de lo que al Águila del Este le cabía en la cabeza, por fortuna para la Corona Imperial, que hubiera tenido que ser desmesurada, más canastillo de oro y gemas que corona propiamente dicha; confiaba en que la expansión territorial del Gran Poderoso no alcanzase jamás las costas europeas en su totalidad, por lo menos en esa parte considerable donde las ciudades más bellas del mundo se miran en el Mediterráneo. Y se añadió que en su impertinencia, acaso en su soberbia, había llegado a proclamar, a proferir, a asegurar que el Emperador se moría de celos porque sus conciertos para violín y piano, y no digamos los de violín solo, entusiasmaban al pueblo más que las grandes paradas marciales, incluidas aquellas a cuyo frente cabalgaba el mismísimo Gran Poderoso, en su versión de Jinete Colosal que Porta las Plumas del Triunfo: nombre este que sin duda podía ser cambiado por el de Jinete Portador del Signo, las plumas de los cascos de plata son un signo, de manera que con toda propiedad se le podría también llamar el Gran Semáforo, que es mucho más inusitado que lo de S.M.I. Según las más fidedignas de las especies que me llegaron aquel mediodía, las palabras del violinista tuvieron mucho de mitin y bastante de desafío: «¡A ese tirano le es imposible concebir que un hombre con un violín pueda ser más grande que él!». Como que la Emperatriz comentó: «Esto lo sabrá mi marido mañana, y a ese insensato le van a matar un día de éstos». Y con el mismo entusiasmo que si con eso fuese a impedir el asesinato del signore Ruggiero (el cual, considerado como *affaire d'état*, ofrecía aspectos y facetas diferentes de los que cualquier vulgar homicidio y mucho mayores atractivos), me propuso: «¿Qué te parece si enviamos a la señora Rheinland un recado por una persona discreta preguntándole si se dignaría recibir esta noche, en su salón, a los condes Korda?». «¿A nosotros?» «Exactamente. Confío en que el papel de conde Korda no te rebaje en tu propia estimación. Puedes interpretarlo como quieras, heroico, inteligente, diabólico o tonto, porque ni existe ni ha existido jamás, y nadie puede reclamarte un mínimo de fidelidad a una persona imaginaria, salvo lo que a ti mismo te reclames por hacerlo bien o mal. Yo creo que el salón de la señora Rheinland al que Ruggiero asiste cada noche, tiene que ser un lugar apetecible para los condes Korda, o, por lo menos, lo es ya para la condesa, cuyos deseos la cortesía te obliga a respetar.» Le dije que era un verdadero diablo, y que accedía a acompañarla en el papel que a ella se le antojase. Me dio un beso y me dijo una vez más que era una lástima que Myriam y yo estuviésemos enamorados. «¿Imaginas lo que sucedería, si, una vez destronado, yo me fuera a vivir contigo a Londres, por ejemplo? A mi marido no le bastaría entonces una guerra universal: mandaría asesinarnos.»

*Del Agente Paulus a S.A. el Gran Duque*
*Ferdinando Luis*

«Es posible que Su Alteza recuerde a la señorita Suzi, de quien le hablé en alguno de mis informes anteriores: se trata de aquella moza soltera que quedó embarazada de un contramaestre italiano con el que tenía amores, y que le prometió volver a casarse y no volvió. Pues me complace comunicar a Vuestra Alteza que la gente se portó bien con la señorita Suzi, no sólo consolándola y alentándola en su tristeza, sino al llegar el momento del parto, que fue anteayer con toda felicidad. El fruto de esos amores desventurados, ni los primeros ni los últimos de que hay noticia en este mundo, Dios sea loado, es un saludable mocito regularmente moreno, con unos ojos negros y brillantes que encantan a todo el mundo, pero que, por traer a la señorita Suzi el recuerdo del contramaestre italiano, que los tenía iguales, nada más que mirarlos, la dejan hecha un mar de lágrimas, a pesar de lo cual se pasa el día esperando a que el niño los abra. Le ruego a Vuestra Alteza que no se preocupe por las necesidades de este nuevo súbdito: todo el mundo le atiende, todo el mundo favorece a su madre, y yo mismo he oído a un mozo rubio, alto como una torre, que no le importaría casar con ella y dar su nombre a la criatura, pues la señorita Suzi es muy bella, muy hacendosa, y cuando mueran sus padres, heredará una casa y un pequeño negocio de talabartería. Creo conveniente añadir que los padres de la señorita Suzi recibieron a su debido tiempo una comisión de vecinos que fue a convencerlos de que lo que le sucedió a su hija puede sucederle a cualquiera, que hay por el mundo muchos contramaestres verdaderamente irresistibles, no sólo italianos, y que lo que importa no es avergonzarse de la hija, sino hacerla olvidar cuanto antes los ojos encendidos del traidor.

»No todo lo que tengo que comunicar a Vuestra Alteza es tan grato de saber como el comportamiento de la gente con una madre soltera. Por lo pronto, Señor, desde hace algunos días ha aparecido y ha empezado a actuar un grupo que se titula *La cofradía del pecado mortal*, compuesto de gente joven de extrema moralidad intransigente, no sé de dónde salen semejantes energúmenos. Se reúnen en una iglesia abandonada, según se dice, y su misión es la de espantar, perseguir, y al parecer apalear también, a las parejas de novios que acogen sus caricias, de noche o al atardecer, a los rincones o a los lugares oscuros de los parques y de las calles. Cosa tal no se recuerda, Señor, ni en los tiempos remotos, pues los inquisidores quemaban por herejía, no por meterse mano. Pues éstos vienen silenciosos, vestidos de negro, con linternas ocultas debajo de las capas, y cuando encuentran a una pareja, ¡zas!, después del garrotazo, descubren los faroles, los deslumbran y lo menos que hacen es llenarlos de injurias y dejarla a ella medio desnuda, si no desnuda del todo, que ya se dieron dos casos. A ellos les aconsejan que sienten plaza en los ejércitos de la gloria, que nadie sabe cuáles son, pero que quizá sean los del Emperador, y así estamos todos perplejos. Aseguro a Vuestra Alteza que hace temblar los huesos el verlos por la calle, en las tinieblas, parecen sombras del infierno. Ya se ha reunido una junta de jóvenes trabajadores que han ido a protestar a la municipalidad, pero denuncian sin saber a quién, denuncian la agresión de unos fantasmas sin nombre y sin rostro. Señor, que van enmascarados. La gente está temerosa, y las madres empiezan a no dejar salir a sus hijas ni a la puerta de casa.

»Después, Señor, viene lo del fraile. ¿Cómo voy a explicar a Vuestra Alteza lo del fraile, si nadie sabe quién es ni siquiera qué es? Por lo pronto, a este personaje nuevo, le llamamos el fraile porque no tenemos palabra más apropiada para nombrarlo, aunque ésa sea de las anticuadas, pero alguien la recordó y todo el mundo estuvo de acuerdo. Hace unos cuantos días que, al atardecer, por las calles a esa hora vacías, pues la gente está comiendo en sus casas, se ve pasar un hombre envuelto en hábitos largos y amplios, de mucho movimiento: blancos debajo, negros encima, su capa y su capucha: así está pintado el Gran Predicador que quemó a los herejes goliardos hace no sé cuántos siglos; su retrato se guarda en el museo. Por eso también le llaman, a este de ahora, el Inquisidor; no es que esté bien, lo reconozco, pero a la gente rara lo que le cuadra es un nombre raro, y un fraile, después de tantos siglos, resulta más raro que un usurero honrado, resulta incomprensible, sobre todo yendo como va éste, tan apurado: como que no parece un andar de este mundo. Pues aparece pegado a las paredes, se desliza como si el viento lo empujase, se desvanece en la primera esquina y reaparece no se sabe en qué nieblas o en qué sombras. Y nadie piensa que pueda ser un fantasma, porque alguien le tocó y es de bulto.

»Por último, Alteza, lo que me queda por informarle no tiene nada de fantástico, sino que fue bien visible y audible por toda la gente del barrio del Astillero. Venimos oyendo que personas desconocidas repartían dinero para que el pueblo se manifestase contra Vuestra Alteza. Pues, ayer, cuatro gatos salieron gritando que viva el Emperador, y que esto y que lo otro: traían un cartel muy grande en el que podíamos ver el Águila Imperial comiéndose un pajarillo en cuyo cuerpo habían escrito el nombre de nuestra Patria, y otro, mayor aún, en el que habían pintado el mapa del Imperio, con las provincias que tiene y con las que no tiene todavía: entre éstas, nosotros. Nos habían puesto como si navegásemos perdidos en la mar y el Imperio saliese a rescatarnos. Señor, los que corean a estos mercenarios son también cuatro gatos, pero ya suman ocho, y hay que andarse con ojo.»

«¡Escandaloso, mi amor, te digo que un escándalo! El signore Ruggiero Gasparini ha llegado a la ciudad como puede llegar mañana cualquier otro *virtuoso*: los brazos abiertos a todos como quien dice: "Os pertenezco, aplaudidme". ¿Pues quieres saber que fue inmediatamente secuestrado por esa bruja de la señora Rheinland y la caterva de sus secuaces liberales, y que se portan como si el signore Ruggiero fuese una de esas propiedades que no se prestan a nadie, ni siquiera se muestran? Con decirte que para asistir a uno de los conciertos, hube de valerme de terceros para conseguir una entrada, que pagué un veinticinco por ciento por encima de su precio y recibí como un gran favor. ¡Hasta la venta de las entradas está mediatizada, qué no será la persona del músico! Bueno, no pienses que tuve que escucharle desde una localidad ordinaria: compré mi palco, y llevé conmigo a quien quise, entendiendo por tal al reverendo Virgilio, que adora la música, y dice que sería lo más parecido que hay a la Divinidad en el caso de que la Divinidad exista; según todos los barruntos, y algunos detalles más concretos que contaré, también me adora, aunque no me haya dicho aún si como semejante a la Divinidad o como sustituta. Fui radiante al teatro, lamé de oro con encajes negros, él estaba muy guapo, aunque severamente trajeado y la gente no apartó los gemelos de nosotros: se murmura que vamos a casarnos..., y a veces la murmuración acierta. Ya te diré. Te confieso que me gustaría haber recibido al *virtuoso* una noche en mi salón, habérselo mostrado a mis amigos, haberle escuchado hablar, o bien tocar, pero no fue posible. Pensarás, a lo mejor, que lo siento por mí: nada de eso. Es por él por quien lo siento, porque, cuando actúe en París, en Viena o en Milán, no faltará quien conozca su paso por nuestra ciudad y le pregunte por mí. "¿Dice usted la señora Stolle? Pues no, no la conozco, nadie me la presentó." E inmediatamente, el signore Ruggiero quedará rebajado en la estimación de los demás. Tú estás bien informada de la gente que pasó por mi salón; si admito que el signore Ruggiero es importante, no está a la cabeza, ni mucho menos, de las nobles figuras que senté a mi derecha y agasajé. El príncipe Bismarck fue uno de ellos. ¿Quién puede estar hoy tan alto?

»Por otra parte, según me dicen, el signore Ruggiero, en algún lugar de la ciudad que no quiero nombrar porque no soy delatora, clamó por la unidad de Italia. ¿Qué nos importa a nosotras, a ti y a mí, semejante utopía? La Bota está muy bien como está, incluso aunque le apriete a alguien en el tobillo, porque, si se cambia, sentará peor. Amiga mía del alma, lo que nosotras hemos vivido en Italia, lo que tú vives todavía, ese paraíso de amor y de belleza que Dios puso cerca del sol para deleite de quienes carecemos de él, nos hace comprender que no es necesario el cambio, que la Bota es maravillosa sin Garibaldi y con Pío IX. Sin embargo, esas pequeñeces de campanario, que si Papas, que si Saboyas, que si Borbones, pueden echar a perder las más bellas realidades. Una de las razones por las que apoyo al Emperador es porque él es enemigo de la unidad de Italia. ¡La unidad! Aquí, quiere decir algo, probablemente mucho; ahí, donde hay sol y varones hermosos, es una palabra vacua...

»Dejemos de una vez al signore Ruggiero en el olvido. Después de todo, ¿qué más da que ese advenedizo, conquistador de incautas, haya venido o no a mi salón? Hay asuntos de más envergadura que te quiero contar. No hace tres días que llegó de Paris Liza, que había ido allí con su marido con el pretexto de una misión comercial, pero, en realidad, a ver a sus amantes respectivos, que se habían conocido, se casaron y los dejaron plantados. ¡Una verdadera novela! El marido de Liza aún puede encontrar quien le consuele, pero Liza está ya en esa edad en la que, si se tiene amante, hay que conservarlo como sea, porque, si se va, su lugar para siempre quedará vacío. Pues Liza trae aprendidas las frases que están de moda en París, las que se dicen a troche y moche y sin venir a cuento: *"J'aime mieux être tiré a quatre épingles qu'à quatre chevaux!"*; *"As-tu vu Gudineau?"*; *"J'aime mieux embrasser une femme que la profession d'avocat!"*. ¿Verdad que son estúpidas? Pues ya empieza a oírse aquí, en francés, vengan a cuento o no. A la señora Rheinland, tan informada de lo que pasa en Francia, dicen que le dio un patatús al saber que esas banalidades salieron de mi salón. ¡Si será envidiosa!

»Queda aún otra cuestión, muy importante para mí. Se viene susurrando desde hace días que nuestro obispo (luterano) está en las últimas, y aunque es un poco remolón para morirse (siempre se le ha olvidado algo que necesita encomendar o disponer), y eso no es una manera seria de dejar este mundo, caray, o te vas o te quedas, todos sabemos que el fatal desenlace está al caer: en el mismo momento en que se olvide de lo que ha olvidado y haga un esfuerzo para recordarlo. Pues el mismo día en que llegó Liza de París, estuvo a verme una comisión de los eclesiásticos más respetados y de más influencia, cuyas esposas se dignan muchas veces asistir a mi salón; si ellos no lo hacen se debe a los quebraderos de cabeza inherentes a las posiciones destacadas que dentro de la Iglesia Nacional ocupan. Invocaron, como pretexto de la visita, mi amistad con Virgilio, y me revelaron la intención de la mayor parte del clero de nombrarle obispo. Parece que no hay nadie que le supere en virtud, en reputación y en sabiduría, y parece también que su hábito de vivir en las mismas azoteas del espíritu, indiferente a los negocios humanos, le convierte en el prelado idóneo, el único capaz de dirigirse al pueblo con la palabra pura y conmoverlo, pero sin meterse para nada en los asuntos fastidiosos de la administración. Estos inteligentes eclesiásticos me rogaron finalmente que, dada mi amistad con Virgilio, le sondease y, de ser posible, que influya en su ánimo y le incline a aceptar la dignidad episcopal que se le ofrece. Les respondí que me parecía de perlas y que, por supuesto, no conocía a nadie con más merecimientos que Virgilio, teólogo con fama europea y figura elegantísima, para comparecer con ropas episcopales; pues fíjate si fueron galantes, los eclesiásticos, que el más joven de ellos declaró que si, además de aceptar el nombramiento, Virgilio se casaba conmigo, como pareja podríamos revivir los fastos gloriosos del obispo Macrobio y de su esposa Zita, que se recuerdan como símbolos de un momento culminante de nuestra Iglesia, no sabría decirte ahora si en el XVII o en el XVIII, porque la verdad, lo ignoro todo de Zita y de Macrobio, aunque me sienta dispuesta a informarme. ¿Imaginas lo que sería mi salón, acogido a tan respetables patronos? Envié recado a Virgilio, vino a mi casa ayer tarde, que no esperaba a nadie: deliberadamente, por supuesto. Teníamos por delante muchas horas para discutir y decidir. Le traje café abundante que es lo que más le gusta. No puedo decirte si estuve inteligente o torpe: disponía de la fuerza de mis razones y de la fuerza de mis pechos, y las usé alternativamente con apreciable resultado, aunque de matrimonio nada se haya decidido. Los argumentos que Virgilio oponía a los míos me derrotaban, pero el silogismo inesperado de mis pechos acababa por trastornarle. Los hombres castos, lo sabes por experiencia, o son invulnerables hasta la muerte, o caen a la primera trampa: Virgilio, sin ser de roca, es de los duros de pelar, únicamente por terco. Yo me inclinaba hacia él, y él tartamudeaba al ver lo oculto de mi escote; pero una no puede permanecer inclinada hacia un hombre indefinidamente, de modo que, al erguirme, él recobraba la fuerza de su mente, aunque cada vez más vacilante y más mermada. Llegué a tenerle compasión, al ver cómo iba cediendo poco a poco, y me propuse compensarlo. No obstante, la incertidumbre duró toda la tarde. El argumento principal de Virgilio para negarse a aceptar el obispado fue el de que, como tal obispo, tendría que inculcar a sus fieles una fe en la que su mente ya no cree. Le recordé que pocos días antes había hablado sólo de dudas: me respondió que cada día pasado le convencía más de la imposibilidad de Dios y de que, sin darse cuenta, toda su ciencia teológica se había invertido y le llevaba a las conclusiones más desoladoras. "Pero, amigo mío —le dije—, en todas las confesiones cristianas existen obispos que no creen en Dios, y, si lo pensamos bien, lo tengo incluso por conveniente, pues el ateísmo da siempre cierta libertad, de una parte, y cierta tranquilidad, de la otra, en tanto que una fe demasiado ardiente, aparte de mantener a uno perpetuamente inquieto, y hasta febril, hace correr el riesgo de organizar una Cruzada extemporánea o cualquier otra locura: ya habrá usted oído hablar de esos jóvenes demasiado ardorosos en su miedo al Infierno, que andan por ahí de noche zurrando la badana a las parejas que se propasan. Pues únicamente el exceso de fe les lleva a mostrarse tan escasamente educados. Siempre he pensado que los obispos ambiciosos no creen en Dios, salvo aquellos que se engañan a sí mismos justificando con Dios y con su Nombre el deseo de mandar. Por otra parte, las personas de cierto rango intelectual, como lo somos nosotros, y de cierta posición social, tenemos que utilizar la religión según nuestra conveniencia y no según esas cuestiones anticuadas de la fe. Mi querido Virgilio, los hombres de ciencia ya no creen en Dios, y usted sabe que el profesor Diomedes es espectacularmente ateo. Yo no le propongo que lo sea también, porque ni a mi salón le conviene ni a un obispo tampoco; en cambio, me favorece mucho que alguien tan impío como el profesor Diomedes sea cliente de la señora Rheinland. Pero ¿quién duda de que este ateísmo al que usted se aproxima tan emocionadamente, o al que ha llegado ya, es de tal naturaleza que se parece a la fe y se puede definir con las mismas palabras? ¿Le impide esta fe contraria aconsejar a la gente que sea buena? Si teme que la verdad se sepa, tiene usted una manera de asegurarse: cásese conmigo y acepte el título de obispo: mi entusiasmo será tan grande que inmediatamente olvidaré todo lo que a usted le interese que olvide; lo primero, que es usted ateo. Olvidándolo yo, no tienen por qué saberlo los demás." Él se quedó meditando, mi querido Virgilio, tan honrado consigo mismo, y yo diría que temblaba un poco. "Sin embargo, está la cuestión del pecado. El ateísmo a que acabo de llegar no me impide *sentirlo* en el corazón, no me ayuda a librarme de él. El pecado es una cosa especial, pertenece a otro mundo que al de las convicciones. sentirse en pecado es una de las servidumbres humanas más penosas de soportar; es como vivir perpetuamente señalado por la mano implacable de un Dios que ya se fue, pero que dejó en su lugar la mano." "Pero, amor mío —le interrumpí—, ¿ha estado alguna vez en pecado?" ¿Sabes que se ruborizó y miró hacia otra parte? "Exactamente no, aunque visto de otra manera, sí. No cometí pecados personales, pero los de la Humanidad me afectan, me abruman, los siento sobre mí, y si con Dios me fue difícil sentirme libre de culpa, ahora que no tengo a Dios es imposible olvidarlo, y, en estas condiciones, ¿cómo voy a aceptar un obispado? Tendría que empezar por declararme culpable de todos los pecados del mundo." ¿Te das cuenta de cómo desbarran los hombres inteligentes cuando no tienen a su lado una mujer? ¿Y hasta qué punto son débiles y domeñables? De repente, vi claro. Me pareció que, sin querer, él mismo me había llevado a una situación favorable, que aproveché inclinándome más de lo decente y procurando que me saliese, como un palomo que asoma el pico y luego vuela, el izquierdo, que es el más mono de los dos, el menos trabajado, casi el que guardo para ofrecer como si fuera virgen. ¿Nunca te dije que estoy muy orgullosa de mi teta izquierda? Su contemplación en el espejo me ha proporcionado satisfacciones tan inolvidables como íntimas. Cuando fracaso en un propósito, cuando me siento hundida y sin ánimo, su vista me restaura en la confianza de seguir luchando. ¿Podría resistirse mi querido Virgilio a aquella temblona evidencia? Fingí quedarme estupefacta, le pedí perdón por el descuido, pero no la oculté y esperé hasta que él, tiritando como de frío, con mano torpe, pero delicada, viniera a restituir la paloma a su jaula de seda y terciopelo. "Querido amigo —le dije entonces—, creo que una situación como la suya, tan angustiosa, no debe esperar la solución durante mucho tiempo. Encuentro razonable que alguien se preocupe por lo que hizo y se arrepienta de lo que cometió; pero sufrir por el pecado ajeno sin haber pecado nunca parece a primera vista un peligroso exceso de santidad, y si por una parte nada debe ser excesivo, por la otra la santidad no cuadra a una persona que acaba de proclamarse atea, aunque sólo lo sea en el secreto de su conciencia. Necesita usted adquirir del pecado un conocimiento más real, más inmediato, que no es el que se obtiene leyendo a los Santos Padres. Sólo entonces podrá decidir. Y como no ignora el amor que le tengo, espero que comprenda mi altruismo al ofrecerme como colaboradora de una acción que debe usted llevar a cabo lo más pronto posible." "¿Cuál?" "La de saber si soporta, no el sentimiento, sino el hecho mismo del pecado; más aún, la de comprobar si semejante sentimiento surgirá o no en su corazón en el momento oportuno." "Pero ¿cómo se logra eso?" "¡Pecando!", exclamé, con toda la pasión en las palabras. De momento, se echó otra vez a temblar, ya no sé si de miedo o de deseo, aunque quizá se tratase simplemente de la curiosidad del sabio, de la necesidad súbita de experimentar lo ignorado, que entonces se le descubría con toda su potencia y también con alguna urgencia; pero sospecho con fundamento que aunque en su corazón desease ya pecar, no imaginaba aún el modo y el momento: la oportunidad con que la paloma antes tocada, no digo acariciada, volvió a salir de su nido, le ayudó. No le dejó entregarse a inesperados raciocinios, sino que la retuvo en la mano y, con la mirada tímida me pidió permiso para besarla. "Le estoy invitando, querido amigo, a llevar a cabo ciertas acciones que tradicionalmente vienen considerándose como pecaminosas y que algunos puritanos tienen por el pecado único y definitivo." "¿Seré capaz? ¿Y usted? ¿Qué hará después, usted?" Me puse en pie solemnemente, aunque sin brusquedad, de modo que mi teta quedase entre sus manos, más cerca de sus labios cada vez. "Estoy dispuesta a soportar la vida entera de remordimientos, aunque mi mayor experiencia de la vida me permita esperar que la sangre no ha de llegar al río." ¿Por qué su mano soltó entonces su tesoro? ¿Por qué me hizo, sin que viniera a cuento, esta pregunta?: "¿Se refiere a la experiencia intelectual?". "¡No, Virgilio! La clase de experiencia a que me refiero no se puede describir ni definir, sino sólo vivirla." Me levanté, lo tomé de la mano y le rogué: "Ven conmigo". "¿Ven, dice? ¿Me tutea usted?" "¡Es por donde se empieza!" Lo llevé sin soltarlo, y creo que en el trayecto hasta mi alcoba, mi mano informó con suficiencia a la suya, ignorante. Pasamos dos o tres puertas que cerré con cerrojos de garantía. En el umbral de mi alcoba le di un beso. ¡Como se estremeció de sorpresa mi querido Virgilio! Te autorizo, amiga mía, a que imagines lo que pudo acontecer, y con qué trámites, entre una mujer experimentada y un adorable inexperto. ¿De quién fue el placer más hermoso?, ¿quién fue más feliz? Habían pasado ya algunas horas cuando le pregunté por el sentimiento de pecado. "Pues mira, no siento nada, absolutamente nada, más que un poco de cansancio." A pesar de lo cual, volvió inmediatamente a las andadas, como un muchacho impetuoso. Puedo añadirte que aceptará el nombramiento de obispo. De lo de casarnos, quedan unos puntos que tratar y, sobre todo, dos o tres tardes más de alcoba.»

*De la señora Stolle al signore Ruggiero, virtuoso*

«Al despreciar, caballero, mi invitación, transmitida verbalmente por un amigo, no sólo me ha ofendido a mí, sino a esa mitad del mundo a que pertenezco y que evidentemente no se concierta con la suya. Mi ruego de que viniera intentaba tender un puente de amistad y entendimiento entre lo que aparenta ser inconciliable, cuando la verdad es que es sólo opuesto. Usted sabe que una mujer trabaja cerca del Emperador de los Franceses por la libertad de Italia. Pues ha perdido la ocasión de que otra mujer trabajase cerca del otro Emperador, más poderoso. Usted lo ha querido así: ya no tiene remedio.»

*Del Incansable Escrutador del Misterio
a Su Alteza el Gran Duque Ferdinando Luis*

«Alteza: no se tiene por correcto, menos aún por oportuno, el que un súbdito aconseje a su Señor, salvo cuando media un título de Conserje-Áulico, o Privado, o simplemente Secreto, que en nuestro caso no existe, salvo si Vuestra Alteza, en su magnanimidad, se digna inaugurar conmigo la especie de los Consejeros Espontáneos. Por otra parte, y según tengo oído contar a mis abuelos, semejantes titulados habituales aconsejan precisamente a sus señores lo que éstos desean oír, no para obrar rectamente, sino para justificar con la razón ajena su voluntad o su capricho. Contra toda costumbre o contra toda ley, pues, voy a atreverme a aconsejaros, y no en negocios de Estado, que de eso tan elevado no entiendo, sino en cierto modo en lo que no pasa de asunto frívolo, aunque alguna gente lo tomaría por trágico. Se trata ni más ni menos que de esto, Señor: ¿por qué no se lanza Su Alteza una noche de éstas a las calles de la ciudad, entre el silencio consumado y el anuncio de la madrugada? Entonces podrá contemplar el espectáculo que paso a describirle, no como lo que he visto merece, porque mi palabra es torpe, sino de la manera que puedo, que acaso baste: ante todo, Señor, hay que decir que la carroza en que viajan la Emperatriz y su hermana la Reina, anda corriendo por las calles, sin rumbo, como si aquellos caballos se hubieran vuelto locos y un auriga estrafalario les azuzase la locura. Dan la impresión, Alteza, de que buscan respuesta a una pregunta no formulada; a una pregunta que, a lo mejor, si se formula, provoca la destrucción del mundo. ¿No sabe Vuestra Alteza que esa pregunta existe, y que los dioses se esconden por el miedo que tienen de escucharla? Pero sus términos no los conoce más que alguien que viene del otro mundo, o que vendrá, el quién, el cuándo y el dónde nadie lo sabe, pero bien pudiera ser la Emperatriz... Esto explicaría su alocamiento, porque la magnitud de esas palabras siempre excede a la persona que las pone aunque sea una Emperatriz difunta. Pero hay otras cabalgadas además de ésa, con o sin interrogaciones trascendentales. Los sepulcros se abrieron por fin, Alteza: los de las catedrales, los de los monasterios, y esos otros en que fueron inhumados los Grandes Duques modernos, pastiches de mármol frío, y las Grandes Duquesas, y las queridas de los Grandes Duques, y todos los príncipes y princesas que no llegaron a reinar y se fueron a la tumba con su rencor, con su esperanza o con su resignación. Se abrieron los sepulcros porque por los lugares subterráneos donde reposan quienes dejaron su nombre en la Historia, como antes por los recovecos de los dioses antiguos, se corrió la noticia de que los van a expulsar de su reposo y también de su silencio, que los van a desahuciar incluso del recuerdo. Fue la Emperatriz la que los despertó, eso se dice, la que recorrió los lugares funerarios y los fue llamando por su nombre, Cristián y Regina, Rogerio y Uta, Tristán e Isolda: docenas de nombres sabidos y centenares de nombres olvidados, ¡un milenio de nombres, Alteza, los que suenan a música y los que suenan a misterio! Pues toda esa gente cabalga también a esas horas después de medianoche y antes de que cante el gallo. Forman una procesión abigarrada de trajes, de colores y de rostros espantados, los que aún no se han despertado de su sueño y no saben qué hacen ni dónde están, ni el porqué; la forman, esa estremecedora procesión, en la gran plaza de los Reyes Antiguos, en que guerreros cornudos coronan una inmensa columna de bronces retorcidos; allí se juntan, noche tras noche, viniendo de las calles que confluyen, casi tantas como los rumbos de la Rosa, y así dispuestas. Y se van ordenando por rangos: los príncipes reinantes con sus esposas y cerca de sus queridas sabidas; después, los que nunca reinaron, y los hijos de aquéllos, y los de éstos, y disimulándose en el tumulto, las queridas secretas... ¡Ay, qué sorpresas se llevan al descubrir entre ellas a damas de virtuosa reputación, que ahora, por fin, no pueden ocultar más sus amores con este o con aquel reinante! Se cubren la cara con velos, peor las otras, las sabidas, las descubren y proclaman sus nombres. ¡Ay, señor, me da vergüenza decirlo, pero hay también caballeros que fueron secretamente amados de alguna Gran Duquesa, o de sus hijas, los pocos que recuerda la Historia y los muchos que se ignoran, y es curioso verlos, con flechas clavadas en el corazón, o con puñales, ni uno sólo se salvó de la venganza! Es, sin embargo, hermoso contemplar cómo, a pesar de la muerte, se restauran las parejas separadas, cómo se buscan y juntan, después de siglos de tierra: por eso, por juntarse y por hablarse, se retrasan, y la gran procesión tarda en constituirse. ¡Las hay que se demoran en rincones, como parejas de ahora, y quieren decir de prisa lo que no han dicho muertas, ese monótono "¡Te amo!" que sólo por decirse de mil maneras pierde su monotonía y suena a novedad! Pero, por fin, se organiza el cortejo, y empieza la gigantesca cabalgada, el coche de la Emperatriz delante, por las plazas inmensas y desiertas, por las grandes avenidas vacías y lunadas, por las arcadas y logias solitarias, por las veredas de los jardines con los enormes abedules que a tantos vieron nacer de los que ahora pasan. Cuando está clara la noche, se les ve distintamente, se les puede reconocer por los retratos del Museo Ducal, éste es Fulano Primero, aquélla es Zutana, pero, en las noches de niebla o de orballo, es cuando muestran su condición de fantasmas, la cabalgada rápida parece un fundido de rumores y sombras, como si el pintor hubiera borrado los colores y el músico la melodía, pero sin borrarlas enteramente, sino dejando un chafarrinón algo sonoro y movedizo, que apenas se adivina cuando ya ha transcurrido... No saben adónde van, Señor; se les ve perdidos, y se aprietan unos a otros como de miedo. ¿No es el miedo ancestral a la invasión, el miedo que sintieron siempre, heredado y transmitido con la corona y la sangre, ante los antepasados de Carlos Federico Guillermo, la catástrofe que se quiso evitar sacrificando princesas y matrimonios desatinados, cediendo en los tratados, rindiendo pleitesía, como en los tiempos remotos, a reyes de cacahuete? Los muertos que recorren nuestras calles saben que les van a robar la tierra en que reposan, y por eso han salido de sus tumbas, para que al menos se consuma la profanación en tumbas abandonadas. Señor, id a las calles una noche. Si los dioses lo quieren, veréis pasar a vuestros padres, alucinados y casi enloquecidos, como los otros. Siento deciros, y os lo advierto, que con cierta frecuencia el fantasma de vuestro padre se aproxima al de la señorita Ninette, la que fue institutriz de Vuestra Alteza. Señor, no se sabe de ningún Gran Duque en ningún Gran Ducado que haya podido resistir a los encantos de una institutriz francesa que, además de hablar idiomas, es bonita y lo sabe. La Historia es así, Señor, y no hay que amilagrarse.»

Salimos a la calle, Úrsula Cristina y yo, por las puertas secretas, sin avisar a nadie. El sustituto de Ruggiero ya había hecho callar su violín. Yo iba armado, no sé bien contra qué inesperado encuentro, quizá contra la escuadra del garrote. Nos tropezamos con la fantasmal cabalgada a la vuelta del parque. Parecían cansados de galopar. Como iban ya lentamente, como las parejas de amantes, a aquellas horas, se habían reconstruido, Úrsula Cristina se divirtió de lo lindo al identificarlas. Y se llevó alguna sorpresa. Cuando nos recogimos, me limité a preguntarle si todo aquello era cierto. Me respondió que sí. A mí me cuesta creerlo. En esto coincido con el joven Guntel. ¿No nos habrán dado marihuana?

X

Quizá sea interesante saber que el signore Ruggiero respondió al billete de la señora Stolle con este otro, adecuado en sus dimensiones y en sus conceptos. Como me llegó su copia antes de nuestra visita a la señora Rheinland, la transcribo precisamente aquí, que es su lugar:

*De Ruggiero Gasparini a la señora Stolle*

«Señora: no tengo más que una respuesta: llegué a temer que mi violín, mi única defensa, no fuera suficiente contra sus proclamados encantos, ¿o es que ignora su extendida y probablemente justa reputación de Circe? Si se pregunta, y lo encuentro explicable, por qué necesito defenderme, sólo puedo responderle con la verdad: que la defensa es la actitud de los débiles. Señora, yo no soy más que un violín, o, si usted lo prefiere más exacto, el que lo sirve hasta la esclavitud. Como es lo mejor de mí, a sus pies lo pongo. Haga lo que quiera y concédame la oportunidad de una cita. Le ruego únicamente que no se trate en ella de la libertad de Ita-

174

lia. ¿Para qué? Ya no queda muy lejos y, según mis noticias, un día de éstos Garibaldi llegará a las puertas de Roma. A partir de ese momento, usted y yo podremos entendernos contra Garibaldi, porque yo no soy republicano.»

Se me ocurre ahora y lo traigo a colación como muestra de qué caminos caprichosos sigue la fantasía si se la deja suelta, que esta carta y todas las que recibo, en vez de copias literales de misivas verdaderas, pueden ser intencionadas falsificaciones. ¿Hay algo que se oponga razonablemente a esta creencia (salvo mi convicción profunda de que está equivocada)? A mí llega cada día un montón de papeles a los que echo un vistazo: unos los guardo, otros los olvido. Ni siquiera se me ocurre pensar que en un lugar de mi palacio, lugar cuya ubicación ignoro, agobiantes oficinas o heladas caballerizas en desuso, una brigada de especialistas se entrega a la tarea insufrible de copiar por duplicado lo que les mandan de la posta, y que lo hacen como si fueran máquinas: con la mayor honradez y sin enterarse de nada. Sin embargo, sabemos que a algunos hombres de talento, poetas, narradores y demás de esa ralea, gentes todos ellos con ciertas dificultades para ganarse la vida, se les suele emplear en menesteres de covachuelas y oficinas humildes, copistas y menos que copistas. Imaginemos que hay entre ellos un hombre de genio, al que es legítimo suponer aburrido de su tarea y necesitado de dar suelta a su imaginación y a su rabia, esto sobre todo, su rabia de hombre superior por cuyas manos pasan diariamente los testimonios más auténticos de la estupidez humana. Un hombre así, ¿no podría, en un estallido de rebeldía, revolucionar, no sólo mi vida personal y la vida de mi pueblo, sino la de Europa entera, que es como decir del mundo? Pues no estaría mal, mira, que así fuese, y me gustaría creerlo si no recordase con demasiada frecuencia que a estas copias mecánicas hechas por asalariados indiferentes, debo determinadas revelaciones que han alterado mi intimidad. Es una lástima, ¿verdad? ¡Qué bonito si todo fuera falso! ¡Si un hombre imaginativo hubiera tramado la ficción de una conjura internacional contra los Reyes, los Papas, los Emperadores y hasta los Grandes Duques! ¡A morir todos, los conjurados se acercan inexorables, no hay policía que los detenga, las cabezas coronadas conocen el paroxismo del miedo, la incertidumbre trémula, el ahogo de la Hora Fijada! ¡Qué novela, Dios mío! ¡Qué lástima!

El comandante barón de Cronstadt nos recomendó, casi nos exigió, a la Emperatriz y a mí, que no saliéramos de casa sin una escolta adecuada: al comandante barón de Cronstadt habían llegado noticias de algaradas de barrio y también de las andanzas de esa súbita Cofradía del Pecado, y aunque Úrsula Cristina y yo no teníamos previsto el que, al hallarnos en un rincón propicio, nos dejásemos tentar por el encanto del arrullo clandestino, la precaución no dejaba de ser discreta. ¿Sabe alguien lo que le puede ocurrir en una noche de niebla, paseando por la ciudad, a una pareja desatinada como la nuestra? Por lo pronto, el descubrimiento de las callejas escasamente iluminadas (si se las juzga con un criterio progresista), pero cautivadoras en sus sombras para personas a quienes, como a mí, les interesa el progreso de una manera, más que especial, parcial; seguramente censurable para los verdaderos progresistas, por lo general indiferentes a los encantos de lo incierto. Pero quizá más que el misterio mismo de las callejas y sus sombras, nos sorprendiera el descubrir en ellas la naturalidad con que viven y son libres los burgueses y la gente del pueblo, tan lejos siempre de nosotros. A Úrsula Cristina sobre todo, tan imaginativa y espontánea, no había pareja arrinconada, voces de tasca o música de serenata que no le arrancasen discretos ayes de entusiasmo y envidia. «¡Y aún hay quien cree que nacer princesa es una suerte!» Desde mi punto de vista, íbamos un grupo singular: delante, dos polizontes embozados, con armas largas debajo de la capa, en función de exploradores; después nosotros dos, encopetados y circunspectos: a mi juicio sospechosos por eso; finalmente, otros dos policías, con armas cortas, especializados en el salto del jaguar y en otros modos de lucha callejera. Pero pasamos los seis bultos con sus sombras sin llamar la atención, sin que nadie cuchichease, sin que se abriesen ventanas curiosas a nuestro paso, lo cual me permitió concluir desilusionadamente que mi emoción y extrañeza sólo podían explicarse admitiendo que el que las experimenta es uno que por primera vez sale a la calle en condiciones supuestamente melodramáticas: lo cual no dejaba de ser cierto, aunque por otra parte yo no fuera a asaltar conventos imaginarios en busca de monjas precavidas, sino de visita a un salón literario de reputación liberal, al que sólo de incógnito, o con nombre supuesto (como viajan los reyes), me era dado asistir. Llovía menudo, más o menos como siempre; en un momento en que arreció, abrimos los paraguas, y la procesión misteriosa quedó aparatosamente incrementada en media docena justa de oscuras setas transeúntes, lo cual tampoco llamó a nadie la atención porque es corriente abrir el paraguas cuando llueve. Al llegar a casa de la señora Rheinland, un criado nos recibió en el zaguán, se hizo cargo de todo lo mojado y nos rogó que, si llevábamos botas especiales para el agua, nos sirviéramos dejarlas junto a otras que estaban allí, en fila y en el mayor orden, como parejas de ocas. La casa en que vive la señora Rheinland es de estilo convencionalmente meridional, y tiene un patio bajo cuyas arcadas pasamos, y una fuente en el centro con un surtidor, que, no sé por qué, me hicieron recordar las aventuras nocturnas de aquellos dos compañeros de pensión de que habla Guntel en alguna de sus cartas: el signore Jacopo, y Philip, príncipe no sé si muerto o vivo: el uno, conquistador de casadas; el otro, de monjas. Faltaba, para mi gusto, al cuadro, un rayo tímido de luna: ¡tan escasa siempre en nuestro cielo! Llegamos al arranque de una escalera muy suntuosa, por la que el criado nos precedió con la luz, y la luz enviaba a las paredes nuestras sombras desmesuradas y temblorosas. Por un pasillo alfombrado llegamos a un salón: silenciosos como un susto. Los polizontes se habían escondido, digo yo, y quienes llegaban de aquel modo cauteloso eran los condes Korda; él, de corbata blanca; ella, vestida de granate con grandes flores de oro fatigado. La Emperatriz había hallado al conde Korda francamente presentable, y, para mi gusto, un poco deslumbrado ya por aquellos tonos del oro, en la condesa se resumían, convencionalmente equilibrados, el misterio de su ascendencia eslava, la prestancia de la española (ésta algo remota ya, pero visible), y también algo de la crueldad de sus antepasadas bizantinas; pero se trataba de una crueldad dominada por el implacable racionalismo que surtía a veces de su sangre francesa. Nadie se movió a nuestra llegada: el silencio se debía a que, en medio del salón, alguien hablaba. Vi a un caballero de buen aire, fina cabeza de estudioso, en el extremo de un círculo atento y admirativo de peinados claros, de peinados oscuros, de melenas de plata, de alguna calva. Le caía la luz de una gran lámpara, y no es imposible que por esta razón fuese por lo que hablaba como un iluminado, probablemente en virtud de ese principio que dice que el órgano crea la función, de consecuencias poéticas tan opuestas a las que se derivan del principio contrario. Tenía la voz del tenor, lo cual acaso disgustase a Úrsula Cristina, que prefirió siempre a los barítonos; pero algo de los semblantes en aquel círculo instalados me llevó a la convicción de que aquel concierto pesaba más la letra que la música. No obstante, al no ser partidarios de la interrupción agreste, no siempre una Emperatriz visita a una burguesa en su salón, y toda vez que al respecto se sabían de acuerdo, los condes Korda quedaron a la puerta, y aunque no formasen en el círculo alumbrado al mismo tiempo por la luz y la palabra, compartieron desde el primer momento los sentimientos circulantes: no en el sentido de que tuviesen forma sino en el mucho menos ambicioso de que en su movimiento engendrasen tal figura. (Probablemente no he conseguido decir lo que quería, pero no soy escritor, sino un pobre desterrado que entretiene su tedio y engaña su esperanza.) La letra de aquel aria tenía virtudes mágicas, al menos para mí, puesto que mientras la voz sonaba, aquel salón se me fue trasmudando en paisajes variados que a su debido tiempo describiré, pero estoy persuadido de que fueron ensueños, inspirados aproximadamente en las ilustraciones de ciertos libros leídos, y provocados por las palabras que oía: a este origen se debía, casi seguro, su coloración grisácea. Hablando más tarde de esto con Úrsula Cristina, me confesó que también ella había escuchado alucinada el aria del profesor Diomedes, pero los contenidos de su alucinación diferían bastante de los míos: ella había visto sobre todo orangutanes desprovistos de paisaje.

Por lo pronto, a las primeras palabras del profesor, imaginé que llegaba un simio indefinido en su especie, vestido de caballero inglés; saludó a todo el mundo y se sentó en un sillón preferente. No tiene nada de extraño, y aun parece inevitable tal imagen si se piensa en lo que dice el profesor, pero, de todos modos, encuentro que la ocurrencia es algo pobre en sus líneas generales: a mi «Incansable Escrutador del Misterio» se le hubieran ocurrido disparates más brillantes.

«Les pido perdón, amigos, si recurro, en apoyo de mis diversas y aun complicadas tesis, al distinguido investigador inglés míster Charles Darwin, nombre que no sugiere poesía, sino ciencia; traído y llevado con denuestos o alabanzas, puesto por unos en el Infierno, aunque no por los otros en el Cielo, ya que no creen en él. Pero, ¡por Dios, no se me asusten ya, no se me empiecen a alborotar! Este murmullo con que acaban de recibir lo que no es todavía más que una mera mención, me hace pensar que son ya testimonios de una difamación interesada y perturbadora, fundada principalmente en el supuesto de que tener un antepasado mono es vergonzoso, como si alguien pudiera presumir de que en su genealogía no figura nadie que no haya sido algo más feo que un tití. Por fortuna nadie está tan seguro de su genealogía que no admita en ella cualquier genio ignorado o cualquier hetaira famosa, lo cual servirá siempre para explicar personalidades inexplicables. Pero las leyes de la herencia actúan sólo a cierta distancia, y el mono nos queda tan alejado, que difícilmente podremos parecernos a él más allá de lo decente. Por otra parte, consideren que lo que el señor Darwin pretende es una explicación de nuestros orígenes remotos, cuando todo el mundo sabe que sólo los próximos nos preocupan, sobre todo si tienen algo que legarnos, o si, sencillamente, sospechamos que irá a parar a las arcas de alguna institución piadosa. Nuestra condición de liberales nos veda además cualquier clase de aspavientos. Lo que piensen los otros, en ningún caso nos asusta, aunque sea espantoso. Se acepta o se rechaza, nada más, siempre después de haberlo examinado, y, en ciertos casos, con el dedo en la nariz. Por otra parte, si los hombres hemos sabido llevar con dignidad nuestra remota y original relación con el fango, no creo que nos resulte más difícil proclamar con la misma elegancia no exenta de sorpresa, al mono evolucionado como el más conocido de nuestros progenitores. ¡Tan remoto, ay, que en lugar de admitir que nos parecemos a él, estamos convencidos de que es él quien se parece a nosotros!»

Fue éste el momento en que el caballero Gorila, o lo que fuese, al sentirse aludido, se levantó y saludó al concurso; el salón comenzó a trascender a selva, y el gorila, desnudo, inició toda una serie de acrobacias que empezaron por saltos increíbles entre copas de árboles distantes y acabaron en una exhibición de lucha con un tigre que mantuvo a todos en un puro éxtasis de incertidumbre. Pero sólo yo lo veía. Los demás escuchaban arrobados, de lo que deduje que los tenores gustan más a la gente, sobre todo a las mujeres. ¡Hubiera sido lo mismo si el profesor cantase «Questa o quella...!».

«Pues ustedes no ignoran que míster Darwin establece una relación necesaria entre este mono avanzado y lo que propiamente podemos llamar un conato de hombres, si bien no estén muy claras todavía las etapas intermedias, las figuras sucesivas y el tiempo consumido, ya que nuestro sentido común nos impide admitir que un gorila privilegiado y un tanto extravagante, lo que se dice un fuera de serie, se haya despertado una mañana dispuesto a leer la prensa y a fumar un cigarrillo. No. En la noche de los tiempos, lo que le pasó al gorila que se despertó hecho un hombre lo ignoramos; pero de que algo le sucedió estamos justificadamente persuadidos. Y también de que lo que sucedió pertenece al orden de las formas: un cambio paulatino de fisonomía y de figura, algo así como un refinamiento.»

El hecho de que entonces yo haya visto al gorila afeitarse con navaja en un rincón de la selva no hay que atribuirlo a las palabras del profesor, sino a los incontrolables caprichos de mi mente. Se afeitaba después de haberse embadurnado convenientemente con jabón por medio de una brocha de delicado pelo comprada seguramente en Savile Row. Aunque, ¡vaya usted a saber! Por muy caballero inglés que sea un mono de los grandes, puede tener sus desmanes.

«Lo que precisamente no trato de averiguar es cuándo estos monos, así modificados, no muchos de ellos, al parecer adquieren las nociones indispensables del bien y del mal, que, según se dice, son lo que constituye en hombre el animal primigenio: porque en eso difiero de la opinión corriente, incluso de la del admirable míster Darwin. Es indiscutible que el animal de la selva, ese espléndido primate a punto de dejar de serlo porque una fuerza sobre la que no tiene dominio le arrebata hacia un destino imprevisible, conoce por experiencia lo que es bueno y lo que es malo, que instintivamente equipara a lo que le favorece y a lo que le perjudica. Obvio, ¿verdad? Luego, ese sentimiento de lo bueno y lo malo es anterior al hombre. Lo podemos comprobar dando una patada a un gato, si bien con las debidas precauciones porque los gatos arañan.

»Del mismo modo, quiero decir, en virtud de una experiencia similar y difícilmente detectable, la bestia poderosa, en su ascensión al homínido, lleva consigo, con toda naturalidad, el instinto que conduce a la procreación, aunque sin saber que procrea, sin sospecharlo, sin desearlo. ¡*That is the question*, amigos! Ese gorila no se cuestiona sobre el embarazo y el parto de la hembra, como no se cuestiona sobre lo bueno y lo malo: lo acepta con la lluvia o la sequía, como acepta una realidad, que no es tal para él, que no entiende, que no le importa entender. Ni lo bueno ni lo malo, ni el aprender a procrear humanizan al hombre. ¿Qué lo humaniza, pues?»

El orangután que se afeita (quizá haya sido un gorila) se me ha convertido ahora en un misionero americano que, al conjuro de la palabra «procrear», busca en un rincón sombreado y fresco del *bungalow* a la señora misionera, todavía de buen ver, única blanca a mano. Al conjuro de la misma palabra, en la selva se despiertan los instintos, corren los tigres, los elefantes, las gacelas y todo bicho viviente, atraídos por las llamadas, a veces sólo vaharadas de olor, de las hembras ocultas en la maleza. Cuando el misionero blanco entre en el *bungalow*, o unos minutos después, del intenso rumor no queda más que la brisa en las copas de los árboles altos. El mundo se pacifica, aunque de pronto se me ocurre que la Cofradía del Pecado Mortal está a punto de llegar y alborotarlo todo con su agresión (tan piadosa) al amor. El primero en salir es el señor misionero blanco. Acodado en la baranda del *bungalow*, lleva el tedio escrito en las facciones. ¡Ah, profesor Diomedes! ¿No será el tedio lo que arrancó a los gorilas de la selva, lo que los hizo hombres?

«Tengamos además en cuenta que aunque el mono magnífico no se cuestione por nada, el hecho de que por primera vez lo haga, debe inducirnos a sospecha, no a la que conduce a un juicio moral, sino a la que induce a una conclusión científica.»

Éste es el momento en que el señor misionero blanco recuerda que ni el jaguar ni la gacela se han apartado de sus parejas, cosa que él hizo porque ya le aburren los juegos posteriores y porque ya su misionera carece de secretos para él y se aburre de sí mismo. ¿Dónde habré leído yo eso? No lo puedo inventar. No puede llegar el tedio con Amelia y no creo que llegue jamás con Myriam. ¿Con Úrsula Cristina? ¡Son tan pocos los días!

«¿Cuándo comienza, pues, el hombre a serlo? —repitió Diomedes—. Mi respuesta es taxativa: cuando descubre el pecado y se interroga por él. ¡Fíjense bien: se interroga! Es un acontecimiento nuevo, porque antes no se interrogó jamás; pero también es la primera vez que, al preguntarse por qué sufre el castigo, descubre o presiente o adivina que alguien se lo causa. Pero ¿qué es el pecado para él, además de castigo? El pecado es incomprensión, Edipo nos lo aclara, aunque no nos lo explique, porque una historia no es un razonamiento. Edipo mata a su padre sin saber que es su padre, y se casa con su madre ignorante de que lo es. Su voluntad es inocente. ¿Por qué entonces los dioses castigan?

»Al menoscabado y un tanto repulsivo homínido lo rodean toda clase de catástrofes, así cósmicas como personales. Acorralado y a punto de perecer, se le ocurre mirar al cielo, pródigo en chispas mortíferas, y preguntar: "¿Por qué?"» No sólo es la primera interrogación, sino la primera articulación verbal, las primeras palabras que desde entonces resuenan bajo la bóveda celeste sin cambiar de contenido, si bien traducidas a todos los idiomas, ya que cada cual puede oírlas en el suyo, Y, si las oye, se le ensombrece el cielo: ¿Por qué?

«Hay sin duda un momento, nunca sabremos cuál, en que un hombre se siente castigado. Esta situación le conduce a imaginar la existencia de una voluntad que desconoce cuyos caprichos ha vulnerado y, sin saberlo, acaba de descubrir el método inductivo. La conciencia de que esa voluntad existe le lleva después a comprender que es voluntad de uno, quizá de muchos, que dan su ley al peligro y a eso que no se alcanza o no se entiende: la estrella, el río, el terremoto. Ha inventado a Dios, uno o múltiple, da igual.

»Esto es *lo primero* que el hombre añade al tesoro del instinto heredado del mono. No tiene nada que ver con lo bueno o con lo malo, con la vida o con la muerte. Es puro, independiente y, sobre todo, nuevo. Cuando el hombre se siente en pecado no existe ningún estado animal de que guarde memoria que se parezca. Si un rayo mata a un mono, los demás monos no preguntan por qué el rayo ha matado, pero hubo una vez un hombre que se lo preguntó, no sabremos decir si a sí mismo o al rayo. ¿Y por qué no a la nube?

»¿Hasta qué punto es posible razonar, si hemos llegado aquí? Todo razonamiento no pasa de conjetura, y puede ser sustituido por una imagen. Adán y Eva expulsados del paraíso, Caín huyendo bajo la maldición divina, siguen valiéndonos, aunque no creamos ya ni en los Primeros Padres ni en el crimen de Caín. Las palabras conceptuales son demasiado limitadas, pero la capacidad simbólica de las imágenes es infinita.

»Yo digo que Adán y Eva fueron de verdad humanos en el momento en que fueron castigados. Yo digo que lo demás que nos completa como hombres viene después. Antes del *Homo faber* está el *Homo religiosus*. Lo más probable es que nuestra condición de hombres se la debamos a una tempestad o a una catástrofe cósmica que el primer mono inteligente no consiguió entender y que le llevó a sentirse inexplicablemente castigado.»

—Y eso —dijo uno de los presentes, aprovechando un silencio—, ¿nos conduciría a la fe en Dios o al ateísmo? ¿O carece más bien de relación una cosa con la otra?

—¡Lo de creer o no creer, amigo mío, es una catástrofe aparte, sin relación con lo que haya podido sucederle a un hombre primitivo!

—¿Usted cree en Dios? —le preguntó, asustada, una jovencita muy linda.

—Yo soy ateo, pero confieso que mis convicciones más profundas empiezan a vacilar.

—¿Porque se siente en pecado? —La que lo había preguntado se corrigió—: Perdóneme la indiscreción.

—Porque desde hace tiempo el Demonio me ronda, me cerca, me aprieta, y tardaré en creer en él todo el tiempo que tarde en descubrir que no es una ilusión. Sólo después procuraré entender si es Demonio o es Dios, lo cual para el caso, da igual, porque Dios y el Demonio son dos caras de lo Mismo, ni necesario ni comprensible, pero quizá existente. Lo que puede pasar es que Dios o el Demonio sean un grano que le ha salido al Cosmos. Ese día es muy posible que recurra a la solución de tantos sabios que llegan a encontrarse en íntima contradicción insoluble.

—¿Se refiere al matrimonio? Sería muy bonito, profesor, resolver una contradicción con otra.

—Me refiero al salto en el vacío, señorita, que también puede ser hermoso.

—Tengo que preguntar si ese vacío es el físico o el metafísico, porque como me dan tentaciones de acompañarle, me gustaría saber qué ropas debo llevar.

Aconteció curiosamente que el espacio del salón, ampliado por las palabras del profesor, unas veces a selva cuaternaria y otras al ágora de Tebas, salvo el momento breve en que nos sugirió el Paraíso en sus postrimerias, se redujo, de pronto, a proporciones apenas domésticas, y yo llegué a temer que desapareciera como irreal todo lo que no fuera el profesor y aquella señorita tan dispuesta a seguirlo.

La dueña de la casa nos había descubierto ya, aunque afectando ignorarnos, tal vez porque estimase que

185

lo que peroraba el profesor tenía más interés que nuestra presencia reconocida, y pienso que en esto coincidía con la Emperatriz, que más bien procuró disimularse para que nadie la descubriera. Quizá a la señora Rheinland se le hubiese ocurrido que la continuación de aquel coloquio en que la muerte y el amor habían sido aludidos, si bien fuera de programa, debería trasladarse a un rincón favorecido por la penumbra, si no aplazarse; en todo caso, nunca son aconsejables semejantes temas en una reunión mundana, en la que pueden ser considerados de una manera puramente teórica y mediante alusiones y artificios verbales, pero nunca como amenazas o promesas entre seres concretos que, además, son guapos y simpáticos: de modo que, aprovechando el cambio, la señora de la casa simuló sorprenderse, lo expresó con un ¡ay! realmente civilizado, un ¡ay! que acreditaba un aprendizaje llevado a cabo en los mejores salones de Europa; le siguió, enunciada como una exclamación, la frase: «¡Mis invitados!», tras lo cual se levantó rápidamente y se acercó a la puerta donde nosotros esperábamos. Pasó tan apresurada debajo de la lámpara, que se puede decir que tropezó con el profesor y no le dio tiempo a disculparse. Yo ya me había adelantado, me presenté como el conde Korda y presenté a la Emperatriz como mi esposa: lo hice en voz bastante alta, para que todo el mundo lo oyera, y no dejó de ser cómica mi situación, pues la mayor parte de los presentes sabían ya quiénes éramos. ¡Como que estaba allí, de los más destacados, mi amigo el Almirante, entre una bella muchacha y un joven espigado y soñador, en quienes inmediatamente adiviné a Lislott y a Guntel! Que, por cierto, cuando la Emperatriz los vio, se quedó mirándola a ella, con una especie de sorpresa que parecía miedo, y que en seguida dominó. Sin embargo, me dijo: «Esa mujer se me parece a alguien». «Sí. Un poco a ti, pero no demasiado.» Ellos nos saludaron como si los hubieran prevenido, y la sonrisa del Almirante parecía decirme que no me preocupase, que estaba en el secreto; sin embargo, no pudo menos que envararse militarmente al saludar a la Emperatriz. Pero el profesor no estaba en el secreto, y cuando nos fue presentado, se creyó en la obligación de recordar a los presentes y a nosotros mismos, en un alarde de erudición, de memoria y de imaginación, quiénes eran los Korda y su participación en la Historia de Europa en general, y, en particular, en la de Hungría y en la del Sacro Imperio, desde el siglo XI aproximadamente y sin interrupción: fue como si desde el momento en que el príncipe Korda había aparecido en las orillas del Danubio, se hubiese iniciado una cabalgata tan furiosa como vistosa, que atronaba con su galope las llanuras inmensas y dejaba en su camino la huella tremebunda de las muertes en la guerra y los crímenes pasionales con algún que otro caso de violaciones en masa: si bien no dejase de sorprenderme, en aquella historia que el profesor Diomedes inventaba con elocuente entusiasmo, aunque sin darse cuenta (quizá hubiese confundido a los inexistentes condes Korda con los muy activos y notorios condes Kardo), la ausencia de crímenes políticos. Yo me sentía un poco corrido, pero la Emperatriz lo escuchó seriamente y le respondió que no se explicaba cómo había alguien en el mundo que conociese tan bien la historia de la familia de su marido: a ella no le afectaba directamente, explicó, porque, por nacimiento, era una Cantacuzeno con ciertas mezclas, familia a la que también correspondía una cabalgata semejante, aunque en dirección contraria y más por montañas que por llanuras. Y antes de que aquel sabio asombroso pudiese responder a la Emperatriz y dar satisfacción a sus asombros, ella le rogó que le revelase, si las sabía, las relaciones de la familia Korda con el pecado, y también, a ser posible, las de la familia Cantacuzeno, y fue una lástima, sobre todo para el profesor Diomedes, que en el momento en que se disponía a enumerar y quién sabe si a relatar por lo menudo todas las muertes, incestos, destrucciones y demás pecaminosidades de los unos y de los otros, como quien dice la mitad de Europa ardiendo en el Infierno, el criado, con voz bastante audible y un tanto conmovida, anunció al signore Ruggiero Gasparini, y me veo en la necesidad de confesar que, a partir de aquel momento y hasta bastante rato después, tanto la Emperatriz como yo pasamos a un segundo término bastante oscuro de la atención general.

Ruggiero se había quedado en la mitad de la puerta, alto, moreno, fogoso de mirada. Traía el instrumento bajo el brazo, y no sabría decir si su dominio del violín podría compararse con la soltura con que llevaba el frac: como que me miré a mí mismo y me quedé avergonzado, ¡ya que casi había nacido con aquella prenda puesta! Examinó al concurso con aire de perdonavidas bien educado, así nos hubiera mirado Wellington, pero advertí un titubeo insignificante, aunque significativo, al descubrir su mirada a la Emperatriz, que, a mi lado, le contemplaba francamente desde lo alto de su persona. Ruggiero le respondió a la mirada con una inclinación de cabeza tampoco perceptible, tampoco inteligible para nadie que no fuésemos la Emperatriz y yo. La sorpresa y el saludo duraron la fracción de un segundo. La señora Rheinland ya se había adelantado, Ruggiero ya le había besado la mano, y, del brazo de ella, se aproximaba al corro, que aplaudía.

—Ya casi los conoce a todos, mi querido maestro, pero hay invitados nuevos. El joven Guntel es un poeta que nos trajo el Almirante, y los condes Korda son mis huéspedes de honor.

Ruggiero se inclinó profundamente.

—A la condesa Korda la conozco hace tiempo, y tuve el honor de saludarla la tarde de mi primer concierto. En cuanto al conde...

Me iba a hacer otra reverencia, pero le tendí la mano, y él quedó un poco cortado, pero se repuso inmediatamente.

—Gracias, señor. Tocaré para usted en algún momento...

Entonces miró a la Emperatriz.

—...o para ambos: una pieza muy antigua que impetra de los dioses felicidad para los cónyuges.

—Ruggiero, no seas payaso —le respondió muy bajo la Emperatriz; tan discretamente bajo, que si al músico llegó como la apenas caricia audible del arco sobre el violín, yo tuve que hacer un esfuerzo para enterarme; en todo caso, la señora Rheinland únicamente percibió un movimiento de labios, y no deja de ser probable que desde aquel momento, al acostarse, todas las noches se interrogue con justificada angustia acerca de la respuesta de Úrsula Cristina al signore Ruggiero, pues hay quien tiende a pensar que todo cuanto dice una Emperatriz como Úrsula Cristina debe inscribirse en el catálogo, hoy ya menos restringido que entonces, de las frases célebres. Ruggiero había casi tocado con el arco la cabeza radiante de Guntel y se dirigía a él. Guntel era espigado y de un rubio áureo nada aparatoso; se movía con sencillez no frecuente en un joven provinciano, pero vestía mal. No quiero decir que llegase al ridículo, sino que se quedaba en la vulgaridad, y lo cierto es que, una vez contemplada su cabeza, se esperaban otra corbata y otro corte del frac. A la señora (o señorita) Lislott no parecían preocuparle gran cosa aquellas deficiencias indumentarias, o, al menos, no lo daba a entender, porque, al tocar el maestro casi en la frente al poeta, apretó más el brazo con que lo tenía agarrado: no es imposible que el apretón quisiera decir algo. ¿«Yo te sostengo», por ejemplo? En cuanto al Almirante, manifestó su contento de la distinción que el Maestro hacía al poeta con esa franqueza propia de los lobos de mar: la franqueza de una sonrisa complacida.

—Hay un lugar en el Parnaso, joven, donde los músicos y los poetas nos encontramos, donde la palabra es música y, la música, mensaje. Hago a su juventud la oferta de una sonata breve, en espera de que usted me responda con unos versos.

Y se puso a tocar. Incluso el profesor Diomedes, hasta entonces cuchicheante en su rincón, había quedado en silencio. El diablo me lleve si las notas de aquel violín no eran visibles, además de audibles: se veían salir en secuencias sonoras, o deshacerse en el aire como en la luz el humo de un cigarrillo, y expandirse después por aquel ámbito de peinados temblones y caras entusiasmadas, donde al criado que permanecía en la puerta se le había inclinado la peluca hacia la izquierda, no sé si como resultado de su emoción musical o sólo de admiración por aquel moreno bajo cuyo parpadeo las muchachitas temblaban, confundidas y halagadas, incluso aquella que le ofreciera al profesor Diomedes su compañía en la vida o en la muerte. Se me ocurrió alzar la vista hacia la lámpara, y pude percibir cómo las llamas bailaban también al ritmo de la sonata, andante, moderato, presto. ¡Dios mío! ¿Quién puede competir con un diablo de tan patentes bemoles? Únicamente desde la eminencia en que se instala Úrsula Cristina, quiero decir, bastante más arriba de una Emperatriz moderna: tan alta como quien lleva en la sangre el empuje de sus abuelas bizantinas, gente que ya venía al mundo educada en la superioridad y en la ceremonia; gente que, según las tradiciones familiares más secretamente transmitidas, nacía de otra manera, nacía sin sangre y sin inmundicias, un poco arcángeles y un poco ensueños; sólo desde la cima aquella, digo, se puede mantener una tranquila indiferencia, un talante sosegado y, en cierto modo divertido, como quien recibe algo que se le debe. Me susurró un momento al oído: «Ese muchacho, ¿es el de la botella?». Le respondí que sí, a juzgar por todos los indicios. «Pues me gustaría que, en su respuesta, llegase por lo menos adonde está llegando este canalla. Estoy dispuesta a darle un beso en homenaje, si lo hace bien.» El final de la sonata fue bastante espectacular, y, reducido a términos visibles, algo así como una apoteosis de cohetería, chispas en haz que ascienden y se desparraman en las escayolas del techo, arpegios demorados o perdidos, quizá extraviados en aquellos arrequives de oro superpuesto. Pude oír cómo entonces, Lislott le sopló a Guntel: «Ahora, tú, sin miedo», y se le soltó del brazo. La voz del mozalbete pisó los últimos sonidos del violín, amortiguados y ya lejanos, pianísimos en el silencio. Los pisó con una voz que, aunque temblaba en el haz, no parecía insegura. Y lo hizo sin avanzar más que un medio paso, nada del centro bajo la lámpara, con una mano discretamente alzada, la otra en el bolsillo:

¿Por qué seguís al sol cuando se muere?

—recitó, y todos cuantos habíamos nacido en aquella punta del mundo nos sentimos envueltos en el halo rojizo, en las últimas luces de poniente, una de esas escasas tardes en que le cuadra al sol caer a nuestra vista. Cada ciudad tiene su punto flaco y el nuestro es ése. Los líderes políticos, cuando buscaban votos de los que fueron mis súbditos (no sé si ahora será lo mismo, porque no hay líderes), dejaban para el final la referencia al sol: de ahí el aplauso. Pero no creo que aquel mancebo gozase de la experiencia indispensable para poner en la llaga el dedo de sus palabras, aunque sí para aproximarlo. No recuerdo el poema ce por be, pero nos vino a decir que él llegaba de la costa oriental, donde se ve encenderse el sol, y que su corazón esperaba con ansia la tarde imprevisible en que se ve apagarse. Añadió que a pesar de haber nacido frente al sol que amanece, también él perseguía la Atlántida, que en cierto modo era también madre y símbolo de su ideal, incierto en sus contornos como la Atlántida misma, pero en esa dirección y, por supuesto, en medio de la mar. Terminó asegurando con bastante entusiasmo que desde su llegada a la Costa del Poniente había descubierto el romanticismo escondido en su alma y que sólo ahora aparecía.

Las velas de un navío, un día cualquiera
me llevarán al presentido allende,
y a lo mejor encuentro en ese arcano
el ideal de piedra y de palabras,
el sol al fondo, el alma entre las ondas.

Se le aplaudió a rabiar, y aunque no fuera fácil discernir, de la ovación, qué parte pertenecía al músico y
cuál al vate, el caso fue que Ruggiero se adelantó hacia
Guntel y le abrazó, con lo que los aplausos arreciaron
y ante aquella entrañable unión de la palabra y la música, la discriminación nadie la deseó como necesidad
imperiosa de su conciencia moral. «¡Qué listo es!
—murmuró Úrsula Cristina—. ¡Y qué gran actor!» Se
abrió paso entre el anillo de admiradores de la música,
nada seguros ya de si lo eran más de la poesía, dado
que a pesar de la belleza mediterránea de Ruggiero, la
nórdica de Guntel la superaba, al menos en razón de
su juventud, y si no prometía experiencia, aseguraba
por lo menos vigor; se abrió paso, pues; desembarazó
a Guntel de miriñaques, y le dio un aparatoso y bien visible, además de audible, beso en la frente, que fue
como una estrella inesperada, y allí quedó reluciendo,
mientras (ella) decía, ante la estupefacción de todos:
«¡En nombre del sol poniente, jovencito!»; y volviéndo-
se a Lislott, que la miraba con sorpresa desconfiada,
añadió: «¡Cúidelo bien!», y se retiró del grupo, no sin
antes haber palmoteado al músico en el hombro:
«¡Como siempre, Ruggiero, muy arriba!».
Me resulta totalmente imposible conjeturar cómo hubiera transcurrido la reunión sin la ocurrencia, al parecer espontánea, pero quién sabe si muy meditada y
expresada en el momento oportuno, de la señora de la
casa, que se dirigió a Ruggiero sin prescindir, al parecer, de su temblor admirativo, y le preguntó si era cierto que poseía facultades adivinatorias de incalculable
alcance, el suficiente para que, al lado de su merecida
reputación demoníaca, gozase el virtuoso de la de brujo. Ruggiero respondió con modestia al parecer since-

ra (pero nunca conviene fiarse de estos tipos del sur, que son farsantes por naturaleza y por herencia), que algo se le alcanzaba de aquellas artes, aunque quizá no tanto como la señora Rheinland acababa de proclamar. Me pregunté muchas veces, y me lo sigo preguntando, por qué la señora Rheinland reservó la cuestión para aquel día, siendo así que, desde su llegada, Ruggiero había concurrido a aquel salón diariamente, puesto que en su honor diariamente se abría. Por grande que sea el escepticismo a que nos conduce el estudio de las matemáticas, existen ocasiones que inevitablemente conviene considerar como fatales hechos que, sin haberlos prevenido, forman parte del Destino. Y no lo digo porque el señor Ruggiero me haya profetizado en aquella ocasión un porvenir extraordinario, puesto que atendió exclusivamente a las manos de las damas, pero sí por lo que dijo a Úrsula Cristina. La cual, en su condición transitoria de condesa Korda, se había situado en el cuarto o en el quinto de los lugares de la cola, sus manos entre otras manos suplicantes, y se alegraba con las felicidades o se entristecía con las desventuras (casi todas de amor) que el violinista iba anunciando a la vista de las palmas de turno. Y se encontró de pronto que, ante él, estaban tendidas las de la Emperatriz, ni seria ni risueña; y Ruggiero, después de haberlas tomado, las levantó un poco hasta la altura de su corazón, y las miró. Fue muy curioso y bastante explicable ver cómo palidecía aquel rostro moreno, color al que debía la fama de haber estado en el Infierno; cómo le temblaron sus propias manos y cómo soltó las de la Emperatriz, con un gesto de espanto disimulado. La gente se quedó atónita y en silencio, de modo que se oyó distintamente la voz de Úrsula Cristina: «No seas cobarde, y dime lo que ves». Y, al tiempo que lo decía, volvía a levantar las manos, las palmas hacia arriba, juntas y abiertas. Ruggiero las tomó con miedo. «Di lo que ves», repitió la Emperatriz. «Veo un río o un lago, Señora, una masa de agua gris que cruza un puente, y un hombre con un puñal.» Quiso apartarse, pero ella lo retuvo. «Sigue mirando, y fíjate si mis cabellos están blancos ya.» «Todavía no, señora.» Úrsula Cristina cerró blandamente los puños y los dejó caer. «Entonces, apenas queda tiempo.» E invitó a Ruggiero a que examinase las manos de la dama que le seguía, una señorita rubia que, de repente, se había quedado seria, lo mismo que los demás. Porque, hasta entonces, se profetizaran desventuras de amor o de dinero, pero no muertes. Y parecía como si hubiera soplado el misterio sobre las bujías temblorosas.

La aparición de pasteles y bebidas relajó la intensidad de los temores, o al menos los fragmentó en grupos más o menos minúsculos. La señora de la casa se sintió en la obligación de preguntar a Úrsula Cristina si prefería té o café, como queriendo distraerla con una trivialidad de una preocupación más grave, y de servírselo ella misma, y algo sucedió en ese ínterin que, cuando nos dimos cuenta, ni el Almirante, ni Lislott ni el poeta estaban en el salón, y su ausencia se hizo más evidente cuando, al despedirse Ruggiero, apresurado por alguna razón, preguntó por el poeta y nadie supo explicarle su ausencia. A la señora Rheinland le extrañó que no la hubieran advertido, y de ello dedujo que se trataba solamente de la desaparición transitoria de alguien tan asiduo y familiar a su salón como Lislott y el Almirante, quienes, además, le habían traído el regalo del aquel poeta tan admirable, «aunque un poco provinciano», agregó, mientras miraba a la Emperatriz como pidiéndole perdón pr la corbata imperdonable de Guntel. Y la Emperatriz me confió que, según acababa de ocurrírsele, el trío habría salido en busca de la botella, pues aunque según las apariencias convenidas yo no estuviera presente en el salón, nada impedía a Guntel aproximarse, entregármela y rogarme que la hiciese llegar a la persona misma del Gran Duque. «Tendrás que condecorar a ese muchacho, aunque yo lo haría invocando su talante poético más que sus servicios políticos.» Le respondí que así lo haría. La fiesta transcurrió, actuaron sucesivamente de protagonistas un escritor que venía de París y se encaminaba a Rusia, adonde, sin embargo, temía no llegar: cantó, e incluso amenazó con bailar las últimas melodías del señor Offenbach; una señora que dio a conocer una sonata que había compuesto y que fue muy aplaudida, y, por último, segunda vez el profesor Diomedes, quien anunció que tomaba otra vez la palabra a ruegos de unas muchachas que no habían entendido bien lo del ateísmo y lo del Demonio que le rondaba: describió con palabras convincentes y de gran fuerza plástica sus experiencias trascendentales, sobre todo en el bosque y en la noche, aquella seguridad palpable de una Presencia sin figura e, insistió, innecesaria: «Porque lo que conmueve la estructura impecable de mi pensamiento, señoras y señores, del que sólo les expuse fragmentos, es la gratuidad de Dios. No nos hace falta, no lo requiere la comprensión del Cosmos, que algún día se entenderá como engendrado por sí mismo en ciclos infinitamente repetidos de aparición, plenitud y agotamiento; no lo postula, como quería mi antepasado Kant, nuestra vida moral, que saca sus leyes de su propia existencia. Y, sin embargo, yo puedo llegar a la evidencia de que un Ser así, impensable en su esencia, me ronda y acabará atrayéndome hacia su Inmensa Oscuridad. ¿Para qué?, me pregunto, ¿para hacerme feliz en la comunicación de su trascendencia? No hay duda de que lo que cualquiera de estas bellísimas muchachas puede ofrecerme me haría más feliz que Él, aunque sin salir de mi propia inmanencia. Señoras y señores, entiendo que está ahí, juguetón o cruel, luminoso u oscuro, pero ininteligible». Estas palabras dejaron un rastro silencioso de conmiseración hacia el profesor Diomedes, cuya extraña experiencia le convertía en un ser singular y atractivo, sufridor nada menos que por causa de Dios, y aquel silencio fue la señal de despedida, pareja tras pareja, los grupos de muchachas, los caballeros solos. Personal-

mente me di entonces cuenta de que durante su primera y primorosa perorata, por debajo de mis acotacio-
nes selváticas, había experimentado la sensación singular y, por extraña, despectiva, de que el profesor Diomedes no era más que una cabeza pensante, y que en
realidad sólo su rostro rubicundo se percibía bajo la
lámpara, como si el cuerpo no existiese; pero la conciencia de aquella sensación, repetida como recuerdo,
no sobrevino hasta el momento en que se refirió a la felicidad que podrían causarle aquellas jovencitas, y se
debió, pienso ahora, a la paradoja de que un ser sin
cuerpo pudiera apetecer una felicidad estrictamente
corporal. Nos quedamos en el salón la Emperatriz y yo,
un poco sin saber qué hacer, momento que la señora
Rheinland aprovechó para rendir pleitesía a Úrsula
Cristina al prescindir del incógnito y tratarla de Majestad Imperial, y a mí de Alteza: lo estaba deseando, y,
sin aquella ocasión, se hubiera sentido desdichadísima.
Y aunque aquellas zalemas nos parecieron largas, sólo
duraron diez minutos, al final de los cuales no tuvimos
otro remedio que marcharnos, sin que Guntel y sus amigos hubieran regresado con la botella. Habíamos reconstruido ya el grupo misterioso que recorría las calles desiertas, había dejado de llover, y un vientecillo
húmedo soplaba desde el puerto. «Ya verás —me dijo
Úrsula Cristina— cómo esa bruja de la baronesa Márika, con sus encantos, ha impedido al poeta traerte la
botella, si no le ha ocurrido llevarse por los aires a los
tres y encerrarlos, encantados, en su castillo de Transilvania.» Y como me atreviera a reír, me reconvino:
«Ríete, sí, ríete. Olvidé preguntarle al profesor si cree
en las brujas, porque de Dios se puede prescindir, y él
lo dejó bien claro, pero ese mundo tan perfecto en que
él piensa, sin las brujas, sería, no sólo inhabitable, sino,
además inmanejable. Cuando la historia se conozca de
verdad, descubrirán los hombres que, escondidos tras
los reyes y los primeros ministros, les han gobernado
primeros brujos y primeras brujas, éstas ante todo, y

con más acierto. Los antiguos, más sinceros que nosotros, no ocultaban su obediencia a los oráculos. Si la de mi marido desapareciera, Carlos Guillermo Federico no sabría qué hacer, porque es ella la que dice: "¡Ahora!" cuando proyecta alguna de sus barrabasadas. Si en este momento aún no declaró la guerra a Francia, se debe a que la bruja que tiene los poderes en París es tan fuerte como Márika y la contiene; pero me han dicho que esa pobre francesa está enferma de cuidado, y si muere, entonces sí que será necesario que Dios nos tenga de su mano»; y se santiguó a la manera de los orientales, en medio de la calle, solemnemente, a tiempo que por nuestra derecha, silencioso, desfilaba un grupo de hombres, de uno en uno, enmascarados y armados de garrotas. Su presencia había aproximado a las parejas de policías que nos protegieron y alguno de ellos dejó descubierta el arma, pero al oír que aquella trinca rezaba por lo bajo los salmos penitenciales, pensaron que eran inofensivos y recobraron la posición y la distancia. Yo compadecí en voz alta a las muchachas cuyos deliquios de amor les iban a cortar a garrotazos.

Fue cuando quedamos solos, ya en el silencio de mi palacio; fue cuando ya nos habíamos acostado, y la cabeza despeinada de Úrsula Cristina reposaba en mi brazo, el momento en que le pregunté por la profecía de Ruggiero. «Fue una corroboración —me respondió— y, en cierto modo, una puntualización. Existe una gitana prodigiosa que me dijo una vez, al ver mis manos: "¡Huya, Su Majestad, de los puentes del Danubio!", y nada más. Ahora ya sé que será un hombre con un puñal el que me mate, y no las aguas del río. También sé que será pronto, porque mis sienes aún no son grises. Me dará tiempo a hacer algún viaje y quién sabe si a visitarte en secreto, cuando estés desterrado, si todavía Myriam no se ha determinado a regresar. No le des importancia a la profecía de Ruggiero: él le teme a la muerte, y por eso anda metido con los demonios. Pero a mí me han enseñado cuando niña que la muerte hay

197

que aceptarla como venga, y que lo más importante es que no se descompongan ni el rostro ni la figura.»

No sé si será éste el lugar en que deban quedar ciertas palabras que me rondan hace tiempo, que se me recuerdan continuamente desde que comencé a ordenar estas páginas. ¿Una justificación personal? Pero ¿ante quién? La única persona a quien concedo autoridad para juzgarme es Myriam, y en los momentos en que pienso en mí mismo con toda sinceridad, reconozco que, no sólo pienso en ella, sino que escribo para ella, más que con la esperanza, con el deseo de que llegue a leerlas, si bien no sé cuál es más fuerte, si el deseo o la esperanza. Ella no podrá conocer a Úrsula Cristina, y si algún día habla de ella con Rosanna, lo que pueda decir una mujer de otra no es lo que puede decir un hombre. Por eso voy a intercalar aquí unas cuantas líneas, no sé si descriptivas o explicativas: en todo caso, suficientes (o al menos así me lo parecen). Hay ciertos árboles a cuya sombra, quien ha perdido el sosiego, lo recobra, y quien lo desconoce, lo experimenta. Son árboles sedantes, como algunas miradas, a veces como algún movimiento de las manos. Mi conocimiento de las mujeres no es excesivo, aunque sí suficiente como base de cualquier juicio, siempre y cuando los prejuicios no lo deformen. Mi esposa Amelia fue una mujer cercana a la perfección, y no sólo la quise, sino que la admiré. Pero su compañía no daba esa sombra apaciguante, por algo nervioso que tenía, algo que podría entenderse como deseo frustrado o esperanza que no se cumple (sigo moviéndome en este terreno de las esperanzas y de los deseos que, por otra parte, entiendo como la verdadera base de la vida, el tejido que la sostiene). Lo que faltaba en su vida inquietaba la mía, y cuando lo encontró, o le llegó, no fue tan feliz que nos hiciese felices a los que la acompañábamos, como ya creo haber contado. Úrsula Cristina era una mujer diferente, era como ese árbol que tranquiliza y da la paz. Todo cuanto hacía o decía, lo mismo lo razonable que lo disparatado, tenía su calma y su medida; y muchas veces he pensado si no existiría una razón profunda para sus extravagancias e incluso para sus adulterios, bien entendido que si les doy este nombre es más por hábito que por convicción, pues claro está que si ella no los tenía por tales, no había razón para que yo fuese su juez. Acostumbrados como estamos a contemplar desde fuera a los demás, ¿qué sabemos de lo que los habita? Y si a veces comprendemos que los demás nos juzgan mal porque no entienden nuestros motivos, ¿cómo no tenerlo en cuenta cuando de los demás se trata? Comprendo también que, llevados estos pensamientos hasta su extremo, llegaríamos a justificar la crueldad y la estupidez, lo que más odio en el mundo, pero la verdad es que, cuando las castigamos, nos queda el resquemor de haber sido exagerados. ¿Y no lo estoy haciendo yo, ahora mismo? Intentaba describir, pero he resbalado por ese camino brillante y engañoso de la moralidad. De lo que ahora se trata es de recordar el encanto que se desprendía de la persona de Úrsula Cristina: caía de ella y nos bañaba como el rocío en una noche de luna; todo, con ella, resultaba natural y explicable por sí mismo. Nunca, Myriam, cuando estuve con ella, sentí que te traicionaba. ¿Bastará este paréntesis, o necesitarás más palabras? Si algún día nos vemos, no serán necesarias; si no nos vemos más, serían inútiles.

## XI

*De la princesa Rosanna a la princesa Myriam,*
*exiliada voluntariamente en París*

«Las cartas tardan en llegar, París está muy lejos, y lo mismo que tú a mí, te necesito cerca de mi corazón y de mi voz. Lo que puedo escribirte es casi nada de lo que siento, y lo que puedo contarte es poco de lo que me sucede. Nunca me he dado cuenta hasta ahora de lo escasas que son nuestras palabras y lo ricas que son nuestras vidas. Necesitaría, no sé, treinta o cuarenta pliegos, para descubrirte lo que sentí y relatarte lo que hice sólo en la tarde de ayer, hasta que me decidí irme sola al concierto mientras Úrsula y papá se marchaban de incógnito a una visita. Sin embargo, tantas horas de mi vida, tantos sentimientos que por primera vez entraban en mi alma y la recorrían, los puedo resumir en unas pocas palabras: voy, no voy. Sí, no. Y ahora empiezo a comprender que en estas dos se puede resumir toda la vida, pues la vida consiste en decir que sí o que no. Lo comprenderás por ti misma, que has dicho ¡no! y acaso puedas comprender, por tu mismo sufrimiento, que en un momento yo haya dicho ¡sí!. Y cuando acepté mi propia decisión, me vestí rápidamente el más hermoso de mis trajes, recuérdalo, el blanco y oro que alguna vez te pusiste, pedí el coche y marché, sin escolta, al teatro. La gente se quedó, en principio, asombrada, y no dejaba de mirarme; pero acabaron comprendiendo que el día tenía que llegar en que una princesa acuda sola a un concierto, y escucharon a Ruggiero en vez de mirarme a mí. Yo no sé si lo escuché también, o me escuché a mí misma, o si en vez de escucharlo con los oídos lo hice con el alma: lo único que sé es que viví un tiempo incalculable como envuelta en su música, arrebatada por ella, pero sin que los ojos de Ruggiero dejasen de mirarme, esos ojos de fuego contra los que no cabe defensa, menos aún precaución. Querida Myriam, le envié recado de que viniera al palco, y subió con el violín bajo el brazo, como la otra vez, y al entrar quedó extrañado "¿No está la Emperatriz? ¿Está sola Vuestra Alteza?" No le respondí a eso, sino que, a mi vez, le pregunté: "¿Recibió mi billete? Le estoy agradecida por sus serenatas. Todas las noches, a la ventana, escucho su violín y no me atrevo a traducir lo que dicen sus notas; pero, digan lo que digan, gracias". Había bajado la cabeza y, sin alzarla, me respondió: "Nunca creí tan osadas mis melodías, que se atrevieran a subir tan alto". "Señor Ruggiero —le dije—, usted no ignora cuándo y dónde se anulan las distancias, cuándo y cómo se encuentran los corazones." "Por mi dolor, Alteza, es una experiencia que jamás podré olvidar." En este momento no supe qué responderle, ni él probablemente continuar; quedamos en silencio, él jugando con el arco del violín, yo con el abanico. Pero un recuerdo me vino, oportuno para la situación, y fue el de la princesa Brígida, cuya historia hemos escuchado y llorado juntas. Le dije, pues: "Señor, en la misma habitación en la que duermo, dormía hace no sé cuántos siglos la princesa Brígida, a quien un enamorado daba también serenatas desde el canal. La princesa dejó una vez abierta su ventana, él pudo trepar hasta ella, y así estuvieron hasta que, una noche, los arqueros del rey traspasaron de saetas el cuerpo del galán, y a la princesa Brígida la llevaron a un convento". Entonces, él alzó la mirada y me respondió: "Ya no hay conventos para las princesas, Alteza, ni saetas para los violadores de las distancias, aunque a estos galanes atrevidos hoy se les mate a balazos. Sin embargo, ahora, como antaño, algunos enamorados desafían la muerte". "Moriría de pena si matasen a alguien por mi culpa." "¿Llama culpa al amor, Vuestra Alteza?" "No sé bien lo que digo, señor. No tenga en cuenta mis palabras." Tendió hacia mí la mano mientras decía: "Tocaré para usted". Le di la mía a besar y la besó. Lo que sucedió entonces, no he logrado entenderlo: una mezcla de dicha y de terror que me sacudió entera y me obligó a sentarme en el sofá y cerrar los ojos. Cuando, por fin, los abrí, Ruggiero se había marchado. Al empezar la segunda parte del concierto, saludó con el arco a la persona que le escuchaba en el palco real. No creo que haya podido ver mi sonrisa, y, si la vio, no creo que haya podido interpretarla. Fue más que una sonrisa de respuesta.

»Ahora he logrado recobrar el estado de ensueño en que me hallaba al salir del teatro. Cené sola, y la soledad me hizo recordar el beso que Ruggiero dejó en mi mano. Todavía me quema. Ahora, cuando termine esta carta, abriré mi ventana y esperaré a que Ruggiero venga, como todas las noches, a tocar la serenata en el canal. Empiezo ya a temblar. ¿Crees que alguna vez subirá a mi ventana? ¿Crees que habrá una bala para su cuerpo? ¡Oh, Myriam, cómo te necesito!»

Esta carta se la di a leer a Úrsula Cristina, y no mostró asombro por la audacia de Rosanna, ni siquiera extrañeza: lo encontró, no sólo natural, sino inevitable, y que lo insólito hubiera sido un comportamiento más cauto. «Yo habría hecho lo mismo, y en cierto modo llegué a cosas peores.» Después de esta frase, quedó con la mirada perdida, yo no podría saber si en sus recuerdos o en sus ensueños; pero, lo que fuese, le hizo preceder de más risas las palabras siguientes: «¿Te conté que también estuve enamorada de Ruggiero? No, no te lo conté aún, pero llegó el momento. El empezaba su carrera de violinista glorioso, y yo experimentaba sin experiencia los primeros dolores de un matrimonio sin amor. Ruggiero me deslumbró, y me dispuse a ser su amante, siguiendo, acaso sin darme cuenta, el ejemplo de quien me habían puesto como modelo: la entonces reina, mi suegra. Llegamos a una entrevista completamente poética, Ruggiero y yo, en el consabido pabellón de caza en medio de los bosques y las nieves, que a veces también acoge los devaneos de las princesas. ¿Por qué no en un piso urbano, como cualquier señora de la Corte que engaña a su marido? Bueno, tú sabes que nosotros no podemos ser vulgares, que existe un protocolo tácito hasta para el adulterio. Yo preparé un escenario de fuego y de intimidad, ya sabes, chimenea, ventanal y nieve, y un lecho cálido, además de suntuoso, uno de esos que si no ennoblecen el pecado, al menos lo embellecen. ¿Cuál era entonces mi esperanza? No lo recuerdo ya, pero supongo que ser feliz. Por lo pronto aquel mancebo poderoso en los salones, que me había enajenado con el violín y con la tez oscura... ¡Sí, ya recuerdo! Me perseguía la imagen de mi cuerpo rosado prisionero de un hombre que parecía quemado... Bien. A las princesas nos enseñan a montar a caballo, nos llevan de cacería, sabemos trepar por los riscos del monte y hablar naturalmente con los aldeanos, sin que ellos se sientan humillados, pero él jamás había pisado otra tierra que las calles empedradas de las ciudades. ¡Llegó en un estado calamitoso, mojado, tiritando de frío, febril! Tuve que hacer de madre y no de amante, meterlo enfermo en la cama del amor y rodear su cuerpo fogoso de botellas calientes, mientras mi doncella cómplice se reía y me daba consejos: "Majestad, ¿por qué no le aplica unas fricciones de aguardiente?". Pues fue lo que hice, ¿sabes? Y cuando lo tuve restaurado, cuando creí llegada la hora del amor, le fallaron los nervios, no sé, le dio miedo, la aventura fue un fracaso, ¡como que tuve que consolarle, porque lloraba! En fin, en vez de una noche de amor escuché un concierto de vergüenza y rabia, porque, eso sí, con el violín en la mano no le fallaban los nervios. Para mí, una de las mayores enseñanzas de mi vida, aprendí que los hombres más ternes pueden arrugarse como muñecos, y también, que sin quererlo, una mujer adquiere para siempre, sin proponérselo, una superioridad sin remedio y sin solución sobre un hombre. La que tengo sobre Ruggiero no se debe a que yo sea Emperatriz, sino a la escena inolvidable y grotesca de la noche de amor frustrada. Claro que las cosas han cambiado, y ni el Ruggiero de ahora es el de hace veinte años, ni Rosanna soy yo; pero, si te fijas bien en lo que ella cuenta, hubo un momento de la entrevista, después del beso en la mano, en que tu hija quedó a la merced de Ruggiero, y en esa situación ninguna muchacha es dueña de sí. Ella no sabe contarlo, pues en realidad ignora aún qué es lo que sucedió, pero yo estoy segura de que fue el placer de la carne lo que la arrojó en el sofá: algo nuevo e incomprensible. ¿Qué hizo él? Marcharse, y no en un acceso de caballerosidad, sino porque yo ando por medio. Esto no quiere decir que renuncie enteramente al papel tan lucido que le han servido en bandeja. Aunque no se atreva a contárselo a nadie, y eso habrá que verlo, por lo pronto, ante sí mismo, se siente tan halagado por el amor de Rosanna que estoy segura de que mientras permanezca en la ciudad, continuará el juego de las cartas apasionadas y del amor imposible: tan vulgares ya, que no creo que necesite inventarlas. Ruggiero se mira mucho al espejo, y apostaría que, ante él, ensaya el repertorio de los gestos, de los movimientos, de las banalidades de una escena de amor. ¿No llegará a imaginar que lo que no sucedió entre él y yo por culpa de sus nervios tampoco sucederá entre él y Rosanna porque él no quiere, porque es un caballero, etcétera?». Estuvimos hablando un rato largo aquella noche, y aunque en algo marchásemos de acuerdo y en algo no, la opinión de Úrsula Cristina prevaleció al final sobre la mía, porque sabía más que yo del corazón de las mujeres. Insistió en que no había que desilusionar a Rosanna, sino dejarla que viviera su amor, que conservase algún hermoso recuerdo. «A tu hija le llegará el momento, como me llegó a mí, de buscar en otros hombres lo que no encuentra en el suyo, y me temo que su caso será todavía más penoso que el mío, pues, por lo menos, Carlos Federico Guillermo es razonablemente varonil, y Raniero, no. Yo me he enamorado alguna vez porque no me había enamorado nunca; yo carecía de ese recuerdo hermoso con el que inevitablemente se compara lo que se tiene a mano, y siempre se concluye que lo presente es inferior, de modo que difícilmente prende para siempre. Los hombres con los que se encontrará tu hija, a los que acudirá como remedio para no tirarse por la ventana, siempre serán inferiores a la imagen que conserve de este genio increíble de los ojos de fuego, que no será una imagen verdadera, aunque sí útil. Y no cometerá el error de su madre.» Y, después de todo esto, quedó callada un buen rato durante el cual me pareció que ocultaba un sollozo. La cogí de la mano. «Sí —dijo en seguida—; estoy llorando como una tonta porque me he enamorado de ti. Si a los veinte años lo hubiera hecho de un poeta bonito no me sucedería ahora esto.» Y empezó a llorarme en el hombro y sin disimulo. Tengo que confesar que, aquella vez, me sentí más enternecido, y ella llegó a proponerme que nos fuéramos a América; que tenía consigo alhajas cuyo valor nos permitiría vivir escondidos y solos por el resto de nuestra vida; pero después, ella misma rechazó el proyecto. «Ahora me besas y me quieres porque las cosas vinieron así, y algo hermoso nos une; pero mañana volverá a ti el recuerdo de Myriam, que no me siento capaz de destruir para siempre. ¡Ah, si ya hubierais sido amantes! Pero una esperanza puede más que una realidad y, ahora, la realidad soy yo. Estoy vencida, y marcharé un día de éstos para siempre.» Saltó de la cama, se sentó ante un escritorio, escribió durante un rato, vino a mi lado y me leyó esta carta, que a la mañana siguiente envió a Ruggiero, con el encargo expreso de entregarla en sus manos mismas, de parte de la condesa Korda: «La distancia entre el jardín de palacio y la ventana de la princesa Brígida sigue llena de muerte, como hace siglos. Aunque alguien lograse escaparle, la muerte le perseguiría hasta un final inevitable. ¿Qué imaginarían y que escribirían entonces los reporteros de París? Cualquiera que los conozca, con sólo cerrar los ojos, puede leer las treinta o cuarenta novelas que aquí y allá se inventarían. Reconozco que, como modo glorioso de morir, es envidiable, pero un poco prematuro para quien tiene todavía treinta años de vida triunfante, para quien está hoy seguro de que damas tan atractivas como la señora Stolle esperan que un violín clandestino les entre por la chimenea. Es menos peligroso ese viaje, aunque no demasiado artístico como remate de una biografía. Sin embargo, ¿verdad que no es indispensable que todos los hombres excepcionales hayan de morir asesinados? Los hay que se extinguieron apaciblemente, acariciando recuerdos. Claro está que algunos prefirieron el recurso de las Memorias, pero, contra las que fantasean, están las que cuentan la verdad. ¿Y por qué no establecer un pacto entre las unas y las otras, un pacto de silencio? U.C.E.»

La referencia a la señora Stolle fue una adivinación, porque, al día siguiente, o quizá un par de días después, me llegó una divertida copia.

### De la señora Stolle a su Amiga del Alma

«Lo que me ha sucedido es tan secreto que sólo a ti puedo contarlo. ¿No es una desventura, carecer de una buena confidente a mano? Porque es precisamente eso, lo más secreto, lo que es menester contar, porque, de callarlo y guardarlo en el corazón, es como si no existiera, como si hubiera sido un sueño. Pero, escribirlo, ¡es tan menguada solución! Contigo al lado, atenta y preguntando, lo que aquí se reduce a escueta referencia, sería lo mismo que revivir el suceso, y quién sabe si revivirlo ambas: no soy tan avara de mi experiencia que me niegue a compartirla. En resumen: que el signore Ruggiero Gasparini me solicitó una entrevista, y que yo se la concedí el mismo día en que recibe la señora Rheinland, aunque un poco más tarde, no para ponerle en el trance de escoger, lo que sería peligroso, sino porque mi adorado Virgilio, a quien yo considero ya el obispo futuro de esta ciudad y mi amado esposo, se marcha de mi casa a cierta hora, después de haberme explicado esa nueva teología de su invención, que, con otro nombre, consiste nada menos que en un ateísmo erótico, si bien la exaltación del eros llegue a tan excelsas alturas que quizá resulte impropio pensar en ateísmos. ¡Querida mía, no sabes con qué emoción reviví los viejos y casi olvidados trámites de la clandestinidad!: el sabor de los temblores, el placer de los minutos impacientes, de la incertidumbre ilusionada. Ruggiero llegó a mi casa con todas las precauciones que le había recomendado, salvo que traía consigo el violín. "¡No he podido evitarlo, señora! Vengo de donde..." Le interrumpí. "Ya sé de dónde viene, pero le ruego que no use el violín contra mí. No ignoro que es un arma irresistible, pero yo deseo resistirle y me siento indefensa." Bueno. ¿Para qué voy a contarte? Hablamos, lo primero, de política, que eso siempre está bien cuando no se va de acuerdo: pica y excita. Como que casi peleamos. La conclusión fue la de que jamás nos pondríamos de acuerdo, en vista de lo cual, él, que es todo un caballero, intentó resarcirme con unos minutos de música. ¡Que minutos! Tendré que rogar a Virgilio que introduzca la música a su sistema, aunque sea a costa de su rigor dialéctico. Sin embargo, la música no me hizo perder pie. ¡Tú sabes, como yo, querida mía, de qué modo los hombres, creyendo que hacen lo que quieren, no hacen más que seguir el camino que les habíamos trazado! El mío era bien claro: terminaba en mi cama, y allí mismo terminó, porque, ¿qué mujer sensible se propondrá seriamente resistir a los efectos del violín de Ruggiero, por muy enemigo político que sea?

»Tengo que desviarme un poco del relato, a causa de una cuestión teórica inevitable que ya se te habrá ocurrido. ¿Me he portado realmente mal con Virgilio? Tú, lo mismo que yo, sabemos que engañar a un marido puede ser necesario e inevitable, dejando a un lado las ocasiones en que es, además, justo; pero engañar al prometido es casi siempre una felonía, sobre todo si está preconizado obispo. Ahora bien: yo me pregunto si realmente *engañé* a Virgilio en el sentido que dan a la palabra los moralistas, los juristas y las cotillas. Visto desde fuera, ¿qué duda cabe? Pero ¿no cuenta nada en este caso mi opinión, que no procede de una idea preconcebida, sino de una experiencia irrepetible? Por lo pronto, nadie sabe lo que, en realidad, sucedió, más que Ruggiero y yo, y de los dos, lo que Ruggiero sabe no coincide con lo que yo sé, porque la aventura él la vivió de una manera y yo de otra. Entendámonos. Ruggiero piensa que la señora Stolle ha sido una conquista más, efecto de la fascinación combinada de la mirada oscura y del violín (yo añadiría: la destreza con que sus manos tocan el instrumento y el cuerpo). Ignoro si para olvidar o para recordar: me da lo mismo. Pero yo veo las cosas de distinta manera. Es indudable, y no siento embarazo en confesarlo, que fuimos a la cama, ni más ni menos que cualesquiera otros en nuestro caso; fuimos según los cánones, yo remilgada, él fogoso; pero se va a la cama con un hombre por variadas razones y de variadas maneras y hasta me atrevería a sostener que en virtud de acontecimientos tan distintos que llegan a ser contradictorios. No ignoro que, si lo acostumbrado es acostarse con un hombre porque nos gusta, o, acaso menos frecuente, porque le amamos, también solemos hacerlo por odio, por desprecio e incluso por conveniencia. Y sabemos también que el hombre que se tiene entre los brazos, o que te tiene a ti, no es en realidad aquel hombre, ni siquiera *un* hombre, sino *lo que representa*. Hay ocasiones en que te abraza *la gloria*; en otras *el talento*, y a algunas de nosotras le alcanza la suerte de que le abrace *el genio*. ¿Qué culpa tengo yo de que, en este caso presente, el genio y la gloria no pueda poseerlos más que dejando que Ruggiero me posea? Estas palabras no podría escribirlas a una mujer cualquiera, pero sé que tú las suscribirías. Sólo a personas como nosotras les puede apetecer la posesión gozosa de abstracciones, y no es nuestra culpa el hecho indiscutible de que esa clase de entidades no anden por sí solas por el mundo como arcángeles, sino que estén encarnadas en un hombre. ¿Por qué se enamoró Ulrike de Goethe? ¿Le podemos llamar a eso amor? ¿No es más bien la fascinación ejercida por algo que no es Ruggiero, pero que Ruggiero *tiene* igual que lo tenía Goethe? Puedo admitir que Ruggiero no sea *grande*, pero lleva consigo *la grandeza*. Si aquella niña pudo pasar sin acostarse con el viejo fauno fue, simplemente, porque era una niña y practicaba aún los modos elementales de apoderarse de lo que le fascinaba; pero también porque, a él, la condición de fauno le había quedado atrás. Pues bien: este razonamiento, que juzgo impecable, me permite convencerme a mí misma de que no he engañado a mi estupendo Virgilio, y que cuando me acuesto con él (¡total, tres tardes, hasta ahora!), no se interpone el recuerdo reciente de un hombre que enturbie la transparencia de nuestro amor y, sobre todo, que altere su naturaleza, sino tan sólo el de una abstracción gozada.

»Después de todo esto, puedo decirte que Ruggiero Gasparini, más o menos de mi edad, se conserva bastante bien y es un compañero tolerable. No obstante, tengo que confesarte que se me durmió, y que lo desperté e hice levantarse de madrugada para que no le cogiera la luz del día en mi casa. Le di una taza de té, por si hacía frío, pero lo que a él le preocupaba era el posible catarro de su violín,»

## XII

Los sucesos de aquella noche en que visitamos de incógnito a la señora Rheinland, se completan ahora con esta carta, cuya copia llegó más o menos con la de la señora Stolle: prescindiendo de unos párrafos en los cuales se relata algo de lo que yo ya he contado, como el discurso del profesor Diomedes, la llegada de Ruggiero y la recitación, tan aplaudida, del poema. Pondré dos líneas de puntos en el lugar de la supresión.

*De Guntel a Roberto*

«Querido Roberto: ¿te has dado cuenta, alguna vez, de que eres un hombre mal vestido? ¿Has advertido acaso que yo lo sea? ¿Cómo es posible que el tema de la elegancia y, ante todo, el de la nuestra personal, no haya saltado nunca en las larguísimas, en las intocables horas de nuestras conversaciones? Si acaso (creo recordar), se habló de la elegancia de un párrafo bien acabado, pero esto nos lo enseñaba el profesor de Retórica, para quien la elegancia es una cualidad tan singular de las palabras que carecía (o carece) de nombre

211

propio y necesita tomarlo en préstamo: una cualidad que ya no se usa. Sin embargo, algunos de los desaires que hemos recibido de las muchachas, ¿no se deberían precisamente a que nos encontraban mal vestidos? Pues ése fue mi último descubrimiento, al que llegué, no por mí mismo, ¡pobre de mí, me faltan referencias!, sino con la colaboración de una mujer y de un espejo. El caso fue que el Almirante me llevó a casa de Lislott, como me había prometido: etapa previa a mi presentación en la tertulia de la señora Rheinland, pero que siempre consideré más importante que mi ingreso en ese salón famoso. ¿Y qué puedo decirte que no sea mi deslumbramiento y mi perplejidad? Lislott es deslumbrante, pero ¿cómo lo explicaría?, de una manera recatada, como si intentase ocultar su propia luz y lo lograse (no encuentro mejor manera de decirlo). No la concibo entrando en un salón para ser *vista y admirada*, y, en efecto, entró en el de la señora Rheinland, donde todos la esperaban, como quien busca pasar inadvertido aunque no le resulte fácil. Pero, en su intimidad, es otra cosa, y esto saldrá alguna vez en estas cartas que te escribo. En cuanto a mi perplejidad, creo que la palabra es insuficiente: no hay diferencia alguna entre Lislott y aquella otra, y, sin embargo, son tan distintas que jamás podrían ser la misma. No obstante, y por fortuna, como te contaré luego, se acabaron las perplejidades. Lo que ahora interesa es que, después de recibirme, más que con cortesía, con amor, se pusieron a hablar, ella y el Almirante, de las imperfecciones de mi atuendo, y de lo mucho que me convendría vestir de otra manera: todo con palabras tales que implicaban una consideración tan elevada de mi persona que yo no la habría esperado nunca: como si yo fuera ya un personaje o estuviese destinado a serlo. ¿Será posible que haga tantos milagros una vulgar botella? De lo que allí se dijo, lo único que de momento logré entender a medias fue que, si había de visitar al Gran Duque en su palacio, tenía que ir muy peripuesto, y llegué a comprenderlo todo cuando, un par de horas después, pude examinar a los caballeros que concurrían al salón de la señora Rheinland, ante los cuales llegué a sentirme paleto, y me dieron ganas de marchar, pero fue Lislott la que me retuvo y me enseñó a sobreponerme a mi propia cobardía y a pensar que, en ciertas ocasiones, pudiera suceder que no importase mi modo transitorio de vestir si lograba compensarlo con otras cualidades igualmente evidentes. Bueno, mi alteración, por no decir mi cambio, del modo de ver el mundo, se debió a haber acompañado a Lislott y al Almirante al taller de un sastre acreditado, quien me probó varios trajes y sombreros, y eligió lo más propio para mi cuerpo, aunque necesitado de pequeños arreglos, y mañana venga usted por él. Aunque los pantalones me vinieran un poco largos, y hubiera que acortar las mangas del frac unos centímetros, te aseguro, Roberto, que el Guntel que contemplé en el espejo era distinto. ¿Cómo es posible que cambie el mundo sólo porque tú cambias de corbata? ¿Por qué, con guantes de gamuza y sombrero de copa, ves lo que no habías visto nunca, incluso un cambio de matiz en la sonrisa de una mujer que te hace soñar en el amor? Me sentí de repente más capaz que nunca de escribir todos los versos del mundo, pero también es cierto que, sin esta imagen, no hubiera sido consciente, unas horas después, de mi vulgaridad. ¡No falta más que un día para ponerle remedio! Lislott me pidió que, cuando me haya vestido el traje nuevo, vaya por su casa para que ella lo vea la primera. ¡Ah!, en el equipo figura también un bastón. La capa sirve la mía.

. . . . . . . . . . . . . . . . . . . . . . . . . .
. . . . . . . . . . . . . . . . . . . . . . . . . .

»Tenía la sensación de que el Almirante, que siempre me protege, había delegado en Lislott su preocupación, y ella la ejercía con suavidad, y me advertía susurrando de cosas que no se me habían ocurrido. Por ejemplo, cuando nos iban a presentar a la Emperatriz y al Gran Duque, me dijo: "No exageres la reverencia: vienen de incógnito", y entonces aprendí algo. En todo lo que siguió, y que te llevo contado, sentí siempre a mi lado a Lislott, su brazo en el mío como punto de apoyo y su sonrisa como ayuda, y a ella fue a quien se le ocurrió que, puesto que estábamos allí, y estaba también el Gran Duque, era la mejor ocasión para entregarle la botella. Lo discutimos, sin embargo, lo consultamos con el Almirante, y él nos dijo que asumía cualquier responsabilidad, puesto que el Gran Duque le había hecho un guiño al saludarle, y que lo único indispensable y aconsejable era que saliéramos discretamente en cualquier momento de esos en que alguien entretiene a los demás, como aquel mismo en que estábamos hablando, que todo el mundo rodeaba al violinista y escuchaba sus palabras como le habían escuchado antes su música. Lo aprovechamos, salimos clandestinamente los tres: nuestra casa (la pensión en que vivimos el Almirante y yo) queda bastante cerca de donde vive la señora Rheinland: fuimos allá de prisa, sin hablar, sin fijarnos en la gente con la que tropezábamos, sin casi darnos cuenta de si llovía o si había caído la niebla; fuimos como por una ciudad vacía en la que sopla el viento, y al desembocar así, silenciosos y apresurados, en nuestra calle, se nos echó encima lo mismo que había visto yo unas noches atrás, aquella en que salí solo: había luz encendida en las ventanas, putas y chulos por el suelo y por las paredes, jaleo de jarana en las tabernas; el aire hedía, espeso, y el teatrillo o café de marineros estaba iluminado y con el nombre de Lislott bien visible. Nos detuvimos, yo con menos sorpresa que ellos, Lislott estupefacta ante su nombre, el Almirante también, pues era evidente que *veían* lo mismo que yo, es decir, que participábamos en la misma alucinación, como si a los tres nos hubiera cogido el mismo sortilegio. El Almirante dijo: "¡Esto no es posible!", y, casi en seguida, "¡Esto no es real!". Lislott se había agarrado de mi brazo y se apretaba a mí, de modo que percibía su temblor. Yo no había tenido aún ocasión de contarles aquellas experiencias anteriores, sueños y visiones, en el Puerto de las Estrellas Azules, y allí mismo, con aquella mujer que llevaba su nombre y que tanto se le parecía y tanto difería de ella. Como hipnotizados nos acercamos al cafetín, ascendimos los tres o cuatro escalones de la entrada. Yo iba delante y abrí la puerta: igual que la otra vez, nos saludó el humo de las pipas marineras, ese olor que nunca tuvieron las nuestras y que siempre nos hizo creer que la mar no nos pertenecía. En el escenario rojo daban volteretas las lentejuelas de un *clown*, ante las miradas divertidas de las chicas de los grandes sombreros, y las risotadas del público. Quedamos al borde de la sala, justo en la segunda puerta, donde yo me había detenido la otra vez, donde Lislott había aparecido junto a mí. Y así apareció también, silenciosa y radiante, con una especie de túnica como de oro que le transparentaba el cuerpo. Diría que su cuerpo echaba luz. Lislott, al verla, se abrazó al Almirante, y la recién llegada, también Lislott, al parecer, me cogió de los hombros y me acercó a ella, hasta hacerme sentir su perfume, que no era de ninguna flor, sino de carne. Todos quedamos silenciosos, y las mujeres se miraban, una un poco acobardada, sin entender, la otra triunfante. Los ojos asombrados del Almirante iban de la una a la otra; pero la que lo había abrazado me miraba a mí también, como se mira a un niño que está en peligro y hay que rescatar o al menos advertir. Dos o tres veces alargó el brazo para cogerme, y yo no respondí a su movimiento porque me sentía paralizado por aquel leve peso de la mano que me retenía. "¡Yo no tengo ninguna hermana!", dijo, por fin, Lislott, la nuestra; y la otra Lislott le respondió sonriendo: "Si te llevas al viejo, yo me llevaré al mozo". "¡No, no! ¡A Guntel, no!", gritó la nuestra, y, soltándose del Almirante, me cogió del brazo y tiró, tiró... La otra me dejó ir y reía. "¿Quién te dijo que no soy tu hermana?" "¡No tuve hermanas jamás!" "Desnúdate como yo, y ellos verán si no somos la misma." Se soltó el broche que le resplandecía en el hombro, y la túnica quedó a sus pies, rutilante. Lislott, la nuestra, escondió la cara en mi hombro. "¿Por qué no me quieres ver? —dijo la otra—; ¿temes encontrarte en mí?" Y, después, me encaró: "Y tú, portador del talismán, entérate de que nunca llegará a su destino. Y de que da lo mismo su cuerpo que mi cuerpo, porque ambos son el Infierno". Recogió la túnica y se marchó por el pasillo, con ella a rastras, como si la siguiese una estela de oro; e inmediatamente, sin que pudiéramos darnos cuenta, apareció en el escenario cantando su canción lasciva. Lislott, la nuestra, nos suplicó: "¡Vámonos!". Estaba sollozando y seguía cogida a mí. Al traspasar la puerta, la calle apareció vacía y tranquila, con sus acostumbradas farolas de gas, y el aire salobre que llegaba del muelle con un rumor de olas, nada del espeso hedor de antes a perfumes baratos y a sudor. También había desaparecido la luz de la fachada y el nombre que campeaba en lo alto del cafetín, y tampoco había cafetín, sino una casa de gentes cualesquiera, buenos o malos, ¿quién lo puede saber?, pero nunca diabólicos. El Almirante dijo que habíamos sido víctimas de una ilusión, o, a lo mejor, de un sortilegio, y Lislott, sin soltarme, le respondió que había sido un sueño horrible, de los que a veces le acometían, y que quería huir: esto de los sueños horribles, esto acaso lo entendiera el Almirante. Yo, no. Estaba tan cerca nuestra casa, que les rogué que me esperasen, y, corriendo, cogí la botella en su escondrijo macabro y me uní en seguida a ellos. Se la mostré. "Esto, por lo menos, continúa intacto." Fuimos de prisa, llegamos pronto a casa de la señora Rheinland: estaba cerrada la puerta, y el interior, en silencio. No podía haber pasado tanto tiempo, ¡todo tan rápido! El Almirante se apartó de nosotros, acudió a alguna puertecilla, quizá. Entonces, Lislott me dijo. "¡Es espantoso! ¡Su cuerpo es, de verdad, el mío!". Cuando volvió el Almirante, que fue en seguida, les relaté cómo, dos veces más, la otra Lislott había entrado en mi camino, se había interpuesto, había querido llevarme, yo no sé, llevarme o algo parecido. El Almirante, después de un gran silencio, decidió que alguien nos tenía embrujados: primero a mí; ahora a ellos, y la culpa de todo la tenía la botella. La levanté en el aire, la miré, con su papelito inerte dentro, y me dieron ganas de arrojarla al suelo y hacerla pedazos. Lislott lo adivinó. "¡No lo hagas! Tenemos que salvar al Gran Duque." Y ésta fue mi aventura de hoy. ¿Pueden soñar tres personas el mismo sueño? Porque eso tiene que ser: no creo en brujas.»

—Hace mal ese muchacho —dijo, en seguida que terminó la lectura, Úrsula Cristina—; hace mal, pero eso no tiene remedio. Es como lo de Dios: se cree o no se cree, aunque tengas delante el vacío del mundo, o aunque el Señor te sonría desde la esquina de una estrella. Sin embargo, hay algo que no entiendo. ¿Por qué son iguales esa señora, Lislott, y Márika? Me di cuenta la otra noche, en casa de la señora Rheinland, nada más verla; me sorprendió una igualdad tan absoluta y, sin embargo, con un matiz que me hizo comprender en seguida que, siendo iguales, no eran la misma. Y no puede ser su hermana, a no ser que...

No puedo imaginar a qué recuerdos o a qué temores dio vueltas Úrsula Cristina en su corazón o en su cabeza mientras duró su silencio. Habíamos tomado café juntos, a Rosanna se la había llevado Werfel para su lección de música, y yo, entonces, aproveché la soledad para leerle la carta. De pronto me preguntó:

—¿Te acuerdas de aquella guerra del banato de Zarandalui?

¿Cómo no iba a acordarme? Más o menos una guerra de anteayer, pero también un escándalo, y en cierto modo una sorpresa: por primera vez, el Águila del Este descubría su juego, y, al mismo tiempo, aquella necesidad que sentía de poseer un gran espacio que compensase su pequeñez, apenas disimulada por las plumas del casco y por los tacones alzados de sus botas. La guerra del banato había irritado al mundo entero, por la desproporción entre el poder del Águila y el de un país tan pequeño, más pequeño que el mío (pensé con amargura), un país en el que nadie pensaba, que no recordaba nadie hasta que el Águila lo invadió, pero también por la injusticia de la invasión misma. ¿Lo hizo precisamente para decir: «¡Tenedme en cuenta!»? Cronstadt y yo habíamos seguido las vicisitudes de la campaña y admirado el valor de aquellos montañeses que sabían morir, con un héroe popular al frente, precisamente el ban Boris, aunque no hubiéramos dejado de reconocer la novedad de cierta táctica de la guerra antiguerrillas, inventada por alguien del Estado Mayor del Águila, tras la que había andado inútilmente Napoleón. Cronstadt tenía escrito un libro sobre esa guerra, inédito por timidez: un libro, por otra parte, sobre un tema que había suscitado montones de literatura, pues todos los periodistas de Europa y de América del Norte habían desparramado sus crónicas por los periódicos de mayor tirada, *Times* de aquí y de allá.

—¡Hasta poemas en favor y en contra! —añadió la Emperatriz al responderme—. A favor, ese poeta vuestro, Lotario; en contra, nada menos que Víctor Hugo. Pero también panfletos, campañas de prensa, interpelaciones parlamentarias e incluso hojas volanderas. Todos los grandes políticos tuvieron algo, entonces, que decir, el primero de ellos, el Papa. El Emperador de la China, a quien la guerra le parecía bien, porque las guerras nunca son justas ni injustas, según él, sino triunfantes o fracasadas, y él había perdido recientemente una tan injusta como aquélla, envió su opinión desde un escondrijo remoto y placentero, quizá en los Montes Azules. Nunca el nombre de Carlos Federico Guillermo fue tan traído y llevado, tan maldecido o temido, y nunca él se sintió tan glorioso, y tan... ¿diríamos compensado?, como que no necesitó humillar en mi cuerpo a Carlos V mientras le duró la conciencia del éxito, mientras quedó en el mundo alguien que le insultase. En cierto modo, no le faltaba razón, porque nunca el ruido de una guerra pequeña llegó a colmar al mundo entero como aquella vez. Yo creo que ni siquiera el día en que entre en París mi marido, si el de Prusia no se adelanta como temen algunos, se sentirá tan grande como aquella mañana en que pasó revista a sus tropas victoriosas. Y, sin embargo, si bien se mira, y aunque él lo ignorase, lo ignore todavía y no llegue nunca a saberlo, la guerra del banato de Zarandalui, no ha existido jamás.

Debí de poner cara de angustia súbita, o, lo que es peor, esa de estúpido que a veces no hay manera de evitar, por la sorpresa, o porque, de repente, algo se oye o se ve que no responde ni a las leyes normales de la realidad y de la vida, ni a las extraordinarias de la imaginación, eso que sobrepasa lo fantástico y lo mágico y nos muestra el perfil inaceptable de lo absurdo.

A la Emperatriz le dio una risa que me hubiera avergonzado de no advertir el esfuerzo que hacía por refrenarla.

—¡Sí, hombre, sí! Esa guerra no ha existido. ¿Habías oído nombrar antes el banato de Zarandalui? ¡Ni en los libros de cuentos de los niños lo encontrarás como tal, sino, todo lo más, como nombre de unos montes! Hasta hace pocos años, no había pertenecido a la Historia, sino sólo a la Geografía.

Aún no decidí si creer o si poner en duda lo que entonces me relató Úrsula Cristina, con aquella naturalidad tan suya de contar tranquilamente los mayores disparates. De creerlo, jamás mi buen sentido dejaría de acusarme de candidez; de negarlo, me inquietaría siempre el miedo a haber rechazado la verdad con ligereza, y a despreciar sin el debido respeto intelectual lo que indudablemente pertenece al orden de lo inexplicable. ¿Lo es, acaso, Satán? ¿Puede, sin embargo, negársele rotundamente realidad? ¿Qué pensar cuando alguien tan serio y tan bien informado como Úrsula Cristina nos asegura (nos repite) que la baronesa Márika, cada vez que necesita alcanzar lo imposible, no tiene más que conceder a Satán sus favores: ni siquiera una noche, una hora no más, sólo una hora? Presentar la cosa así, nos desviaría hacia la cuestión fundamental de si ahí, detrás de lo que vemos, hay demonios, gente en quien otras gentes dicen creer; nos invitaría a aceptar la antigua y científicamente bien reputada dicotomía de los íncubos y los súcubos, según cuál fuera la relación entre sus actividades eróticas y la postura idónea; sin dejar de tener en cuenta la ausencia o la presencia de los aditamentos funcionalmente relacionados con la postura. Reconozco que mi formación teológica es insuficiente, y que de la Biblia pocas informaciones oportunas he podido sacar, pues en la Biblia abundan las más bellas metáforas, y de aceptarlas en su literalidad, habría que aceptar también la condición metafórica de lo real, lo cual no es ningún disparate. Metáfora o ensueño, ¿qué más da? De la una al otro se columpian los espíritus angélicos, guirnaldas de lo más bueno y de lo peor que hay; en un rincón oscuro del Universo, no solamente propicio, sino quizá propiciado, los hijos de los dioses fornican con las hijas de los hombres, y en el abrazo amoroso se engendra la antigua raza de los gigantes, a la que, por supuesto, no pertenece el Águila del Este. Pero una confusión mental ligeramente parecida a una niebla del espíritu cayó súbita, o súbita se me entró en mi interior, cuando Úrsula Cristina me dijo con toda seriedad que, no sólo Márika se había acostado con Satán, sino que habían planeado juntos una operación castrense de la mayor envergadura, la guerra más difícil del mundo, que dejase satisfecho por algún tiempo a mi marido (satisfecho, ante todo, de sí mismo) y que pudiera servirle conjuntamente de justificación fundamental en el sentido del orden, al mismo tiempo que primordial en el de la importancia: punto de arranque, impulso suficiente de su conducta histórica completa, como principio de un arco cuyo brillo y cuyo fin ni el propio Satanás pudiera adivinar, aunque le anduviese cerca (sabida es la incertidumbre con que los demonios conocen eso que los teólogos llaman «futuros libres»). «Entre Márika y Satán sirvieron a mi marido una guerra imaginaria en un país inexistente. Crearon la ilusión, más que colectiva, universal, de que aquella guerra injusta se desarrollaba con trámites mitad esperados y mitad sorprendentes, pero nunca irreales. Los partes de guerra fueron tan verídicos como las crónicas periodísticas, aunque el motivo no existiera. El Estado Mayor elaboró la cantidad necesaria de documentos para que, en cuanto acontecimiento burocrático, la guerra pudiera ser archivada, y nadie mintió con más inocencia que aquellos comandantes que redactaban papeles y papeles, mientras nuestros aguerridos aunque imaginarios regimientos peleaban contra heroicos montañeses a cuyo frente Boris de Scandemberg, príncipe que no es más que nombre, aunque retumbante, supo morir antes que aceptar la humillación de una derrota. Los diarios publicaron las listas de los muertos, en los hospitales se atendían mutilados y enfermos ilusorios, lo mismo que las madres en cuyos pechos colgaron las condecoraciones que los hijos inmolados habían merecido. ¡Y las canciones populares, Ferdinando Luis, y los pasquines que la oposición pacifista pegaba en las esquinas, aquellas noches inquietas de un país en guerra, inquietas como esas otras en que la tormenta se insinúa y no acaba de estallar! Pues con ese estado de ánimo del cielo coincidían los capitanes y los sargentos reales, cuyos regimientos iban a ser llamados de un momento a otro, siempre en estado de alerta; que fueron enviados a la frontera, pero que no llegaron jamás. No creo que guerra alguna pueda ser historiada con más exactitud que ésta, en cuya colección de testimonios no falta un solo detalle: por algo la inventó Satán.» «Pero —le interrumpí— ¿todo fue falso? ¿Todo absolutamente?» «La inquietud, el temor de la gente no lo fueron. Si las madres temblaron por sus hijos, las esposas y las amantes temieron que el Destino les arrebatase a sus amados. Ninguna madre, sin embargo; ninguna esposa o amante reales conocieron el dolor de la muerte: únicamente mujeres inexistentes lloraron a inexistentes soldados. Ya lo dije. ¡Hasta lo fueron los gastos de guerra, las pensiones a los huérfanos y las viudas, las indemnizaciones a los mutilados! ¡Un ministerio fantástico opera todos los años con cifras fantásticas, y se expiden papeles dirigidos a personas ilusorias cuyo dolor, cuyos males tratan de paliar con un dinero que es mero número escrito! Sin embargo, esto de estar escrito es lo que lo hace real. En el archivo que mi marido encargó organizar nada menos que al señor Mommsem, que para eso se lo prestó el rey de Prusia, la guerra entera está reducida a palabras, y son ellas las que la hacen, no sólo creíble, sino indudable para siempre. De cualquier cosa podrá dudarse en el futuro, menos de la guerra del banato de Zarandalui.»

—Y tú, ¿cómo sabes todo esto?

—Porque yo soy hermana de Márika.

Si la sorpresa es un ingrediente normal de la realidad, no es discreto dudar de que el corazón humano está capacitado para recibirla y soportarla, sino más bien que sus fibras hayan sido calculadas en orden a previsible resistencia, aunque no siempre. Existen, sin embargo, situaciones sorprendentes ante las que el corazón, sabiéndose incapaz de responder con la emoción proporcionada, por su cuenta, y como si se tratara de una decisión autónoma, acuerda permanecer inmóvil. No así la mente, a la que no es dado el estupor, sino en ciertos casos la estupidez: al analizar el objeto de la sorpresa, concluye que, por inesperada que sea una realidad, por imprevista, nada se opone a que además de real sea verdadera. En efecto, ¿alguna de las leyes humanas, e incluso de las divinas, prohíbe, o al menos impide, que Márika y Úrsula Cristina sean (o fuesen) hermanas, ya de padre, ya de madre, ya de entrambos? ¿Quién duda de que no? La Historia, y, sobre todo, la

Literatura, nos muestran infinidad de casos, más verdaderos los ficticios que los otros. Todos sabemos además que en esas Cortes de Dios, grandes o chicas, las conciencias de ciertos cortesanos, a causa de la alteza de su cuna, suelen ponerse al mundo por montera y conducirse conforme a normas propias, no ya de clase, sino preferentemente personales, y solía ser en eso de engendrar hijos en lo que manifestaban de modo más elocuente su autonomía moral. ¿Tendré que mentar de nuevo al Águila del Este y la colaboración que en su génesis y epifanía tuvo el Imperio Otomano? En relación con algunas paternidades, lo que consta en el Registro Civil no hace más que enmascarar con una realidad jurídica una verdad biológica y generalmente una historia apasionante. «¿Es el padre de Márika también el tuyo, o es el tuyo el de Márika?», le pude preguntar con entera tranquilidad, y Úrsula Cristina, que había comprendido la pregunta a pesar de su ambigüedad verbal, me respondió: «De mi madre no se sabe que haya sido casquivana, pero sí que lo fue mi padre. Por otra parte, de la madre de Márika, condesa no sé de dónde en los Balcanes y bruja consumada por tradición familiar, se recuerdan su singular belleza y su crueldad: el Emperador de Austria la castigó con el destierro, de cuyo cumplimiento hizo a mi padre responsable: Márika es el resultado conocido y temible de aquella responsabilidad. Heredó las artes de su madre y las mejoró, como también ha mejorado su belleza, de modo que es más bonita que yo, ya que mi madre sólo fue una mujer pasable, aunque muy inteligente. Si Márika se apoderó del corazón de mi marido, fue por suponer que me pertenecía; pero, al descubrir que no, siguió ejerciendo sobre él su poder, en su ayuda ante todo, y esto lo digo en su favor, porque se había enamorado. Las cosas mal planteadas, como puedes ir comprendiendo, recobran el equilibrio por vericuetos tuertos, no por caminos reales. Cuando mi marido duerme con Márika, sabe que no posee a Carlomagno, o, por lo menos, a Berta, porque, si es cierto que yo vengo de tan lejos, es por mi madre; pero también es cierto que cuando mi marido duerme con Márika es feliz como un niño, porque además de amor, ella le regala los juguetes que apetece en complicidad con la corte de Lucifer, en el caso de que Satanás y Lucifer sean el mismo ángel y no dos iguales en la caída y en el poder que tienen sobre la Historia».

Súbitamente me entró una ocurrencia como una espléndida centella:

—¿Y no serás también hermana de la señora Lislott?

—¿Cómo?

Fue la primera vez, en aquellos días de nuestra compañía, en el que el motivo de la sorpresa se originó de esta orilla del río, la mía, y aún no me explico cómo la Emperatriz, tan aguda, no había aplicado al caso lo de que dos cosas iguales a una tercera son, a veces, iguales entre sí, y que la semejanza asombrosa de Márika y Lislott hacía sospechar determinadas relaciones fraternales, quien se sabía hermana de la primera debía al menos sospechar que lo fuera también de la segunda.

—¿Tú lo crees de veras?

—Ni lo creo ni dejo de creerlo. Se me ocurrió como hipótesis adventicia, como una de esas pajas minúsculas que el viento te mete entre el párpado y el ojo, en tiempos de la siega, y te molesta hasta que logras sacártela.

—A mí no me molesta, pero indiscutiblemente me sumirá en preocupaciones insolubles, si bien no existe más que una explicación razonable: que Lislott y Márika sean gemelas, y que como tantas veces dicen que sucedió con esta clase de nacimientos peligrosamente dobles, se haya ocultado al padre o a la madre, acaso a ambos, la existencia de una de ellas. Quien temiera que los poderes de la madre se trasmitirían a la hija, puede muy bien haber pensado que con una bruja teníamos bastante. Me pregunto si el ocultador fue mi padre, pero aun en ese caso, la madre de Márika fue demasiado lista, para no darse cuenta de que traía al mundo dos personas. Ahora bien, ¿por qué...? Y, Márika, ¿lo sabe?

Se me quedó mirando, la Emperatriz, como si yo tuviese en mis labios la respuesta, quiero decir, la explicación, de una historia hasta entonces ignorada y no muy fácilmente creíble. Que dos mujeres sean exactamente iguales no implica una fraternidad gemela, ni siquiera una fraternidad ordinaria. He oído decir muchas veces que todos tenemos, en el mundo, nuestro doble, y debe de ser cierto, porque el Águila del Este, cuando tiene que concurrir a un lugar peligroso, hace que le sustituya, revestido de todas las majestades necesarias, un sujeto llamado Heinz, al que en la vida privada encasquetan una peluca del color de la zanahoria y un bigotito, no sé si para alejarlo de sí mismo hasta el olvido o como pago por ser, durante horas, Emperador. La malignidad diplomática, que lo sospecha, llega a la afirmación de que mi primo, cuando se ve en el trance de atender las solicitudes de una mujer que no le importa, o a la que teme, se la encasqueta a su doble, quien suele dejarlo quedar bien, de donde le viene la buena parte de su reputación viril.

—¿Y no te habrá dado a ti alguna vez gato por liebre, Úrsula Cristina? A lo mejor, para afeártelo luego, y que con toda la dignidad de tu prosapia, hubieras tenido en la cama al hijo de un zapatero.

—Conozco bastante bien el cuerpo de mi marido para que pueda engañarme —me respondió, convincente, la Emperatriz—, y no olvidé las palabras que necesito pronunciar para que se retire, avergonzado, sin tocarme.

Le vino uno de esos silencios absortos, tan parecidos al rizo de una brisa leve sobre la mar tranquila.

—¿Sabes —dijo después— que me gustaría hablar con Lislott?

—Con mandarle recado... Y un coche para que pueda venir sin protocolo y sin que nadie lo sepa.

225

—Hablaremos en un lugar en donde, disimulado, puedas oír lo que se dice. No es por razones melodramáticas, créeme, sino porque me ahorras el relato y las mentiras involuntarias con las que adorno la verdad cuando la cuento.

## XIII

*Del Sargento Paulus a Su Alteza el Gran*
*Duque Ferdinando Luis*

«Estoy triste, Señor, demasiado triste. Esto se va y no hay quien lo pare. Me decía mi madre que soy como esas aves que presienten la tormenta, y así debe de ser, pero además de sentirlo en mis entrañas, lo noto en ciertos síntomas que alcanzan a cualquiera, y que nadie se cuida de interpretar. Señor, el Sargento Paulus, del Servicio Municipal de Seguridad, no es ningún loco. Desde hace años vengo informando a Vuestra Alteza de lo que ocurre a la gente menuda, que también tiene derecho a que sus nombres lleguen adonde deben llegar, y por algunas señales sé que Vuestra Alteza toma siempre nota, ya sea de una necesidad que se socorre, ya de un peligro que se evita, ya sencillamente de que algo se sepa. Por todo lo cual, Señor, vuestro súbdito Paulus os considera un excelente Gran Duque y una buena persona. Entonces, me pregunto: ¿por qué quieren echaros? ¿Qué daño hacéis, Señor, en ese pequeño trono de esta pequeña ciudad, a la que basta con un sargento municipal, y ya está dicho todo? ¡Ay, Señor, vos no sabéis que de un día para otro es mayor el número de personas a las que de repente nadie sabe quién convence de que pronto os van a destronar, y de que no hay que lamentarlo, porque lo mismo da un Gran Duque que otro, e incluso que da igual que no lo haya! Se tiene ya como fatal porque alguien hay que lo presenta así, y nadie lo discute. Si algunos de vuestros súbditos hablan de desempolvar las escopetas, les advierten que tendrían que dispararlas contra cañones. Y a nadie se le ocurre organizar una milicia civil de resistencia porque se teme una invasión de más de mil soldados. ¡Poco a poco, Señor, se va sabiendo todo, porque alguien está enterado antes de que suceda! Y las noticias se corren en voz baja y por anónimos comunicantes: "Alguien lo decía en el mercado", "Esta mañana lo escuché cuando pasaba...". Y así, Señor. Algunos favorecidos por el azar, que conocen los detalles, dibujan sobre el mármol de los cafés el plano de la ciudad y las líneas de ataque enemigo, así como los trayectos que seguirán hasta el puerto y el palacio. Lo único ignorado es el momento, si de día, si de noche, si mañana. Algunos, como yo, se acuestan con la angustia de que les despierte el fragor de la invasión. Otros, los más, resignados, afirman que seguirán durmiendo; no les importa el temor de que sus hijas sean violadas. Señor, una invasión sin violaciones no es una verdadera invasión. También son muchos los que se rascan la oreja temiendo que el nuevo Señor les aumente los impuestos. La gente es así.

»Ahora voy a contaros lo que sucedió ayer, a la caída de la tarde, cuando escampó; y fue que ese que llaman algunos "El fraile", de quien ya os informé, que anda gritando por las calles y plazas, iba por la ciudad con una campanilla en la mano, agitándola por encima de la cabeza, tilín, tilín, y al principio le seguían unos cuantos mozalbetes, de esos que van delante de la banda de música municipal cuando sale a su concierto en la explanada; al tiempo de agitar la campanilla, clamaba el fraile: "¡A mí los pecadores! ¡El que tenga pecados que me siga!". Y parecía como si la campanilla estuviese imantada, porque la gente empezó a ir detrás, no sólo ya los niños: la gente seria, Señor, trabajadores, artesanos, pequeños comerciantes, algunos jubilados, esos mismos de cuyas vidas he dado cuenta a Vuestra Alteza. Se me ocurre pensar en que la campanilla tuviese alguna virtud diabólica, o que simplemente las personas se dejan atraer por cualquier campanilla; pero, aunque frecuente, no deja de ser lamentable, ¿verdad? Pues que llegaron todos a la plaza del pescado, que a esa hora tiene ya recogidos los tenderetes, si bien queda en el aire algún olor: la gente se sosegó, pero con miedo; el fraile se subió a un lugar alto, y empezó su sermón, que fue diferente de los otros en que duró más tiempo: pecado va, pecado viene, y castigo de Dios, sobre todo castigo de Dios, fuego del cielo, pero clamado en un tono distinto de otras veces, de una manera, Alteza, que no es frecuente aquí. Por estas playas de escaso sol somos gente tranquila y hablamos sosegadamente, y nadie levanta la voz si no está borracho, salvo algún padre cuando riñe a su hijo o algún marido cornudo al quejarse, pero ésos son casos de desmesura explicable. Pues el dicho fraile, o lo que sea, hablaba ayer como un mediterráneo estrepitoso. Yo escuché alguna vez a los marineros italianos perorar o discutir en las tabernas, y así era el tono. Debió de ser la novedad, Alteza. La gente estaba cada vez más compungida y apesadumbrada. Por todas partes se oía susurrar: "Señor, pequé; Señor, pequé", y el fraile venga a gritarles y amenazarles con la catástrofe, castigo inexorable de Dios ofendido: la Providencia, como quien dice, metiéndose en lo que no le incumbe. Y, cuando las palabras del fraile se oían más estentóreas, y la gente sollozaba de arrepentimiento, empezó a llover otra vez, de esa lluvia menuda de siempre, la que estamos acostumbrados porque en ella nacemos, y fue cuando aparecieron por las esquinas esos de la cofradía nocturna del castigo, y empezaron a arrear bastonazos, sin mirar si golpeaban a mujeres o a niños, zurriagazo va, zurriagazo viene, y la gente sollozando cada vez más alto, sin escapar, y pidiendo perdón, y ni el fraile perdonaba ni los jóvenes de los bastonazos dejaban de zurrar. Como que yo no sé en qué hubiera terminado aquello si no llega a arreciar la lluvia, el chaparrón de las seis y diez, que fue tan fuerte, que la gente tuvo que escapar y refugiarse donde pudo. La gente. El fraile continuó predicando a los tenderetes recogidos del mercado.

»Señor, el pueblo anda preocupado por tantas cosas que coinciden. Los hay que piensan que todo procede de un lugar y de una sola voluntad: Vuestra Alteza sabe a qué lugar y a qué voluntad me refiero. Otros se empeñan en que si el fraile es la voz del Cielo, la partida de los flageladores bien puede proceder del Infierno. Pero yo les razono, Señor: ¿cómo puede enviarnos un fraile el Cielo? En cuanto a lo del Infierno, ahí no me meto.»


De la última decisión de Úrsula Cristina acerca de su entrevista con Lislott, hicimos ejecutor a mi cochero, que fue a buscarla a las cinco tras un aviso que le llegó a las cuatro, un papel con el ruego de la condesa Korda de que acudiese a Palacio una hora más tarde, así de urgente, etc. Lo que se dice el tiempo indispensable para arreglarse un poco y que pudiese comparecer dignamente vestida en aquellos ambientes solemnes del Palacio, los techos altos, las puertas grandes, en los que son inconcebibles las improvisaciones de atuendo. Y así hizo, con un traje de tarde, combinado de *marrones y beiges* (éstas fueron las palabras con que Úrsula Cristina lo definió: tienen que ser de París), que iban muy bien con los caobas y los mármoles, y un sombrerito que le dejaba al descubierto la frente y algunos rizos. Yo no estuve presente en la entrevista, sino próximo: sentado en la oscuridad, un espejo me permitía ver sin ser visto, y ya se sabe cómo es la vida cuando un espejo se interpone: en mi situación tenía algo de linterna mágica, pues todo parecía, en el espejo, grande, las figuras como encima de coturnos: es un espejo de mucho mérito, que aumenta lo que refleja. Me dio miedo, no fuera a ser que acabase en tragedia, si bien cuando la Emperatriz está en escena, puede uno confiar en que, aunque las cosas se desvíen, nunca llegará la sangre al río. Algunos movimientos se me escaparon, mas las palabras las recogí todas: fueron más importantes que los movimientos. Algunos de ellos, sin embargo, no carecieron de interés. Por ejemplo, el modo de presentarse Lislott implicaba su conocimiento de que se hallaba frente a una emperatriz, no a una condesa: la reverencia terminó en genuflexión. Úrsula Cristina, sin soltarle la mano, la ayudó a levantarse mientras decía: «No deja de ser posible que, después de esta entrevista, se vea usted eximida de la obligación de arrodillarse, y no porque yo deje de ser Emperatriz ni porque vayan a cambiar el protocolo, reforma urgente, por cierto, pero de la que no tengo la menor noticia de que esté en trámites, al menos en Europa. A lo mejor, en el centro de África, los emperadores son ya más sencillos». De pie, ya frente a ella, Lislott manifestaba su estupor con una expresión del rostro entre ingenua y temerosa. Úrsula Cristina, llevándola todavía de la mano, la acercó a un sofá y la sentó a su lado. Lo habíamos convenido así, no sólo porque de esa manera me fuera algo más fácil contemplar a Lislott, sino porque, sentándola, acortaba las distancias, sobre todo morales, y favorecía la confidencia. «Dígame usted, señora, se lo ruego. ¿Dónde ha nacido?» «¿Quién?, ¿yo?»

En aquella cara tan bonita y tan asustada (por mucho que intentase disimularlo) apareció de súbito un principio de compunción, algo así como lo que precede al llanto indeciso de un niño, que estalla, que no estalla. Apenas se le oyó añadir: «¡No lo sé!», y entonces fue cuando se llevó las manos al rostro. Pudo, sin embargo, suspirar, casi gemir: «¿Por qué me lo pregunta?». La sonrisa de la Emperatriz fue todo lo tranquilizante, todo lo amistosa, incluso todo lo fraternal, que puede ser la sonrisa de una mujer como Úrsula Cristina, quiero decir, muy superior en su intensidad y en su expresión a la de cualquier otra persona. Creo que Lislott la recibió en sus efectos más tranquilizantes, porque miraba entre los dedos y acaso entre las lágrimas. «De su respuesta depende precisamente lo que suceda, lo que digamos y hagamos, la conclusión a que lleguemos. Me veo en la necesidad de seguir preguntándole: ¿Conoció usted a sus padres? ¿Los recuerda? ¿Han muerto o viven?»

Lislott no respondió, pero miró a Úrsula Cristina tan significativamente que la Emperatriz se apresuró a explicar: «No le pregunto por curiosidad, sino por necesidad. Acaso lo comprenda si le recuerdo que existe una mujer que se parece mucho a usted, que puede ser usted misma, de la que usted tiene noticia. Lo cual tampoco podría importarme, o no llegaría a importarme del todo, si no aconteciera además, que usted y esa mujer se parecen a mí». Lislott se irguió de un salto; quiso mirarse en vez de mirar a Úrsula. Buscó con ansia un espejo. Úrsula también se había levantado: la llevó dulcemente hacia un rincón que yo no podía ver, pero donde había una luna grande de París, con marco de madera primoroso: se decía en Palacio desde los años antiguos, que a aquel espejo tenía la costumbre de asomarse, con su cabeza degollada, mi tatarabuela Tatiana Romanova, la adúltera, y me dio miedo de que lo viese Lislott y se asustase. Probablemente mi antepasada, en aquellas horas, andaba por distintos andurriales, porque oír decir a Úrsula Cristina: «No tanto como a la otra, pero sí un poco. Fíjese bien. Mis ojos son de mi madre, pero las bocas, ¿no encuentra que son iguales? ¡Y esa manera de mantener la frente levantada! Es la de Márika, también, y nos viene de un Habsburgo clandestino». Pasó un silencio. «Pero ¿por qué?», dijo la voz angustiada de Lislott. «¡Oh, me gustaría saberlo, ya lo creo! Por eso le pedí que viniera...» «Yo no puedo explicárselo. No sé nada. No lo entiendo.»

Había vuelto a mi campo de visión. La Emperatriz, siempre tranquila y dulce, la empujaba hacia el asiento. «Quizá no sepa nada, como dice, pero también es posible que algo que sabe pueda entenderlo de otra manera a partir de ahora. Cosas de su niñez. No sé cuáles serán las confidencias que le haga, pero quiero que conozca la razón por la que las hago. La más importante es ésta: la mujer que se parece a usted, que usted ha visto con terror alguna vez, y que no se llama Lislott, sino la baronesa Márika, es mi hermana.» Úrsula Cristina hizo aquí una pausa estratégica, seguramente para espiar en el rostro, en los ojos de Lislott. A mí, que estaba lejos, no me llegaron matices de la mirada, sino un largo suspiro.

«No lo entiendo, Señora.» «Hay una historia..., ¿qué importa ahora? Mi padre y la madre de ella... Márika es mi hermana con toda seguridad. Y lo que ahora tengo que decirle no sé si le hará reír o morirse de miedo: le aseguro, con el mayor respeto para sus creencias, que la madre de Márika era una bruja y que la hija también lo es. Tiene mucho poder sobre las cosas y las vidas.» Lislott se llevó por segunda vez las manos a la cara. Gimió «¡Dios mío!» y quedó con el rostro cubierto. La Emperatriz escuchó su silencio: sólo cuando las manos de Lislott cayeron, desalentadas, en el regazo, continuó: «Es posible que, como le dije antes, empiece a entender de otra manera algunas cosas de su vida. Si es así, yo no tendría duda de que Márika y usted son hermanas también. Si gemelas, como espero, lo sería usted mía. Pero también pudiera ser que esta revelación nada le aclare, que nada de su vida empiece a tener otro sentido». «De mi vida, no —le respondió Lislott—; sin embargo...» Vi cómo se pasaba la lengua por los labios resecos. La Emperatriz lo vio también. «Espere. ¿Quiere vino, o quizá un refresco? Mandaré que le traigan lo que prefiera.» Lislott murmuró que vino, y la Emperatriz hizo que lo trajeran, con dos copas: por la puerta que se abrió se vieron los salones sucesivos, el verde, el dorado, el escarlata, y el criado que traía la bandeja, al recorrerlos (calzón y peluquín un poco ajados) parecía un rey antiguo. Lislott bebió con avidez. La copa era pequeña, y la vació de un solo trago; la tendió a la Emperatriz para que se la rellenase, pero tomó únicamente un nuevo sorbo. Después, dijo, mirando a algún lugar que no eran los ojos de Úrsula Cristina: «¿Puede uno tener recuerdos que no le pertenecen y sufrir remordimientos a causa de ellos?». Se volvió con brusquedad anhelante. «Dígamelo, ¿lo sabe usted...? Perdón, lo sabe Su Ma...?» Úrsula Cristina le interrumpió: «No sé si llegaremos al tú, aunque lo estoy deseando, pero el usted me parece, de momento, suficiente. Olvídese de quién soy». Lislott pareció más tranquila.

«La pregunta que le hago, no la hice jamás ni creí poder hacerla, porque nunca esperé hallar a nadie capaz de comprender lo que me pasa, al no entenderlo yo misma, al estar convencida de que no es comprensible, sino algo como esas fatalidades detrás de las que se sospecha que anda el Destino.» Hablaba con voz bastante trémula, y un acento de sinceridad quizá desconocido para quienes vivimos metidos entre los hombres. «Le conviene, ante todo, tranquilizarse —le respondió Úrsula Cristina—; la peor conclusión a que podemos llegar es que no sea usted mi hermana, y en eso estábamos; pero, suponga que concluimos lo contrario... ¿No es para celebrarlo, este encuentro inesperado que nos saca de la realidad y nos mete en una novela? Entonces, la cosa cambia. Lo que en la vida no se explica, lo explicarán las historias: para eso están. Y, si no pueden explicarlo, dan lugar por lo menos a escenas de confianza recíproca, esas de reconocimiento y comunicación tan íntimas que alivian la pesadumbre.» «La mía —dijo Lislott— fue hasta hoy una cosa secreta a la que no puedo dar nombre, porque no son recuerdos, aunque les llame así, ni aun recuerdos ajenos, sino como lo que se ve en el teatro, pero con el escenario en mi interior: una vida, paralela a la mía, hecha de imágenes que no reconozco. Es una carga que llevo desde que presencié el primer espanto incomprensible, el diablo que me abrazaba y me ofrecía su poder, pero yo creí que otro tanto le ocurría a todas las muchachas, como el soñar, hasta que, años después, cuando ya había presenciado la vida entera de una mujer igual a mí, cuyos pecados me avergonzaban, me convencí de que, aun no siendo mía, me singularizaba como una maldición, esa carga de maldades sin dueño, crímenes repudiados que algún desconocido arroja en mi alma como en un basurero para que yo me sienta sucia y maldita. Una agresión al tiempo que una intromisión. ¿Qué tengo yo que ver con amores clandestinos, intrigas palaciegas, negocios sucios, ataques y venganzas, y algún asesinato? Sin embargo, ignoro por qué razón, me compungen como míos, me hacen sentirme condenada aunque no crea en la condenación. Algunos rostros...» «¿Los reconocería?», le interrumpió la Emperatriz. «Sí, por supuesto. Sobre todo, el mío propio, o el que tuve como tal hasta hace poco tiempo, hasta que...» «Hasta que, no hace más que unos días, se vio envuelta en un sortilegio que le cuesta trabajo creer, y se encontró suplantada por alguien que no sólo usurpaba su figura, sino también su nombre. Creo haberle dicho ya que se llama la baronesa Márika.» De repente, Lislott sollozó, dijo algo así como «¡Ahora mismo, Señora...!», y frenó un grito que hubiera podido ser una negación, ese «¡no!» que es ambas cosas.

«No puedo ocultarlo, Señora: acabo de contemplar en ese espejo que llevo dentro el cuerpo desnudo de un hombre al que siempre vi vestido. Pero como si lo hubiera desnudado yo, ¿me comprende?, como quien comete una infidelidad que ya empieza a dolerme en el corazón.» Supongo que Úrsula Cristina le respondió con una sonrisa de incomprensión, de esas que pueden traducirse: «Ya que usted lo dice...», y un comienzo de sospecha impertinente y probablemente injusta. «Lo acabo de ver en mi propio lecho, como si yo misma lo hubiera abandonado ya» (miraba a algún lugar lejano, probablemente oscuro, del salón; una mirada a tan larga distancia que excedía las proporciones normales de una alcoba). «Reconozco las sábanas que esta misma mañana entregué a mi doncella.» Se volvió de repente la Emperatriz. «Ya no lo veo —suspiró tranquila—; ya se fue; pero me quedan el dolor y la vergüenza.» «¿Y es a ese mismo hombre al que ha visto siempre?» «Ésta fue la primera vez. El otro es menos joven, menos guapo; entra en mi alma como mi amante, pero no lo es. Un hombre de rostro duro, como si estuviera siempre descontento de sí mismo..., a veces llora. Es difícil de explicar, pero es un hombre poderoso.» «¿Lo ha visto desnudo alguna vez?» «Siempre, aunque jamás en mi cama, entiéndame, jamás en lo mío. Es como si viera con los ojos de otra en una alcoba suntuosa llena de damascos y de águilas de oro.» «¿Recuerda —le preguntó la Emperatriz tranquilamente— si tiene alguna seña particular, algo muy visible y muy característico?» Tomo a Lislott de las manos y la miró a los ojos. «¿Una cicatriz pequeña y púrpura aquí, en el cuello?» Y señaló ella misma un rinconcito en el suyo. Lislott pareció otra vez asustada. Apenas si pudo preguntar: «¿Cómo lo sabe?». «Tranquilízate. Ese hombre es mi marido, pero no eres tú la que duerme con él..., ni yo tampoco.» Se levantó y añadió con cierta solemnidad: «... sino nuestra hermana, esa bruja de Márika». Lislott se había levantado también; acaso hubiera interpretado que la entrevista terminaba. La Emperatriz la sujetó. «¿Tienes prisa?» «No... Es decir, no sé. Me preocupa Guntel...» «¿Es al que acabas de ver desnudo?» «Sí, era él.» «¿Le amas?» «Tampoco puedo responder. Mi situación sentimental es rara. Sucede...» Úrsula Cristina, al invitarla a sentarse una vez más, hizo más familiar aún el tono de su voz. «Sí. Que amas al Almirante y el Almirante también te ama, y es un amor como si le llamaras a voces desde detrás de la Luna. El joven Guntel te atrae desde más cerca. Temes que llegue un día en que tengas que engañar al Almirante...» «¡No! —gritó Lislott—, ¡no lo engañaré jamás!» Y en voz más baja añadió: «Se lo diré antes. Se lo diré sin drama, porque él está esperando que se lo diga. Comprende, y sé que sufre; pero cuando se lo diga sufrirá también». «O se lo dirás después. ¿Qué sabe uno cómo sucederán las cosas? En cuestiones de amor no se deben hacer programas. Lo más hermoso es lo inesperado.» Lislott la miró como implorante. «Le aseguró, Señora, que mi único programa es el miedo. No lo puedo evitar.» «¿Por qué no me tratas ya de tú? Yo vengo haciéndolo sin darme cuenta. Si no eres mi hermana, lo eres de Márika, y, en cualquier caso, eso nos acerca mucho, inevitablemente. ¡Tenemos tanto en común! Duerme con mi marido y descarga en ti sus propias culpas. ¿No lo consideras alucinante, casi increíble? Me inclino a creer que seáis gemelas, lo deseo de verdad, aunque bien puede haberse repetido con vosotras la historia del doble óvulo de Leda; una, hija de mi padre; la otra, de un guapo teniente que tenía a su cargo la custodia nocturna de una puerta y que respondía con la vida. Tuvieron que fusilarlo, ¿sabes? Madre común, hermanas divergentes, la diabólica y la angelical, aunque eso de que Márika pretenda descargar en ti la responsabilidad de sus actos, altera un poco la historia, pero ¿quién podría averiguar cuál fue el óvulo que fecundó mi padre y cuál el teniente? Márika vendrá de uno; tú, del otro, y yo, en el medio, sin saber a qué lado inclinarme. No tengo ninguna señal en mi cuerpo que pudiéramos buscar en el tuyo. Y, en cuanto al parecido, de esas cosas nunca conviene fiarse, salvo cuando son tan evidentes como las de Márika y tú. En resumen: eres su hermana y puedes serlo mía, pero no lo sabremos jamás. Qué situación tan rara, ¿verdad? A pesar de la duda me eres simpática y ya empiezo a quererte. ¿Quién me impide pensar, después de todo, que no había más que un óvulo y un solo fecundador? Al hermoso teniente pueden haberlo fusilado por quedarse dormido en acto de servicio. Lo que sucede, querida Lislott, es que siempre conviene examinar todas las posibilidades racionales, aunque luego escoja uno la solución sentimental que le apetezca. Me siento ahora mismo colmada de obligaciones fraternales y si no fuera porque un día de éstos marcharé, te daría buenos consejos en eso de tus amores y de tus deseos, pero ahora mismo podría resumirlos en uno: hay que ser fiel al amor, pero también al deseo. Guntel es un muchacho muy atractivo, aunque un tanto mal vestido, ¿no crees?, un poco provinciano.» A Lislott se le alegró la cara. «¡Hoy le entregará el sastre su traje nuevo! Lo llevaremos al salón de la señora Rheinland para lucirlo.» Úrsula Cristina la cogió de la mano. «Yo no lo enseñaría mucho. En el salón de esa señora hay muchachas muy bonitas, y normalmente golosas, pero los caballeros carecen de atractivos. ¿Cómo se llama aquel que peroraba el otro día, el que hablaba del mono?» «¡Es el hombre más sabio del país...! El profesor Diomedes...» «Si alguna vez los hombres inventan la máquina que piensa, se parecerá a él. Aunque quizá la máquina piense de otra manera, quién sabe si mejor. Nada de lo que dijo la otra noche el profesor me convenció en absoluto; quizá conozca bien a los hombres, pero, a los monos, los ignora en absoluto. ¿Tú crees preferibles las máquinas a la brujas que se meten en asuntos públicos? ¡Quién sabe si un día tendrán los reyes que elegir!» La pausa que hizo no fue para esperar respuesta, pues para lo que iba diciendo no la había. Yo no la veía, sino a Lislott, con tanto asombro como sorpresa, que la miraba como se mira en el teatro a una bailarina fascinante o a una formidable farsante. «Lo de las máquina que piensan es una vieja aspiración humana, todos los hemos leído en alguna de esas revistas que hablan del progreso, y hasta me contaron de alguien que hizo más que soñarlas, intentó inventar una y le salió mal, porque no pensaba, blasfemaba: ahora no recuerdo su nombre, un alemán antiguo. ¡Qué cómodo sería, para los reyes y los gobernantes, disponer de máquinas así, que resolviesen los asuntos de Estado mientras ellos se divertían con sus brujas! ¿Te imaginas, querida hermana, las máquinas pensantes de este lado de Europa reunidas en un congreso para decidir quién va a ser el próximo invasor de Francia, si mi marido o el rey de Prusia? Serían unos debates interminables, nadie convencería a nadie: imagínate: mi marido aduciría en su favor la valentía mostrada por sus soldados en una guerra enteramente poética, frente a la infantería, la artillería y la caballería de Prusia. ¡Los ulanos, querida Lislott, el rayo exterminador! ¿Qué iban a hacer en la cama las máquinas pensantes con los plenipotenciarios? Yo creo que en el próximo aquelarre de Karlsbad, donde se van a reunir, fíjate tú, dentro de poco, las brujas respectivas, mientras ellas discuten, ellos jugarán al ajedrez, mi marido, el rey de Prusia y ese ladino de Francisco José, cuya mujer, que también viene a ser prima tuya si, como creo, no hubo más que un óvulo, anda por ahí, viajando, como yo. Pero, durante las noches, ¿qué pasará? Cada una querrá meterse en la cama que no le corresponda, para convencer al amante de su oponente más terca; pero, como cada una de ellas tiene la facultad de transformarse en cualquiera de las otras, y de transformar a los amantes, ¿quién dormirá a fin de cuentas, en la cama de quién? Desde luego va a ser muy difícil averiguar la verdadera historia del Segundo Congreso de Karlsbad. ¿Y cómo no van a hacer brujerías, jugar a sustituirse, si así es su oficio? ¡Y el gusto que le dará a cada una saber cómo se porta en la cama el amante de la otra, Márika en vez de Gunila, sin que nadie lo sepa! Ya te enterarás de todos esos horrores, querida Lislott, aunque no quieras, gracias a esos recuerdos que no te pertenecen, o a ese teatro que llevas dentro, pero en los que se encierra una parte de la historia de Europa que no figura en *los archivos*. ¡Ya ves lo importante que eres!» «Pero ¡si yo ni siquiera lo podría contar!»

La Emperatriz reapareció en mi campo de visión, majestuosa y preocupada, como si de sus manos dependiera el porvenir del mundo. «La máquina de pensar. Fíjate tú lo que cambiaría la política. Por lo pronto, podríamos prescindir de los profesionales, cabezas de partido o líderes revolucionarios. Todo andaría más en orden, también es posible que se embarullase más. Porque, una de dos, o la máquina piensa lo que tú quieres, y entonces todo va bien, y no hace falta la máquina, o lo que quiera ella, y entonces no te puedes fiar. ¿Hay alguien capaz de imaginar hasta dónde es capaz de llegar una máquina que piense por su cuenta? Nos hallamos realmente ante lo imprevisible, ante la pura sorpresa, ante el azar infinito entregado a sí mismo. Empiezo por esperar que la máquina se conduzca de un modo estrictamente lógico, pero ¿qué lógica será la suya? La nuestra tiene en cuenta las particularidades de cada cual, mis dolores de hígado y mis jaquecas los días de menstruación. Y la tuya, ¿cómo tu lógica no va a tener en cuenta que alguien intenta hacerte responsable de crímenes que no cometes? Por todo esto, las conclusiones de la máquina serán probablemente inaceptables, por abstractas. Entonces te incomodas, la increpas, la insultas, a lo mejor llegas a destruirla... Vamos a suponer que en el Segundo Congreso de Karlsbad, en vez de cuatro brujas y cuatro emperadores, se reúnen cuatro máquinas. Teóricamente, alguien tendrá la razón y habrá de convencer a las demás. Pero yo, que entiendo de eso, sé que lo razonable es lo que me conviene, no lo que les conviene a los otros. Si cada una de ellas piensa lo que quiere su amo, nadie convencerá a nadie, será un congreso innecesario, aunque sin cama, y a lo mejor lo que resulta es una de esas guerras menores a que se recurre a veces para que tal rey recobre el buen humor... Decididamente, un congreso de brujas es mucho más de fiar. No es imaginable ninguna de ellas persuadiendo a las otras, pero sí que alguna de las cuatro convenza a un amante ajeno.» Se detuvo, su rostro presintió una catástrofe, y afirmó: «Gunila no es más inteligente que Márika, pero sí más hábil en la cama. No será mi marido el que conquiste París, ya lo verás. Mi pobre Águila del Este, que es uno de los hombres más tontos que he conocido, habrá de contentarse con este insignificante y encantador Gran Ducado». Hizo una pausa, dejó caer los brazos con desaliento, y casi sin transición pasó el abismo que aparentemente la separaba de la comedia. «¿Te parece, querida Lislott, que tomemos el té? Nuestro primo Ferdinando Luis nos espera y quizá esté impaciente.» Mientras se la llevaba, oí cómo decía: «Es mi pariente por parte de mi padre, de modo que a ti te toca lo mismo, según las leyes inexorables de la sangre. Y no estés cohibida delante de él: ya viste la otra noche que es muy sencillo. En cuanto al parentesco, él fue quien me sugirió la probabilidad de que fuésemos hermanas. Tiene una enorme intuición para esas cosas: a mí no se me hubiera ocurrido». Con esto desaparecieron por la puerta que se abre a los Salones Contiguos, aquella perspectiva de mi palacio que parece multiplicar sus ámbitos en un juego de espejos.

La conversación con Lislott, mientras tomábamos el té, versó singularmente acerca de su participación, más que sentimental, activa, en los tímidos movimientos cívicos que defendían mi permanencia en el trono, ignoro aún si por amor que me tuvieran o por temor al Águila del Este, tan autoritario, sobre todo en materias de pensamiento y música. Úrsula Cristina, al llegar con Lislott de la mano, me la había presentado como la hermana acabada de descubrir, escena emocionante un poco desplazada de su lugar en la historia (¿o en la Historia?) con el mismo entusiasmo que si el descubrimiento fuera el del secreto de la felicidad: a estallidos como éste de los tiernos sentimientos, algo explosivos, de Úrsula Cristina, ya me había acostumbrado, así como a ciertas interpolaciones narrativas, cuando no teóricas, que según mi criterio, no venían a cuento, pero que ella intercalaba por alguna razón desconocida; ¿quién sabe si únicamente porque su ritmo y su lógica no coincidieran con los nuestros, o porque su sentido de la oportunidad y de lo necesario fueran distintos? De este modo, y tras una cucamona a Lislott, le dijo: «A todo descendiente de mi bisabuela Catalina, aunque sea por la mano izquierda, y eso de la derecha y de la izquierda nunca está claro, le conviene conocer la historia del Regimiento del Lirio, que yo oí contar, de recién casada, a ese que es ahora el Canciller de Prusia, y que era entonces embajador de Petrogrado. Pues resulta que el Zar vio que en medio de una pradera cercana a su palacio había un soldado de guardia. Le preguntó por qué estaba allí, y el soldado respondió que no lo sabía, pero que en aquel lugar había siempre un centinela. El Zar investigó, nadie le supo dar razón, hasta que apareció un sargento retirado, algo cojo de una rotura antigua, que había oído contar de la Emperatriz Catalina que una mañana hallara un lirio en aquella pradera, y para que no lo pisotearan, había mandado poner el centinela, y como nadie revocara la orden, se seguía poniendo, con nieve o con sol abrasador, desde entonces. De vez en cuando se moría un soldado, pero esas muertes no desequilibraban la estabilidad inabarcable de la gran Rusia. El Zar, sin embargo, juzgó que, toda vez que al lirio lo habría matado algún otoño ya extinguido en fríos olvidados, convenía retirar el centinela, pero como el hecho merecía conmemorarse, ordenó que se labrase una estatua de la flor y del soldado y se instalase en aquel lugar para que la gente del Imperio tratara a las flores con los debidos miramientos. El escultor que se encargó del mármol, pese a ser un artista, o quizá por eso, pensaba con rigor, y puesto que la causa del monumento había sido la flor, hizo el lirio del tamaño del soldado y el soldado del tamaño del lirio, de lo cual no sólo se admiró el Zar, sino los huesos de Catalina. Y sucedió que, de pronto, en aquella pradera empezaron a brotar lirios, uno detrás de otro y cada día más, y hubo que poner a cada uno su guardia, según la tradición, y eran tantos los lirios y los soldados, que se organizó un regimiento especial, el Regimiento del Lirio, cuyos gastos figuraron en el presupuesto. Lo que entonces pasó fue que en el verano moría mucha gente de insolación, y en el invierno, de frío, y tantos soldados muertos ya se notaban en la incalculable Rusia. Y no por otra razón se pensó en construir una especie de galpón que los cubriese a ellos, a los lirios, al monumento y a la pradera, la cual, una vez cubierta, dejó naturalmente de dar lirios. No era cosa, sin embargo, de disolver el regimiento. Lo que se hizo fue enviar sus soldados a Crimea, pero el Coronel y los oficiales continuaban en San Petersburgo, y cuando también se les envió a Crimea, fue a título personal, pues el Regimiento del Lirio, como tal, seguía en su mismo puesto, y si bien carecía de personal, como esto se debía a circunstancias individuales y transitorias, todos los meses recibía la asignación correspondiente, que se gastaba en comidas y en bebidas y en toda clase de francachelas, aunque no se haya llegado nunca a saber quién comía, quién bebía y quién se juergueaba. El Zar podía, evidentemente, decretar el cese de aquella asignación, pero como sería considerado un acto intolerable de autocracia, y como el Zar se ve en la necesidad de gobernar como autócrata en materias más importantes, lo que se hizo fue abrir un expediente que tardará ocho o diez años en resolverse. Mientras tanto, el Regimiento del Lirio seguirá recibiendo la asignación». La respuesta de Lislott fue más bien comedida, o, por lo menos, discreta, como que no dijo nada: sin duda aquella situación, sorprendente al mismo tiempo que absurda, le aconsejaba la prudencia. Cuando, para traer la conversación a la realidad, al menos en la medida de lo posible, le pregunté de qué manera o en qué circunstancias se había enterado de la misión de Guntel y de la mágica al mismo tiempo que histórica función de su botella, resultó para mí muy divertido el modo que tuvo de mirar a la Emperatriz, como diciéndole: «Explícaselo tú, porque no encuentro inconveniente repetir aquí mi historia». La Emperatriz, fraternalmente, vino en su ayuda, aunque no muy claramente, al menos en los conceptos, sino diciéndome de modo tortuoso que Lislott podía conocer lo mismo los proyectos que los pensamientos de la baronesa Márika, y no por comunicación directa o involuntaria, sino por participación en su génesis misma, aunque los caminos por los que le llegaba la información fuesen más bien sombríos: y aquí se distrajo en un monólogo que sería narrativo si no abundase en exclamaciones asombradas o patéticas; que sería esclarecedor si no mezclase fragmentos de diversas historias, pero que al fin resultó convincente quizá por la unidad de tono. Sintiéndose suficientemente explicada (después de todo, Úrsula Cristina no había mentido en absoluto, sino sólo embarullado), Lislott explicó su decisión de proteger a Guntel antes de conocerlo, únicamente por estar al tanto (sin insistir en el cómo) del interés que tenía Márika en que la botella arrojada a la mar por mí en un acto de impensado desafío a la Fortuna, no llegase a su destino. «Confieso que no logré entender, ni estoy segura de haberlo entendido ya, el porqué una botella con un papelito dentro puede impedir o al menos retrasar la invasión de un pueblo chico por otro grande; pero me hallé ante la evidencia de que todo un Imperio había lanzado una parte de sus agentes secretos en persecución de la botella, y eso bastó para que yo pusiera todo mi empeño en evitarlo. Al saber ahora que el Imperio lo gobierna una bruja, comprendo que la botella deje de serlo para convertirse en un talismán, y, aunque no esté muy claro, no llega a ser absurdo.» «Pero tú has sido, una vez, testigo de esas brujerías.» Lislott pareció entristecerse; al menos se entristeció su voz. «Sí, desdichadamente.» Le pregunté dónde estaba la botella. Me dijo que Guntel la tenía guardada. «Pues venid mañana a comer a Palacio y que la traiga.» A Lislott le alegró mucho la invitación, ya que con toda seguridad Guntel habría recibido ya su traje nuevo del sastre, un traje con el que dignamente podía sentarse a la mesa de un Gran Duque. Aquel almuerzo, sin embargo, no pudo celebrarse el día y a la hora previstos, sino más tarde, e incrementado con otro comensal, pues por la nota que envió Lislott a Úrsula Cristina, pocas horas después, algo muy catastrófico había ocurrido. Supusimos, Úrsula y yo, que la catástrofe tenía alguna relación con la botella. La explicación me llegó al día siguiente, en esta copia de una carta de Guntel, que, entre otras, me habían remitido los atareados funcionarios de la caligrafía.

*De Guntel a su amigo Roberto, en la Banda Oriental*

«No quiero empezar esta carta con las consideraciones que lo acontecido esta tarde merece, sino que las dejo a tu buen juicio. El mío, como acabarás comprendiendo, está justificadamente alterado y hasta diría que trastornado: mis consideraciones serían meros desatinos.

»Creo haberte contado ya cómo el Almirante y Lislott me llevaron al sastre, y cómo quedó concertada la acomodación de un traje que me despojaría del aire provinciano con que llegué a la ciudad y me transformaría en algo como un lechuguino si no fuese un poeta lo que va dentro. Pasé por la sastrería a la hora en punto, el sastre me ayudó en la transformación y me condujo después hasta un espejo donde pude contemplar un Guntel rectificado y, en cierto modo, pulido, pero el mismo: un Guntel que alguna vez me habría apetecido ser sin acertar con los detalles de la figura. ¿Para qué voy a insistir en la modificación que un traje opera en un hombre, si ha sido muchas veces considerado? Lo que sí puedo asegurarte es que me sentí de pronto satisfecho y dueño del mundo, sin otro deseo que escuchar de los labios de Lislott su aprobación. Fíjate bien: de los labios de Lislott. No se me ocurrió apetecer el juicio del Almirante, quien por cierto lo sabe todo de la elegancia masculina, pues él fue quien trató con el sastre de paños, de colores, de formas: y advertí que el sastre le escuchaba con respeto. Al hombre verdaderamente elegante le halaga la aprobación de los hombres, pero yo sólo aspiraba, sin darme cuenta, a la admiración de una mujer. Me fui a su casa corriendo, más de prisa que lo aconsejado por la circunspección. Llegué si no jadeando, al menos respirando fuerte; y tuve que descansar. Me abrió ella misma la puerta, y antes de que la traspusiera, ya me había alabado, aunque no como yo esperaba, sino con palabras de madre: "Estás bonito, estás verdaderamente precioso", y eso, así dicho, me relegó de repente a la condición de hijo. Ella tenía puesto un traje de calle, y pensé que había proyectado que saliésemos juntos con cualquier pretexto: con el de recoger al Almirante en el café, donde tenía sus amigos de la sobremesa, y dar todos un paseo, probablemente al puerto, que no había llovido y al Almirante le gustaba quedarse silencioso delante de las olas. Pero Lislott me explicó en seguida que se había puesto de tiros largos por haber recibido un recado de Palacio, inesperado, totalmente incomprensible, para que acudiera a tal hora, y aunque faltaba bastante tiempo, no había tenido la paciencia de esperar, y, sobre todo, se había vestido pronto porque quería pedir mi aprobación de aquel traje tan austero, y, sin embargo, tan "chic". "Me gustaría apabullar a esa emperatriz del diablo, que se cree que por vestir en París es más elegante que nadie." Esto me hizo reír y le expliqué en seguida que yo sólo podía asegurar que la hallaba muy bella, pero no más que con otro traje cualquiera, y que, a propósito de elegancia, mi experiencia, como ella sabía bien, no pasaba de escasa. "Pues yo creo —me dijo— que si saliéramos juntos, llamaríamos la atención." No dejó de sorprenderme la frase, tan rara en los labios de Lislott, pero la sorpresa la olvidé inmediatamente, pues Lislott empezó a referirse a la visita a Palacio, y que si no sería cosa de aprovechar la ocasión para entregar la botella al Gran Duque. "Si bien comprendo que, siendo yo la invitada, no puedo presentarme en Palacio contigo, aunque lo guapo que estás te haga merecedor de un Palacio para ti solo donde haya un rinconcito para mí", o cualquier cosa semejante. Sin duda yo había imaginado, durante tantos días, la escena en que mi mano temblorosa alargaba al Gran Duque la botella con la misma emoción con que Miguel Strogoff se presentaba finalmente ante el Zar, habida cuenta, sin embargo, de que las aventuras que yo había corrido no podían compararse con las del Correo Imperial; y delante de Lislott yo había descrito alguna vez, como la cumbre de mi esperanza, la escena imaginada. Por eso sus lamentaciones fueron tan sinceras como grande su temor de que, perdida aquella ocasión que el Destino nos regalaba, la botella no llegase jamás a manos del Gran Duque; y ésta fue la primera de unas cuantas negociaciones patéticas que despertaban en mí las afirmaciones correlativas: me conmovió, y de mi conmoción salió la idea de ir rápidamente a mi casa, traer la botella y que fuese ella quien la entregase, con mención de mi nombre, eso sí, más el recuerdo de mi pena y la referencia apenas audible de mi hazaña. Después de todo, era bien fácil cambiar los trámites de la ilusión, pues siendo seguro el que, recibida la botella, el Gran Duque querría verme, en la escena de agradecimiento sólo habría ciertas variaciones. Insistió Lislott, ante mi determinación, que lo pensase bien, pero yo estaba decidido: marché a mi casa con la misma prisa con que había venido a la de Lislott, rescaté la botella de su escondrijo funerario, y muy pronto la tuvo en sus manos. Aconteciera, entre tanto, algo de que de pronto no me percaté: Lislott se había cambiado de ropa, y en vez del traje severo de la entrevista, vestía ahora telas vaporosas, propias de intimidades, no de visitas en el salón con un joven poeta, por muy elegante que el galán se hubiera presentado. Me explicó que aún faltaba tiempo, que se encontraba incómoda tan peripuesta, y que había preferido holgarse en aquellas prendas flojas: seductoras, aunque ella no lo hubiera dicho, un juego sutil de transparencias, de ofertas, de adivinaciones.

»No te puedo precisar en qué momento, después de qué palabras, de qué sorpresas, de qué silencios, de qué preparaciones, el mundo se trastocó, o al menos aquel en que yo estaba, pues me encontré con que Lislott me había besado y sus brazos me retenían para besarme más. Nunca pude imaginar tanta ternura en unos ojos ni advertir tanto temblor, y al tiempo tanto ajetreo en unas manos.

»¿Volverá alguna vez a ser lo mismo? Pero, en realidad, ¿qué fue? Hemos escrito versos de amor a las muchachas aunque, yo al menos, ahora me doy cuenta, con palabras de otros en que mi inexperiencia se escondía. Una cosa es hablar de amor, y otra vivirlo, asistir a su entrada en la sangre como a una catástrofe, aunque no esté muy seguro de que ese abismo del que vengo y que aún me estremece, sea sólo amor. Admito, lo admito sin remedio, que el amor no es sólo lo que esperábamos, aunque lo sea también, y ahora que acaba de dominarme y arrebatarme, lo pueda describir hasta cierto momento nada más, sólo hasta cierto punto. Por lo pronto, con las nociones del tiempo y del espacio, de la causa y del efecto, pierdes las del bien y las del mal, y no en el sentido de que dejes de aceptarlas o de creer en ellas, de entenderte merced a ellas como nos han enseñado, sino que desaparecen de la conciencia, unas y otras, como si nunca hubieran estado en ella, y no las necesitas para mantener viva la creencia en ti, porque eres obvio ante ti mismo, evidente, como la campanada de un reloj o ese rayo que troncha a tu lado un abedul. El cómo, el cuándo, ¿qué son?, ¿qué trámites me llevaron desnudo, al lecho de Lislott desnuda? ¿Qué caricias, qué besos, qué palabras hasta allí? Ella me susurraba no sé qué, y yo permanecía distante, lo mismo que el que penetra con miedo en lugar desconocido y seductor, que quien recela asomarse a un precipicio. Entonces, ella dijo: "No sabes, te enseñaré". Buscó mi mano. Guiada por la suya, la hizo recorrer su cuerpo, morosamente, y a través de la mano asombrada me llegó la conciencia de estar acariciando y a la vez conociendo lo terrible, ese fuego sin luz que cuando más miedo causa, más atrae. Si quiero volver a la realidad y decirte sencillamente que por primera vez toqué el cuerpo de una mujer anhelante, miento sin pretenderlo, miento porque estas palabras no dicen nada, ni siquiera lo suficiente para llegar a entender, y, sobre todo, para empezar a vivir. Una cosa, sin embargo, te puedo asegurar: jamás sabrá la mirada lo que aprende la mano. Lislott había apagado la luz. Así, a oscuras, el olfato y el tacto me revelaron lo que no hubiera adivinado nunca, y al tiempo me embriagaba. Y como el tiempo se había desvanecido también, ya te lo dije, no sé lo que duró aquel éxtasis. ¿Éxtasis, exactamente? ¿No será más sencillo decir que me sacaron de mí y me metieron en las sombras luminosas de otro espacio, aunque no pueda explicar cuál, ni por imágenes, ni aun lo que se siente en él? De lo que sí guardo recuerdo es el dolor con que abandoné. Me rescataron de la dicha, me despojaron, estas palabras de Lislott: "¡Mi visita a Palacio, Dios mío, mi visita a Palacio! ¡No tardaré, ya verás, espérame!". La luz me devolvió a lo perdido, la luz incierta de una ventana. La vi entrar, a Lislott, desnuda, en el vestidor y salir con la ropa de calle, despedirme con un beso, regresar apresurada porque había olvidado la botella, lo que me valió el roce de otro beso como el de una mariposa. Mi recuperación del mundo de cada día no fue súbita, sino penosa, y lo más arduo, reintegrarme a la fluencia del tiempo... ¿Por qué razón concluyes que la ropa abandonada en un sillón, amontonada o dispersa, así, aunque parezca contradictorio, es un objeto trivial, innecesario? Ponérsela equivale a aceptar como justa la expulsión del paraíso del que vienes, si fue un lugar, y en tanto que transcurre la operación de calzarse los zapatos, saltan las primeras dudas acerca de la realidad de cuanto acaba de acontecer, si bien esté expresando en conceptos temporales lo que cae fuera del tiempo. ¿Qué quiere decir exactamente "acaba de suceder"? ¿Es que sucedió algo?, ¿es que algo ha acabado? Ni "suceder" ni "acabar" significan nada. La realidad fue otra, pero estos pantalones ajustados que me cosió el sastre, y este chaleco inexplicable... ¡Si vienes de donde vengo, Roberto, no entiendes el chaleco! ¡Oh! ¿Y la corbata? ¿Es algo más que un trapo, mi corbata, en la penumbra dudosa de la alcoba?, ¿es algo más que una serpiente muerta? Como que ya no sé cómo se arrolla al cuello, cómo se anuda. Mis manos vienen impregnadas de otra materia, de seda se me escurre como el aire, el cuerpo de Lislott es más sutil y encierra en sí la clave del misterio, cosa que no sucede a las corbatas. ¿Podrás por medio de estas incoherencias imaginar lo inimaginable, revivir lo invivible, o, por lo menos, soñarlo? El poema que escriba, si lo escribo, no será mucho más claro; pero si de algún modo puede decirse lo que quiero decir es con un poema. (Y otra vez interrogo: ¿con un poema?, ¿en un poema? ¡Dios mío! ¿No es el poema en sí, el poema inefable, lo que acabo de vivir?)

»Admitamos que lo que se llama y entiende por ponerse los pantalones y el chaleco, hacerse el nudo delante del espejo, en cuanto operaciones complementarias de amor, habían transcurrido ya. La seguridad de que me hallaba totalmente en el mundo, en el de siempre, no me vino por la evidencia de lo que esas acciones querían decir, sino al comprender que había engañado al Almirante. De momento fue una sacudida contrita, pero la súbita vergüenza apenas me duró en el corazón: como que se desvaneció sin dejar huella al recordar que las nociones morales de lealtad y de amistad me habían sido arrebatadas (a esto me refería al escribirte, más arriba, que perdiera, con las otras, la conciencia del bien y del mal). Con ellas se me había borrado también el recuerdo del Almirante, y su imagen, tan noble, siempre un poco inclinada hacia mí. No fue más que un conato de arrepentimiento, al que se sobrepuso (como en un pastel de hojaldre que no lo fuera, algo en capas muy finas y superpuestas, y no planas, sino un poco arrugadas y un poco alabeadas como varias superficies de mares) el recuerdo satisfactorio del amor y del terror, la experiencia tranquilizadora de alguna plenitud alcanzada, irrepetible. Tiene que haber pecados de los que es imposible arrepentirse, porque acontecen tan arriba de la vida humana que en aquellos lugares, si son lugares, la noción del pecado está de más. Y, de pronto, que llega Lislott apresurada y se me acerca: trae un traje distinto. ¿Por qué? "¿Qué haces en mi habitación y a medio vestir? ¡Dios mío! ¿Qué ha sucedido?" Esto solo, nada más, basta para que empiece a dudar y a pensar al mismo tiempo que todo fue soñado. Pero Lislott recoge de los suelos mi frac caído, y con él en las manos y el temor en los ojos me pregunta. "¿Ha sido ella? ¿Verdad que ha sido ella?". "¿Ella? No entiendo. Fuiste tú la que estuvo conmigo, ahí, juntos, a oscuras; la que se fue a Palacio después y me mandó esperar... Fuiste tú, pero con otro traje." Lislott arrojó el frac encima de la cama, se arrodilló frente a mí, creo que se abrazó a mis piernas. "¡Guntel, Guntel, ha sido ella!" "Ella, ¿quien?" "¡Acuérdate! La que me insultó aquella noche, la misma que te persigue y que quiso robarte el talismán. ¡Guntel! Lo que tengo que decirte es terrible, pero esa mujer es mi hermana." Lo que le respondí fue: "¡Me robó la botella!", pero confieso que no estuve a la altura de las circunstancias. Lo importante de la situación era que Lislott había sido suplantada, aunque, de hacer yo caso a mis sentidos, la suplantadora hubiera sido ella. ¡Suplantadora de sí misma, un verdadero lío! No conseguía recordar del todo a la otra, en la cual, por otra parte, jamás había creído: la recordaba como un fantasma o el pedazo de un sueño.

»Lislott sollozaba con la cabeza en mis rodillas: no se había quitado aún el sombrero, de modo que adivinaba por el temblor del perifollo, algo así como unas flores o unas plumas, no me fijé: "¡También me han robado a mí! —le oí decir—. ¡Lo que esperaba de ti me lo ha robado!". Y al decir esto levantó la cabeza y me miró con ojos de gran tristeza, los ojos de una gacela defraudada. "¡Lo que tenía que ser no podrá ser ya! Nos ha robado a los dos, nos ha engañado a todos, nos ha vencido." Yo estaba como si me hubieran encerrado en un lugar pequeño donde sólo cupiese mi conciencia de que había perdido la botella, y, con ella, la escena del gran Duque, cualquiera de las muchas imaginadas. La había perdido por la virtud de un embrujo en cuyo centro, o quizá en cuya cima, había experimentado la dicha y perdido la conciencia de sí mismo: en que me había fundido en otro, no sé si alguien, o simplemente todo y siempre, pero no ahora ni aquí. (Estos dislates intentan otra vez explicar lo inefable). Recordarlo fue como si alguien tirase de mí hacia arriba y quisiera otra vez, arrebatarme. ¡Son tan fuertes, a veces, los recuerdos! Me sentí en un momento con la mitad del ser saliendo de este mundo, sin que pueda discernir el grado de realidad del arrebato, o quizá solamente del arrobo. Lo que sí sé es que Lislott, abrazada a mis piernas, me retenía, me atraía hacia el mundo de siempre, al que no sé si podemos llamar real. Pero ¿qué clase de realidad se le puede pedir a esto en donde a una botella se le llama talismán?»

A Úrsula Cristina, esta carta la dejó silenciosa e incluso pensativa, aunque no por mucho tiempo, porque, de pronto, recobró la locuacidad. «Nunca entendí demasiado bien a los poetas, pero esta carta de Guntel me da una pista. ¡Lástima que sean palabras, las de los versos, a las que nadie hace caso! Pero, fíjate bien qué palabras, qué rodeos sublimes utiliza para enterar a su amigo de que se dejó blandamente seducir y de lo bien que lo pasó con esa bruja de mi hermana. Las cosas, para ella, son mucho más sencillas. En su trato con el diablo aprendió mucho más que nosotras con los hombres. Ella, lo mismo que Gunila, lo mismo que Franciska y que Andrea Andreievna, están acostumbradas a volar, ¿y qué les cuesta llevar consigo a un muchachito imberbe? A Márika le tuvo que gustar Guntel, le gustó desde la primera vez y, aunque tenía ya en sus manos la botella y pudiera haberse marchado, no desdeñó la ocasión de iniciar en el amor a un jovencito, lo que siempre nos gusta a las mujeres, hasta el punto de creer que somos las iniciadas, que podemos volverlo a ser y así hasta el infinito. ¡En las virginidades viriles revivimos la nuestra, tan añorada! Nuestra ilusión nunca pasa de ahí. Nos faltan las palabras que lo complican todo y queda más sencillo. Los hombres, ya lo ves por Guntel, hasta meten a Dios, o lo que sea; a la vida, a la muerte y al *totum revolutum*. No creo, sin embargo, que Márika le insinúe a mi marido, le haga sospechar siquiera, por jugar a los celos, de qué medio se valió para librar la batalla porque Carlos Federico Guillermo mandaría buscar al joven Guntel y matarlo: le humilla que su mujer le engañe, pero le humilla mucho más que le engañe esa querida que le hace ganar guerras y romper sortilegios. ¡No sabe el pobre con qué frecuencia es el mismísimo diablo el que le pone los cuernos! Pero, volviendo a Guntel, no salgo de mi asombro ante el modo que tiene de magnificar hasta el misterio una cosa tan obvia. Bueno. De verdad que lo siento. Esas horas de amor le pertenecían a Lislott. Ella sabe que, aunque se lleve a Guntel a la cama, y no dudo de que lo hará un día de éstos, ya no será lo mismo, y las palabras con que él lo relate a su amigo, si lo considera suficientemente extraordinario, serán palabras claras y, por supuesto, vulgares. Me gustaría que nos llegue esa carta: apostaría a que sus primeras relaciones con Lislott serán para él una especie de repetición en que las emociones indescriptibles de la novedad se han perdido y todavía no existe nada que pueda sustituirlas. A ese mundo sublime sólo se llega una vez, y no todos lo alcanzan, lo cual no deja de ser una suerte. Guntel seguirá buscando el paraíso. Los demás nos resignamos a que el amor no nos despoje de la conciencia de dónde estamos, de quién somos.» No sé por qué se levantó en ese momento, se acercó a una ventana, y pareció contemplar las largas filas dúplices de abedules antiguos, las aguas del canal, los mástiles que cerraban el horizonte. Después de un largo rato quieta, se volvió y me dijo: «Una experiencia así la merece tu pobre Myriam. ¿Serás capaz de dársela, el día que venga a tus brazos?». Le respondí que probablemente no sabría conducir a nadie a donde yo mismo jamás estuve. «Sin embargo, en estos días te enseñé lo necesario. Y no es que yo haya subido a esos mundos, pero, al menos, no ignoro los caminos.»

Acordamos que la invitación a un almuerzo en Palacio con Lislott y Guntel se ampliase al Almirante. Yo le diría a Guntel que no se apenase más por la botella, a la que nadie daba importancia más que la bruja de Márika, y que si mi marcha del país era cuestión de días, no conocía nadie el modo de evitarlo, a lo que Úrsula Cristina atajó: «Mira, por lo pronto, habría que deshacerse de los funcionarios infieles. ¿Tú no sabes que Kaunitz, el de Viena, como sospechase que uno de ciertos cuatro agentes le traicionaba, y no supiese cuál era, los hizo morir a todos ahogados en el Danubio? Claro que tú no dispones de un río tan poético». «Pero sí de un mar inmenso, en el que no sé si cabrían todos los que me engañan.» El Almirante creía en un plan de urgencia, que implicase a otros estados pequeños y más o menos próximos que podrían también, en un momento cualquiera, ser invadidos o amenazados: si no una resistencia militar, cabía al menos una acción diplomática. Le respondí si podía nombrarme un solo aliado con que pudiera contar si mañana fuese invadido, o que saliera en mi defensa, o que hiciera algo por mí sólo por confiar en mi ayuda o temer mi enemistad. Fui el político más bondadoso y más inofensivo de mi tiempo, y, sin embargo, nadie tiene en mí verdadera confianza. Ni siquiera Inglaterra, a la que no conviene que el Águila del Este haga suyo este puerto, que hoy no es más que comercial, pero que está llamado a ser una base militar de valor incomparable. ¡Nada más que la vigilancia del océano entero! Eso al menos es lo que dice Cronstadt. «Lo que yo no me explico —dijo él, entonces— es la indiferencia de Inglaterra. Por una parte, existe la amenaza sobre Francia. ¿Se llevarán el gato al agua Guillermo o Carlos? En cualquier caso, alguien se hace más fuerte en Europa Central; pero, aun en el caso de que se lo lleve Guillermo, la posesión de este país por Carlos ayuda a desequilibrar la situación estratégica que Inglaterra se preocupó pacientemente de organizar.» «La tía Victoria no quiere guerras, Almirante, al menos a la puerta de casa, las de la India le importan menos —intervino Úrsula Cristina—. En cualquier caso, para que su escuadra nos alcanzase, tendría que pasar por los estrechos, cuya defensa, Almirante, organizaste precisamente tú. Ni un cable se ha cambiado de tu dispositivo, entre otras razones, porque nadie sabría qué hacer con el cable cambiado.» «Ese sistema, Majestad, tiene un punto débil que yo sólo conozco y sólo yo podría corregir, pero el Emperador no lo cree, porque eso le obligaría a considerarme indispensable. Si Inglaterra lo supiera, acaso entonces...» La Emperatriz se irguió repentinamente en el asiento. «¿Qué vas a hacer cuando el Águila invada este país?» El Almirante no respondió en seguida, quizá sólo por echar un trago largo de la copa cuyo pie acariciaba. «Quedarme aquí, Majestad. Huir sería demasiado peligroso, y no lo digo por el riesgo de la vida, sino por el de las tentaciones.» «Pero, ¡eso no puede ser, Almirante! Mi marido te encerrará en un castillo.» «Sólo pediré que me den papel y pluma para escribir mis memorias. Y, si no me lo dan, siempre habrá una ventana para ver el cielo y un horizonte que me permita soñar.» Entonces, la Emperatriz se levantó y dio un beso al Almirante. Fue un momento silencioso. «Me gustaría, en cambio —dijo él—, que esta dama y este mozo hallaran una escapatoria. No es de creer que, aquí, lo pasasen bien.» Entonces yo le dije al Almirante que mi viaje hacia el destierro no tenía por qué ser solitario, y que en el barco que me llevase, si un barco había para llevarme, Guntel y Lislott tendrían un lugar. No intenté averiguar si el Almirante conocía la aventura de Guntel con la bruja (¿con la Bruja?), pero su decisión daba a entender que, de aquel triángulo imperfecto, él se eliminaba elegantemente, aunque con la complicidad sublime de la Historia. Lislott lo había escuchado y se le habían humedecido los ojos. Guntel únicamente le había mirado.

## XIV

Tenía razón el munícipe Paulus: durante aquellos días, la gente anduvo como alebrestada, sin que los rumores triunfales echados a la calle como quien suelta perros por los agentes del Águila, añadiesen al miedo un ligero ingrediente de esperanza o de satisfacción. Insistían en la gloria de que nos asumiese el Imperio como una masa de azogue englute a la gotita de plata temblorosa y la hace partícipe de su brillo, pero la gente lo que desea es que la dejen en paz, cada cual con su vida y con sus glorias personales. Hay quien le llama a esto cobardía, y a mí me han llamado cobarde: todavía me lo llama algún que otro periodista de los famosos, de los que definen el mundo desde París o Nueva York, alegando que al menos Napoleón III se puso al frente de sus tropas: no quieren recordar que de mis cuarenta y nueve soldados, incluidos los cabos y sargentos, nadie quedó en el cuartel aquella noche en que los caballos del Águila piafaban en la frontera y los jinetes esperaban la orden de derribar las barreras y encerrar en sus casetas a los aduaneros. Como nunca fui un héroe, ni mío el temple heroico, lo encuentro trivial, aunque inútil. ¿Qué podían hacer los aduaneros? Quizá en el propósito del Estado Mayor del Águila entrase la creación de símbolos al paso de las tropas o por el paso mismo. Pero cuando se anda por la Historia montado en una marcha triunfal, la sustancia de lo heroico no parece compatible con el encierro de unos aduaneros. Los cuales, por otra parte, se limitaron a encender el fuego, a tomarse unas cervezas y a esperar. ¿Qué podían hacer, aquellos modestos burócratas, barrigudos los más de ellos, y armados de carabinas de caza? Se dice que cierta vez fue disparada alguna de ellas, en la ocasión de que un oso se aproximaba, torpón y gigantesco, al puesto de vigilancia: había nevado, el oso tenía frío, y hambre tal vez: el disparo no fue más que para ahuyentarlo, porque, burócratas o no, aquellos ciudadanos tranquilos, especialistas en las cuatro reglas aplicadas a la importación y exportación, nunca serían capaces de agujerear la piel de un oso: menos aún, claro está, la del que después fue mi yerno, el conde Raniero, hoy Gran Duque consorte, lo menos oso posible, lo menos gigantesco, aunque espigado, eso sí, con la ayuda del corsé. Atravesó la frontera a caballo, y dice que llevaba una coraza de plata que hasta en la noche profunda resplandecía: debe de ser la misma con que desfila, todos los años, aniversario en punto de la invasión. La fiesta que se hace es tan ruidosa que se escuchan las salvas desde el asiento de mi destierro; y, por las noches, veo ascender los cohetes de júbilo y del orgullo, águilas de fuego que se deshacen en estrellas que no lo son, sino el asombro y la sorpresa de unos excelentes ciudadanos en edad todavía escolar: me amaron sus padres, pero ellos me van olvidando. No hay que asombrarse por ello, no hay que insultarlos. Parece ser que aman a mi hija y a su principito, que se parece a mí, caray, también es venganza del Destino. Cuando su padre, el Gran Duque consorte, desfila al frente de las tropas que el Águila le presta (para esto y para guarnición), mi hija jamás asiste a la parada, pero a mi nieto lo llevan a presidirla, y alguien me contó que lo pasa muy bien, que se ríe mucho con los plumeros colorados, y que los caballos le dan miedo cuando le trotan cerca. No sé si lo deseo o lo presiento solamente, pero confío en que les salga un príncipe escasamente militarista. ¡Oh, si le diera por estudiar Historia! Quizá quedasen claras las cosas de su abuelo.

Tal vez debiera dejar para más adelante, su lugar cronológico, lo que voy a contar; pero es que, de repente, se me echan encima las imágenes de aquellas últimas horas, tumulto vertiginoso de recuerdos que tengo que frenar: desde el momento en que la Emperatriz recibió a un mensajero que se encerró con ella y algo le dijo que le hizo gritar denuestos contra el Águila, amenazas feroces, insultos tremebundos. Yo no estaba escuchando, pero no pude evitar que me llegasen a través de una puerta bastante recia, pero no tanto que las pudiese retener, aquellas voces levantadas de Úrsula Cristina. Fue por aquella misma puerta por la que apareció, y me dijo desde ella, antes de atravesarla: «Esto se ha terminado, Ferdinando Luis. A mi marido le ha picado la avispa en el mismo culo». Y dio un portazo. Supongo que el mensajero habrá buscado otra salida, porque no volví a verlo.

Tenía encima de la mesa algunas cartas del día, y las estaba leyendo. La mayor parte de ellas, como siempre, carecía de interés, al menos para la historia que cuento. Pero dos procedían de plumas conocidas, y las voy a transcribir, aunque tampoco sea éste su lugar según ese orden que nos impone el tiempo. ¿El tiempo? Nunca hablé de él, nunca pensé en lo que sea, pero ahora mismo, al nombrarlo, o lo veo o lo siento, no lo sé bien, pero no lo llamaría así. Todo está inmóvil a mi alrededor, lo están las nubes que me miran a través de la ventana, lo está la luz. Sin embargo, mi corazón va hacia delante, implacable. Al recordar aquellas horas, las revivo; pero ¿vuelve hacia atrás el tiempo? Mis latidos de ahora, ¿son otra vez los de entonces? El tiempo es una línea sin origen ni término, que podemos contemplar hacia atrás o desear hacia delante, pero no contemplar hacia delante ni desear hacia atrás. ¿Puede enroscarse esa línea, como una espiral, subir, bajar como ella y a sí misma?, ¿puede empinarse, retorcerse, encabritarse y saltar hacia atrás, como un caballo o como una serpiente? No sé. Tengo la súbita impresión de que me enredo en las palabras, y que, entre tanto, aunque el cielo esté quieto, mi corazón se me escapa de las manos y ya camina por delante de mí.

### De la señora Stolle a su Amiga del Alma, en Italia

«¡No puedes ni siquiera imaginar con qué satisfacción, con qué alegría, te escribo estas líneas! Ante todo, porque es inminente la llegada del Emperador, o, al menos, de sus tropas, y los que lo deseamos andamos todas las horas alerta a ver si al fin se escucha el estrépito de los clarines, los trompetazos que van a derribar las puertas de la pequeñez y abrirnos las de la inmensidad. Es como el que está ahogado en un cuchitril hermético y lo llevan de pronto a una ventana: al respirar el aire, una se siente tan infinita como el aire. Así yo, ante el anuncio del Imperio, me siento grande y gloriosa. No es una ilusión, y créeme, por el tamaño del país se mide el de los habitantes; y no es una casualidad el que todos cuantos sentimos la opresión de lo minúsculo, hayamos coincidido en mi salón, unidos en la esperanza y en el anhelo. Si una de estas mañanas se escuchan las fanfarrias de la caballería, o los himnos triunfales de la banda militar, te aseguro que me costará trabajo no salir al balcón desnuda, a gritar mi entusiasmo, no como una mujer que se ofrece, sino como un símbolo que se propone: siempre que los hombres tratan de representar lo inefable, acuden al desnudo de la mujer. Las razones por las que no lo haré no creo que se te oculten: determinadas deficiencias ya insinuadas, que pueden disimularse en la cama y cubrirse con vestidos elegantes, resultarían demasiado visibles a la luz del día, aunque sólo fuese a esa luz un poco aún gris de las mañanas. Además, cuando desfilan los soldados, se les prohíbe mirar a la izquierda o a la derecha: para ellos, y mientras no lo ordena el cornetín, no hay más que el frente. Si estuviera a mi lado Su Majestad el Emperador, entonces, sí, mirarían, porque el cornetín habría ya ordenado: "¡Cabeza variación derecha!". Y pasarían delante de mi ventana, por la Gran Avenida. Pero jamás se asomará a mi balcón Su Majestad. Y no creas que lo lamento más allá de lo discreto: admito que un varón de esa potencia nos eleva al poseernos, pero, aparte de que, siendo sus súbditos, podemos sentirnos *realmente* poseídas sólo con serlo, y con esto basta, la que aspire a elevarse puede alcanzarlo por caminos más fáciles. En una carta anterior te confié mi aventura con Ruggiero Gasparini, que es una especie de emperador del violín. Pues no me alcé sobre mí misma más arriba de lo que suele acontecer en esa clase de operaciones. No es que le niegue méritos a Ruggiero, pero el hecho de que haya caído en la trampa que le tendí, en ningún momento me hizo sentirme conquistada y dominada: fui yo quien dirigió el tejemaneje. En cambio, mi adorable Virgilio, ¡no sabes de lo que ya va siendo capaz, gracias a mis lecciones durante esas tres tardes que me consagra a la semana, esas escasas horas que puede dedicar al amor un hombre de su inteligencia y de su trabajo! Por su gusto vendría junto a mí todas las tardes, pero no quiero ser un día la responsable de que ese libro que prepara se quede en mero esbozo. La mujer que va a casarse con el primer teólogo de Europa, y que, como anticipo del matrimonio, le está enseñando el manejo de un cuerpo femenino, tiene que ser digna de él, y, precisamente por eso, de discípula embobada, me convertí en maestra, pero a sus horas. ¡Y no sabés cómo aprende, el condenado! Si me valgo del símil de las aves, podría decirte que, al principio, era él quien volaba; pero, ahora, ya me hace volar a mí.

¡Y es tan distinto volar con el hombre al que se ama que con el que se admira! Lo digo por Gasparini.

»Todavía estoy transida de entusiasmo por lo que esta tarde dijo, mi Virgilio, en mi salón. Fue como un anticipo del libro que está escribiendo, y que titulará, según parece y si no cambia de opinión, *Teología del Poder*. ¡No puedes imaginar, querida mía, adónde alcanza su capacidad de síntesis y con qué claridad nos conduce a la comprensión de lo abstruso! Todo giró en torno a aquello de "Dar a César lo que es de César y a Dios lo que es de Dios". Siendo Dios un concepto dudoso y el César una realidad empírica, inevitablemente el César visible termina por recibir los atributos del dios incierto, hasta sustituirlo en la admiración y en la obediencia de los hombres. ¡Ya ves qué claro! Espero que el Emperador sepa gratificar a Virgilio cuando sea obispo: no con prebendas, pero sí con honores. No me disgustaría nada ser condesa. Cuando esta tarde describía mi Virgilio al César como un dios, en el retrato todos pudimos reconocer a Carlos Federico Guillermo, más grande y más luminoso que nunca.

»Nos vamos a casar en seguida. Yo quería hacerlo el viernes, 24, que es mi cumpleaños, pero Virgilio rechazó el día por ser los viernes nefastos. ¡Lo que hace la cultura clásica! Yo les hubiera llamado días de mala pata, y tú, seguramente, días de *jettattura*. Cada cual dice lo mismo a su manera.

»¿Describiré, en mi próxima carta, la entrada de las tropas imperiales? Y si Virgilio insiste en adelantar la fecha, ¿quedarán unas líneas para contarte la dicha de mi luna de miel? Proyectamos viajar a un lugar donde el sol luzca cada mañana. ¡Sueño con despertar, tras una noche de amor, con los cuerpos calientes por el sol! Ya te tendré al corriente.»

¡Cómo lamento ahora que algunas de las personas de las que he nombrado aquí no hayan enviado sus cartas por la posta! De la señora Rheinland, por ejemplo, jamás me llegó ni un mal billete a una amiga. Cómo sabía lo que sabía, jamás lo pude averiguar, aunque lo cierto sea que nunca he puesto gran interés en ello. Es ahora, tiempo después de que todo ha pasado, cuando advierto algunos huecos en ese cuadro lejano de mi destronamiento, en esa historia remota de mi apresurada emigración. La señora Rheinland cerró la casa y desapareció dos o tres días antes de la invasión. Lo supe por un comunicado policíaco, o, mejor dicho, por el escrito censorio que un policía superior le envió a otro, subordinado, a cuyo cargo estaba la vigilancia de la señora Rheinland, y que se había distraído o dormido quizá: no supo ni siquiera explicar si ella había escapado en un barco o todavía por tierra, aunque el viaje a Londres por la mar fuese más verosímil. ¿Qué me quedó de la señora Rheinland, que pueda dejar aquí? Poco más de lo dicho, casi nada. Vino sin saberse de dónde, marchó sin saberse adónde. ¿Era una agente de Inglaterra, o de Francia? Alguien lo sabe, por supuesto, además de ella, pero no mi policía, ni la Imperial (que viene a ser la misma), ni aun los concurrentes a su salón. Imagino que esa tarde, la última, llegaron a sus puertas sus amigos, entre ellos Guntel, muy elegante, a la izquierda de Lislott, y el Almirante a la derecha, y hallaron el silencio de la madera claveteada. También quedó perplejo el signore Gasparini, perplejo y preocupado, porque alcanzó a colegir que aquella marcha encerraba un secreto, o lo aclaraba (nunca se sabe bien, al tratar de los secretos), y tuvo la osadía de dirigirse a Úrsula Cristina, no pidiéndole ayuda, sino noticias. El billete que le envió, decía: «Si lo que temo es cierto, tendré que huir. ¿Puedo al menos saber de cuántas horas dispongo? Seguramente la condesa Korda no lo ignora, como tampoco ignora lo engorroso del viaje con un pianista jorobado, dos guitarras, tres violines intocables y al menos dos baúles de impedimenta. ¿Queda, por tierra, una vereda libre? Me mareo por mar, pero me siento dispuesto a marearme si únicamente en la mar está el remedio». La respuesta de la Emperatriz, que me mostró, decía simplemente: «La mar fue siempre el camino de los hombres libres. Buena suerte. En caso de mareo, se aconsejan ciertas sopas de pan con ajo frito y algo de pimentón. Los cocineros del sur las hacen muy sabrosas». Gasparini envió también unas letras a Rosanna, y fueron éstas las que sacaron de quicio a Úrsula Cristina: como que de haberlas conocido a tiempo, hubiera interpuesto su poder para impedir la marcha de Ruggiero; pero éste ya había partido hacia Amsterdam en un patache griego. El billete era de despedida. «¡Qué miserable, qué asqueroso farsante!», gritó la Emperatriz cuando leyó aquellas que parecían palabras candentes y que eran sólo una pequeña parte, un accidente, del papel que Ruggiero representaba. El billete lo había traído un sirviente, y de ujier en ujier, antes que a manos de Rosanna, que en aquel momento daba su clase de inglés, llegó a las mías. Yo no lo hubiera abierto si Úrsula Cristina no reconociera inmediatamente la letra enrevesada, puro arabesco, de Gasparini. «Ya sé que de las altas ventanas no caerá esta noche la escalera de seda. Ya sé que entre las sombras la muerte me amenaza. Debo partir con las primeras luces: antes de hacerlo, mi violín enviará a las sombras las notas lastimeras de mi amor. Adiós, princesa.» Úrsula Cristina pensó, en un principio, que había que romperlo, pero en seguida decidió que se debía entregar a mi hija para que no quedase sin el justo remate aquel ensueño de amor. Lo discutimos, y, finalmente, el billete volvió a manos de ujieres, y llegó a las de Rosanna. Siguió dando sus clases, pero, durante la cena, apareció triste y distraída: a veces, sin razón, sobresaltada; no dijo palabra, no intervino en nuestra conversación, en la que abiertamente hablábamos del exilio. Le permitimos retirarse cuando lo deseó, y lo hicimos nosotros, aunque con el propósito de escuchar escondidos el último concierto. No llovía, discurrían las aguas en el canal y un vientecillo ligero entre las ramas de los abedules. Hubo un momento, en el jardín a oscuras, en que, callados el viento y las aguas, se pudo oír la respiración anhelante de Rosanna: poco después sintió la voz del violín. No encontré aquella noche muy inspirado al artista, que repetía con desgana piezas ya ejecutadas; pero tocó durante hora y media, y al final, de repente, sonaron dos pistoletazos y se oyeron carreras y voces apagadas: también el grito refrenado de Rosanna. «¡No creí que llegase a tanto el miserable!», dijo la Emperatriz, y me pidió que el socorro de Rosanna lo dejase de su cuenta. Allá se fue, con una palmatoria en la mano, a las habitaciones de mi hija, y es curioso el recuerdo que tengo de su paso: llevaba aquella noche un ropón claro, de gran empaque, sobre el que caía la luz de una vela. Lo demás era penumbra, pero, bien pudo ser, en un momento, una penumba infinita. ¡Cómo crecen, a veces, los espacios! ¡Qué instinto teatral el de Ruggiero! Jamás se me hubiera ocurrido rematar aquella farsa con dos disparos, pero mi imaginación, que no es mucha, suele privarme de las delicias del melodrama.

Una carta de Guntel, anterior en pocas horas a la de la señora Stolle, tiene aquí su lugar, me parece:

### De Guntel a su amigo Roberto

«La historia, según todos los barruntos, se acerca a su desenlace. ¿Habrá influido el robo de la botella? No me atrevo a admitirlo, pero tampoco a rechazarlo, y estoy en lo de siempre: si lo rechazo, mi papel en este cuento es el de un pequeño, a veces un poco presuntuoso idiota; si lo admito, el de excesivamente crédulo, pero con la ventaja a mi favor de que, aunque no llegue a saberse, aunque por el momento no se cuente en los libros, me corresponde por derecho la condición de personaje histórico. ¿Me llamarán un día "Portador del talismán"? Te confieso que me da un poco de miedo:

265

¿cómo debe caminar por el mundo un sujeto de semejante categoría? Cuando me encuentre en Londres (porque a Londres iremos a parar, según todos los presagios) ¿podré contar a un público asombrado, aunque quizá exiguo, que la suerte del Gran Duque Ferdinando Luis dependió de un talismán? ¿Podré añadir sin sentirme avergonzado que el talismán lo tuve yo en mis manos, y que me lo dejé robar? Y, al llegar a este punto, el increíble, ¿sabré encontrar el tono adecuado para el relato de mi primera, irrepetible, experiencia del amor? ¡Habrá señoras delante! Es evidente que los historiadores se reirán de mí, pero no lo es tanto que lo hagan las gentes de corazón, esas a las que no sólo convence la verdad, sino el modo como se cuenta. Pero tampoco puedo convertirme en el poeta frustrado que desciende de salón en salón, entiende bien, de salón importante a salón ínfimo, contando el mismo cuento con las mismas palabras encendidas, pero que con el tiempo serán pura rutina. Tengo el suficiente sentido del ridículo como para comprender que sería al mismo tiempo el descenso a lo grotesco, ese exiliado político que sólo cuenta su caso, que vive para contarlo y acaba en caricatura de sí mismo. El ejemplo del Almirante se me impone: buena parte de su indiscutible dignidad le viene del silencio que guarda sobre su pasado. Pero yo soy poeta; lo mío son las palabras, no los silencios, y puede la poesía ayudarme a salir airosamente: un poema en que se cuenta lo increíble, puede ser un buen poema; pero también me cabe, o al menos así lo veo, inventar una imagen del mundo en que la magia de la botella quede justificada; más aún, en que sea indispensable, hasta el punto de no concebir una explicación más esclarecedora de la caída del Gran Duque. Necesito que me digas si debo inclinarme por el poema o quizá por el tratado filosófico, que también serviría, sin descartar, sino por el contrario, teniéndolo muy en cuenta, la viabilidad del poema que sea a la vez filosofía. Tenemos el precedente de Lucrecio, recuérdalo; y donde él pone el canto a Venus, yo podría poner el canto a Lislott, la maga. Y ahora que lo pienso y que lo escribo, la idea cuaja en deseo, y la esperanza en entusiasmo. ¡Pensamiento, relato y ritmo; mi aventura personal confundida con la historia del país y quién sabe si con el ritmo del Universo! Toda la música. ¿Qué te parecen los hexámetros heroicos? Quiero también preguntarte si, desde el campo del pensamiento puro, alguien me hará la competencia. El filósofo de este país es el profesor Diomedes. No recuerdo haberte hablado de él: a lo mejor lo hice. Una vez lo escuché, en casa de la señora Rheinland, y acaso vuelva a escucharlo, si el desarrollo de los acontecimientos nos lo permite. No me pareció gran cosa: una especie de cerebro autónomo que, siendo ateo, descubre a Dios contra su voluntad, de la misma manera que si, creyendo en Dios hubiera descubierto el vacío del Cosmos. Estas cosas, o le llevan a uno a tirarse por la ventana, o a salir a la calle y proclamarlas; lo que yo no concibo es que se reduzcan a mera cuestión académica de las que deslumbran a las muchachitas liberales de la ciudad, iniciadas en el agnosticismo de moda. No sé qué pensará el profesor Diomedes de la cuestión de la botella; yo creo que puedo llegar a conclusiones más serias, y, sobre todo, a construcciones más brillantes: le llevo la ventaja de mis destrezas en el manejo de los hexámetros heroicos, en los que tendré, eso sí, que introducir un matiz elegíaco. Para describir un universo mágico hace falta imaginación, y a mí me sobra; para contar una historia increíble hace falta osadía: soy osado. ¡Ya estoy viendo el relumbrón de mi botella en medio de mi mundo resplandeciente! Aconséjame. Londres es una ciudad de nieblas, igual que esta en que vivo. Por alguna razón que desconozco, debe de ser favorable a la poesía, o, por lo menos, lo ha sido. ¿Por qué no también a la magia? En cualquier caso, no creo que en Londres exista nada que se oponga a entender la Realidad como sistema de causas irracionales y de efectos increíbles, puesto que lo que importa, para que sea orden, es entenderlo como sistema. Se trata (y, a fin de cuentas, vengo a lo de casi siempre) de sustituir por una metáfora una noción matemática.

»¡Ah, si todos mis problemas se redujesen a ése! Pero la Historia se me echa encima de varias maneras inesperadas, me sitia, me acosa. Por lo pronto, el Barítono Frustrado dejó en mi cuarto una nota con el ruego de que me vaya, ya que mi significación política podría causarle inconvenientes "en la situación que se avecina". ¿Mi significación política? ¿Cómo no quieres (si es que no lo quieres) que tome en serio la magia, o que al menos empiece a tomarlo en serio, si con toda evidencia me trastorna la vida? *Todo cuanto me sucede se debe a que la botella hallada por mi padre en un rincón de la mar, encierra un talismán.* ¡Resulta ahora que ser yo su portador traerá complicaciones a mi posadero! Además de esto, la antigua paz de la mesa, a las horas de comer, se ha trocado en inquietud, en agitación. Nadie dice palabra, pero nadie está tranquilo: salvo el Almirante; ése sí que conserva la calma como el reo valiente que sospecha su sentencia. Y Gúdula me dijo que tenía mucho que contarme, pero que, mejor que por la mañana, a la hora del desayuno, que siempre anda apresurada, sería venir por la noche a mi cuarto, con mucho tiempo por delante (¿Hasta la madrugada?). ¡Ah, Gúdula, Gúdula! "¡Y te me vas a marchar, criatura, por esos mundos de Dios, por causa de una botella! ¡Y te me vas a marchar sin haberme besado!" Cuando esto dijo, se oyeron los gemidos de la señora Nansen, pero no los de placer habituales, sino con algo de dolor mezclado. Gúdula me explicó que el marido se marcha, que ella regresa al pueblo y que esta noche era la última. "Por cierto que el capitán Nansen ha comprado otra muñeca, me lo dijo un piloto amigo mío; pero de una clase nueva: una muñeca desmontable, metida en una caja que no parece un ataúd, como las otras, sino una caja cualquiera en la que nadie imagina que

268

quepan los pedazos de un cuerpo. Lo hace para que no sospeche la tripulación, por lo que ya le pasó." Y, de repente, me echó los brazos al cuello y me besó. "¡Que no quiero que te vayas sin haberme besado!" Bueno. Se me metió en la cama, se desnudó después, y aquí me tienes al cabo de la calle, pues Gúdula no es más que una mujer, no una bruja que me puede llevar a los cielos, y ya sé lo que da de sí el amor sin sortilegios. Ahora que te escribo, lo recuerdo con frialdad, y me pregunto si es esto mismo lo que va a suceder entre Lislott y yo cuando huyamos del país y nos encontremos sólo el uno para el otro. A oscuras, Roberto, entérate, todos los cuerpos de mujer son iguales, y si tocar el primero me zambulló en el Infierno, el de Gúdula lo recorrí como un jardín agradable sin misterios: ni siquiera esa trampa de un laberinto que hay en algunos jardines. El cuerpo de una mujer es como el cuerpo de un hombre, con ligeras variantes. Gúdula es una muchacha alegre, y su cuerpo comunica alegría. Juega, y te invita a jugar. Roberto, creía que el amor era siempre dramático, o por lo menos heroico, y no es más que una diversión algo fatigosa al final. Mucho me temo que Lislott pretenda, sin embargo, dramatizarlo. Se acongojará recordando al Almirante cada vez que lo engañe conmigo, y alguna noche, si me tiene entre sus brazos, sentirá que es a él a quien abraza: en esta mezcla estará la sustancia del drama, el conflicto de la conciencia. No deja de ser posible que te asusten un poco estas palabras, pero creo haberte dicho ya, o insinuado, cuándo la lealtad carece de sentido. Empiezo a comprender, aunque todavía no mucho, que un hombre engañe a su mejor amigo sin dejar de quererlo.

»Otro de mis descubrimientos es el de que, cuando no media el diablo, una noche con una mujer en la cama no da mucho de sí. Entre arrebato y arrebato, quedan largos espacios que hay que llenar hablando, y alguna vez te dije lo charlatana que es Gúdula. Aparte de que me invitó a quedarme, aun contra la voluntad del Barítono Frustrado, porque lo tiene en sus manos de cosas sucias que sabe; y que ella me escondería bien escondido hasta pasados los primeros días, que son siempre los peores, porque después las aguas vuelven a su cauce y nadie se mete con nadie; aparte de esto, digo, de todo esto, y de promesas de felicidad incalculable, me contó que los dos misteriosos huéspedes, el que llamamos príncipe Philip, el rubio de oro viejo, y el otro, el signore Jacopo, moreno ardiente, andaban despendolados y como perdido el rumbo, tan seguros que parecían antes, sobre todo el de Italia. Te digo que no son de este mundo, y no sé qué les pasa. Yo nunca les vi ir al retrete, y estoy hace tiempo convencido de que, en vez de comer, simulan que lo hacen. No tienen cuerpo como los nuestros, y no sé si tienen cuerpo. Deben de ser almas en pena, o condenados al Infierno, y ahora andan sin saber por qué camino ir, porque algo cambia, algo que nosotros no entendemos. ¿Repercuten las cosas de este mundo en las del otro? No lo entiendo, no lo puedo entender, pero esos dos andan, hace dos o tres días, como alma que lleva el diablo.

»En una de mis cartas anteriores, recuerdo que te contaba cómo encontré absurdos mis pantalones, y cómo quedé perplejo ante mi corbata, con esa perplejidad que te sobrecoge al encontrarte delante de lo incomprensible. Pues la noche pasada no fue así: me pareció natural que Gúdula saltase de la cama, que se vistiera a la luz del quinqué, y que yo la contemplase en tanto que se vestía, pues de todo conviene saber, hasta el modo de vestirse las mujeres. También me pareció normal que me arrojase el camisón, que se había caído al suelo, y me dijese: "¡Anda, póntelo ya, no vayas a acatarrarte!". ¿Y habrá algo más extraordinario que esta preocupación por mi posible catarro, de una mujer que parece una madre? Lo es tanto, que yo creo que se acostó conmigo porque una mujer que se acerca a los treinta, con un hombre de mi edad, no puede dejar de hacerlo; pero si mi tamaño y la situación lo permitiesen, me hubiera dado el pecho y me hubiera cantado hasta dormirme. Estas horas nocturnas pasadas con Gúdula no fueron, en el fondo, más que el aprendizaje de un niño cuya madre le enseña a andar. Gúdula me causa la impresión de una madre frustrada, pero tozuda.»

Esta carta no se la mostré a la Emperatriz. Nos hubiéramos reído juntos, eso sí, de la petulancia del joven Guntel, y Úrsula Cristina habría hallado explicación divertida a aquella especie de escepticismo prematuro, a aquel desencanto súbito y probablemente falso, y, sobre todo, a la inesperada superioridad de que daba muestra, imitada, casi seguramente, de la de algún personaje literario, o de varios; lo cual no es extraño, ni excesivamente censurable. Si todos tenemos, a esa edad, algún modelo, no habrá por qué esperar que el de un poeta coincida con el del heredero de un trono, aunque sea tan minúsculo como el mío. Pero andaba por el medio Lislott, y la Emperatriz me había confesado alguna vez que, tratándose de gentes de su sangre o de su amor, era capaz de las mayores injusticias. ¡Lo que hubiera dicho de Guntel, y, sobre todo, lo que haría! Temí que se le ocurriera raptarlo y remitírselo a Márika; aunque, ¿quién sabe si Guntel no lo habría agradecido? Seguramente rectificará su casi cínica manera de pensar, en sus cartas a Roberto hablaría otra vez con entusiasmo de lo que da de sí una maga, aunque tampoco es seguro que Márika se lo llevase escondido a su castillo de Transilvania. ¿Convendría, quizá, evitar la marcha, juntos, de Guntel y de Lislott: por ella, no por él? Fue una ocurrencia inmediatamente corregida: siempre sería más soportable para ella un rápido desencanto que la angustia de una separación dramática. Quiero, pese a todo, y ahora que los sucesos quedan lejos, juzgar con un mínimo de comprensión y privar de rencores al sentimiento. ¡Si hasta el Águila del Este, ahora que anda alicaído, me resulta tolerable: cuanto más el joven Guntel, inesperadamente desposado con la condición de personaje histórico, sorprendentemente seguro de que gusta a las mujeres! ¿No es demasiado para los veinte años, por muy poeta que se sea, y no dudo de que Guntel lo es? Tengo, además, que agradecerle las noticias de ese príncipe Philip y de este signore Jacopo, a quienes ignoró la policía. Aunque si, como parece, son dos almas en pena, lo natural es que la institución encargada de vigilar a los vivos y, a veces, de remitirlos al olvido, no lleve censo. No dudo, sin embargo, de que llegará un momento en que hasta de las apariciones se abrirá un registro: lo pienso a juzgar por las pretensiones de los agentes imperiales, famosos por la amplitud de su curiosidad. De todas formas, y vuelvo a lo anterior, si Guntel no hubiera sido un personaje histórico, acaso habría tenido ocasión de familiarizarse con el portero de su casa y allegar algunos datos más amplios y más concretos acerca de aquella gente pequeña que asomaba los morros por debajo del tapete de una mesa. ¡Qué lástima! Este relato mío, que no logra remontar la vulgaridad de mi historia personal, hubiera sido, al menos, divertido. De todas maneras, no tengo más remedio que reconocer que, así como va, con esas historias fantásticas de Lislott y de Guntel, y de todos los demás fantásticos, da la impresión de que, en una historia normal, han caído los de otra, extraordinaria, y que salen del apuro como pueden: algunos, no haciendo nada, estando simplemente.

Estaba contando los últimos acontecimientos, los que inmediatamente precedieron a mi marcha, aquella mañana lívida hacia el este, pues fue la segunda o la tercera de los días que hizo sol. ¡Nunca agradeceré lo bastante al dios que rige los meteoros, ese regalo de despedida, merced al cual, si me recuerdan mis antiguos súbditos, será iluminado por los últimos resplandores de un atardecer glorioso de rojos vespertinos, el cielo y la mar unidos en la misma sangre! Cuando vino el mensajero del Águila, aquel que se encerró durante un rato con Úrsula Cristina y le hizo perder los estribos, llovía aún, aunque fue aquella tarde cuando rompió la niebla gris en grietas escarlata, y la gente se echó a la calle alucinada por aquel anuncio del sol. La Emperatriz se calmó, como solía acontecer, y después de los denuestos vinieron las sonrisas, y, tras los improperios, las reflexiones. «Pienso hace mucho tiempo que la gente se ha vuelto loca, y cada día que pasa lo corroboran los hechos. ¿Sabes qué es lo que acaba de comunicarme mi marido? Pues que el de Prusia ha invadido de pronto Francia, y que él, si quiere quedar medianamente bien ante la Historia, tiene que apresurar la anexión de tu Ducado; de modo que me invita a marchar, pues no encuentra galante entrar en tu país conmigo dentro.» Es cierto, lo dijo el diario de la tarde, que el rey de Prusia, con un montón de Príncipes y Grandes Duques, así como con algún Rey en su ejército, había violado la frontera de Francia, y caminaba los caminos que llevan a París. Me pareció tan lógica la decisión del Águila del Este, y al mismo tiempo tan comedida, que ni siquiera me enojé: lo único proporcionado a aquel tamaño espiritual que creía ser el suyo hubiera sido por lo menos la invasión de Rusia; pero él sabía que el Zar, que no era su primo, aunque sí su amigo, no se comportaría con la docilidad, con la resignación que esperaba de mí: yéndome, sencillamente. En un momento de la conversación, Úrsula Cristina quedó irónicamente meditabunda. «Se conoce —dijo— que en el Congreso de Karlsbad, las brujas no se pusieron de acuerdo. Acabó venciendo la más fuerte, que es Prusia, que es Gunila. La aspiración de mi marido a la grandeza se frustró para siempre. Ahora, en Europa, mandará Bismarck, que es un hombre imaginativo y ambicioso. ¡La peor mescolanza posible! Mi pobre marido, en ese póker de emperadores, será el de tréboles, y no sé cómo se las compondrá Márika para crearle ilusiones nuevas. Me temo que, a partir de ahora, ese país en el que dicen que reina será cada vez más débil, y cada vez gastarán más dinero en simular la fuerza y la gloria.» Y después de una pausa, añadió: «No sé si mi marido es tonto o loco, pero empieza a darme pena». Suspiró. «La conciencia de que ya cumplí cuarenta años me hace sentimental.» «¿Vas a marchar inmediatamente?», le pregunté. «Voy a marchar cuando nos apetezca, y antes tengo que decidir adónde, pues el camino de Francia, que es el que hubiera tomado, me lo vetó el de Prusia. Me queda, como a Ruggiero, el viaje por mar, a Inglaterra, o a Suecia, no lo sé todavía: a un lugar, por supuesto, de donde partan barcos que pasen por Madeira. No he olvidado que allí puedo ver la salida y la puesta del sol: saliendo de la mar, volviendo después a ella.» La miré con melancolía. «Si fuera rico, esa isla, tan lejos, sería un excelente lugar para un vencido que no llegó a combatir; pero mi amistad con el rey de Portugal no es tanta que pueda pedirle que me tenga a mesa y manteles por el resto de mi vida. Mi primo Christian, a ese respecto, está más obligado.» «¿Y qué harías en Madeira, tú allí solo?» «Más o menos lo que tú, aunque sin pensar en el regreso. Ver cómo emerge del mar el sol, ver cómo en el mar se esconde. Para un hombre de mi país, siempre nublado, casi la dicha.» «¿No has pensado en Myriam?» «Sí. Estoy pensando en ella por debajo de estas palabras, pero me tranquiliza saber que su tía tiene buenas relaciones en España y que se la llevará allí.» «Tampoco van bien las cosas en España.» «En cualquier caso, es el único camino para un lugar tranquilo. Quizá Inglaterra.» Me preguntó si la ayuda que podía ofrecerme Christian sería cómoda y digna. «Confío en que sí, pero no estoy en situación de escoger, menos aún de exigir. A lo que aspiro es a una especie de escondrijo que me proteja de cualquier curiosidad y de cualquier impertinencia.» «Una soledad como la mía, aunque estés quieto mientras yo camino.» «Sí. Pero, cómo va a ser, no lo sabemos aún. No olvides mi reputación de tonto. La soledad de un tonto no preocupa a nadie.» Me dio un beso, en aquel mismo momento, Úr-

274

sula Cristina. «A mí, sí. ¿De verdad careces de dinero?»
«Mis propiedades pertenecen a mi país, y tu marido se
tomó la molestia de que sus agentes catalogasen hasta
el último jarrón de este palacio. Me temo que me ca-
cheen cuando marche, que examinen mi equipaje.» Úrsula Cristina tardó en decir: «El alma de mi marido es
tan áspera como su piel». «No creo que reclame nada
para él: quedaría muy mal ante la Historia. Además,
¿para qué va a llevárselo si estando aquí es suyo, y puede gozarlo como quiera? Aunque el modo de gozar de
tu marido sea el de saber que posee —continué—; pero hay unas alhajas no catalogadas... No deseo lle-
varlas conmigo, pero tampoco quiero que sus agentes
me las requisen y acaben ornamentando el cuello y las
muñecas de Márika. ¿Quieres verlas?» Parece que, ni siquiera siendo emperatriz, una mujer se puede resistir
a la contemplación de unas alhajas; más si, como era
de presumir de las mías, podían considerarse como medianamente históricas. Traje el cofre en el que se guardaban: había pertenecido a mi abuela Estefanía, y me
fueron legadas por mi padre como bienes personales.
Buenas, sólidas, delicadas alhajas: desde el fondo del
cofre enviaban sus luces tenues. Úrsula Cristina las examinó con calma, la mirada curiosa, pero experta. Se detuvo especialmente en cierto collar, en algunas pulse-
ras. Sin haberlas visto, tenía noticias de ellas, y pudo
identificarlas. «Éste es el collar que el rey de España envió a Cristina de Suecia cuando intentó casar con ella.
Este anillo de esmeraldas se lo dio Luis XIV a la Princesa Lucrecia como muestra de admiración, porque la
princesa se atrevió a rechazar su invitación a compar-
tir el lecho de Luis en horas clandestinas. Esta pulsera
de diamantes perteneció a la Princesa de Clèves...» «Me
gustaría que lo aceptases como recuerdo», le dije.
«Pero, ¡si todo esto pertenece a Rosanna!» «Lo más probable es que tu marido la despoje.» «No; eso no.» Quedó en silencio: sus manos hurgaban en las alhajas del
cofre, las acariciaban. «Vamos a hacer un trato. Tú es-

cribes un papel con tu sello de Gran Duque en que se las ofreces, como recuerdo, a la Emperatriz, y yo escribo una carta a mi marido en que le advierto de que son mi regalo de boda a Rosanna.» Su mano derecha se alzó con un collarcito de esmeraldas enganchado en los dedos. «Menos esto. Perteneció a mi tatarabuelo Cósimo Commeno, que se lo regaló a su querida, una gitana, Fátima. Es una curiosa historia...» Le rogué que me la contara, pero se limitó a decirme que Fátima bailaba con el collar en su garganta, y que fue asesinada. «Pero no le quitaron el collar, sino sólo la vida. Cósimo tenía un hermano, Alexis. Se dice en la familia que un hermano la mató por celos del otro, pero no se sabe qué hermano fue. Del collar no volvió a hablarse. Quizá la madre de Fátima lo haya vendido. Y aquí lo encuentro ahora. Si tienes buena vista podrás leer, en el dorso del engarce, unas palabras en griego. Son palabras de amor, pero la letra es tan pequeña que mi vista no las alcanza ya. Además, ignoro el griego.» Tampoco mi vista es muy buena, para estas cosas de cerca, pero una lupa me ayudó. Había, por supuesto, una inscripción, pero yo no fui iniciado a tiempo en ciertos secretos lingüísticos. Úrsula Cristina me pidió con qué escribir, se lo traje. Después me leyó una carta que decía más o menos: «Ferdinando Luis, que es un caballero, me acaba de hacer donación de las alhajas de su abuela, que viene a ser tía tercera mía. Yo, a mi vez, se las regalé a Rosanna, mediante un documento con valor jurídico, como presente de boda. Todas las circunstancias del hecho las registro en mis Memorias, ni más ni menos que otros muchos sucesos. Aprovecho este billete para decirte que saldré un día de éstos para Inglaterra, todo lo pronto que sea posible, pero no antes. Me permito advertirte que en Europa andan tan preocupados con esa guerra francoprusiana, que nadie se va a enterar de que invades este país y destronas a Ferdinando Luis, pero ¡allá tú! Tus periodistas pueden darle más importancia que a la toma de París, y a lo mejor tus súbditos lo

creen. Buena suerte». Inquirí la razón de aquella referencia a las Memorias. «La mitad de la policía personal de mi marido anda detrás de ellas para destruirlas;
pero no las encontrarán, y ya tengo tomadas mis precauciones para que se publiquen póstumas. Podrán destruir, todo lo más, las páginas que se encuentren sobre
mí el día de mi muerte, si es que la muerte es súbita y
a hierro mercenario, como me temo.» Sí. En la mirada
se le advertía el temor, más que como cobardía, como
seguridad.

De repente, dejaron de aparecer en mi mesa los rimeros de copias acostumbradas. Indagué discretamente, y supe que un alto cargo de la Policía Imperial había tomado la dirección de la mía, o, con más exactitud, había borrado con su presencia las escasas diferencias aún subsistentes entre la una y la otra; al confundirlas, las había fundido, y tendría yo que ser tan tonto como dice mi fama para llegar a creer que por el hecho de que mi policía formaba ya un solo cuerpo con la Imperial, ésta me pertenecía. Sentí, como era lógico, que poco tiempo faltaba para perder aquel asiento que me habían legado con el nombre de trono, siempre tenido por uno de los escasos objetos que me pertenecían de verdad. Probablemente no llegó a mis manos la última carta de Guntel, tampoco la que escribió Myriam a Rosanna y de cuya existencia tuve noticias porque Rosanna me dijo: «Papá, Myriam te envía muchos besos». Me quedé un poco triste: hubiera deseado conocer las palabras de Myriam y detalles de su vida. «¿Sigue bien, tu hermana?» «Un poco melancólica. Las noticias son malas. Tendrá que marchar de París un día de éstos.» «¿Sabes adónde?» «Ni ella misma lo sabe, todavía.» Úrsula Cristina me miró, e interpreté su mirada como el consejo de que no preguntara más, así que me tuve que marchar del país sin saber de Myriam, y conforme llegaban noticias de la guerra, y de la toma de París, y de la Revolución, me inquietaba hasta la angustia, hasta la desesperación. Le supliqué a Christian que hiciese llegar a Rosanna mis deseos de saber algo de Myriam, pero Rosanna tampoco tenía noticias, y también se preocupaba. No sé por qué, me dio por instalarme en un rincón de la terraza, y mirar hacia el sur, como si las noticias me fueran a venir desde aquel rumbo. Llegaron, normalmente, por la posta, la mejor recibida de las escasas cartas que aquí me envían.

*De Myriam a Ferdinando Luis*

«Estoy en Lisboa y estoy bien. ¿Sabes que anduvo por aquí Franz Liszt, hace algunos años; que permaneció bastante tiempo y que dejó un buen recuerdo, algunas enamoradas, y una escuela de pianistas? Yo no dije quién soy, pero me delata mi perfil, y aunque uso el título que me dio ese Emperador de repuesto que te echó de tu casa, pronto fui descubierta, y, contra mi voluntad, me tratan de princesa. ¡Oh, cómo les gusta llamármelo, Princesa Myriam! Me agasajan, me protegen y algunos enamorados vienen de noche a cantarme canciones al pie de mi ventana: tocan guitarras y laúdes y lo que cantan es triste, pero me gusta. El amor ocupa en la vida de estas gentes más tiempo y más espacio que en el resto del mundo, y, para los dramas del amor, son enormemente comprensibles. Ahora estoy ya sola y vivo en un mundo irreal, donde todos son hadas para mí. Mi tía, como es austríaca, pudo marcharse; pero a mí, como no tengo una patria, no me lo permiten mis amigos, que son todos melómanos de este país lleno de poetas y músicos. ¡Ah, pero me dejan estudiar botánica en la más maravillosa colección de plantas que se puede

imaginar y que tienen aquí! Les sorprenden, les hala-
gan, les asustan un poco las aficiones científicas de una
princesa que andaría ahora errante si ellos no me re-
tuvieran con su cortesía; en todo caso, de una princesa
que no es romántica, pero a la que rodea, a la que envuelve el romanticismo: el de su historia y el que derra-
man o derrochan en mi honor los portugueses. Vivo una
especie de frenesí que no me deja pensar en mí misma.
Nunca estoy sola, pero sé que un día no lo soportaré
más. Si ese día llego a tu puerta, ¿me la abrirás?

»Te quiere

*Myriam.*»

No volvió a escribirme. Al menos, sus cartas no me
llegaron. Sigo mirando hacia el sur a ver si viene. Le
abriré la puerta.

De las cartas que me enviaba el Incansable Escrutador del Misterio no me traían copias, sino los originales. Por eso puedo transcribir aquí la última, que leí un
día de los postreros, el segundo que hizo sol, creo yo:
escrita probablemente aquella misma mañana, por lo
que se desprende de algo de lo que dice. Habiendo
transcrito otras, ¿por qué dejarla en silencio, más bien
en el olvido?

*Del Incansable Escrutador del Misterio a Su Alteza
el Gran Duque Ferdinando Luis*

«Señor, poco tiempo nos queda: como que temo que
el tiempo haya acabado; y lo que venga luego, ¿se sabe,
por ventura, qué será? Porque el tiempo, Señor, es cosa
de los dioses, no de los emperadores, y los dioses acaban de emigrar y de llevarse consigo lo que es suyo.
Aunque no todo, porque nosotros somos también de los
dioses, y aquí quedamos. De que ellos son los hacedo-
res del tiempo, no cabe duda: también hicieron el mun-

do y las estrellas. Hicieron nuestro país y nuestras almas, y la mar que nos rodea, y ese sol escondido que no solemos ver, pero que presentimos. ¡Con qué entusiasmo, Señor, lo contemplaron los dioses y los muertos, vuestros Muertos y nuestros Dioses, juntos en la colina de los Peñascos Mudos, el más alto de nuestros montes, también el más solitario, por esa fama que tiene, siniestra injustamente, de que entre aquellas piedras tiene su asiento el diablo! Señor, de acuerdo estoy en que los Dioses y los Muertos se reúnen en semejante lugar los días que luce el sol, sólo esos días; los restantes del año, en la colina llueve, o la envuelve la niebla. También es cierto, ya lo olvidaba, que cuando ululan en el aire los huracanes, parece que todos los demonios los cabalgan, y gritan y gritan y amenazan; hay quien jura haberlos visto y oído, ardiendo y hediondos, pero ésos exageran. No cabalgan demonios en el aire huracanado; si acaso, alguna diosa rubia que recuerda las viejas prerrogativas, caducados los antiguos deportes. Pero no es lícito a nadie confundir los demonios con las diosas. Ellas son blancas y rosadas, y huelen al perfume de la tierra. ¿Será que me resisto al uso del pasado para engañarme a mí mismo? La razón de esta carta, Señor, es daros cuenta de que en la noche de ayer, mejor, en esta madrugada, nuestros Dioses huyeron, y vuestros Muertos. No confundidos, Señor, ni abigarrados, sino con ese orden y esa ceremonia que les son propios.

»Llevaban tiempo perdidos, os lo vengo diciendo desde que dieron señal, no por trochas de monte ni senderos confusos de llanura, ni siquiera por calles, sino, Señor, en sí mismos, los laberintos secretos de la sorpresa y la duda: perdidos como muertos y como dioses, el modo más tremendo de perderse. Porque si algo da seguridad en este mundo inseguro es ser dios o ser muerto, muerto o dios definitivamente: el que lleva consigo su pasado, ya inmutable; y el que sólo tiene presente. Y al igual que nosotros cuando los pensamos, ellos saben también que tienen a qué atenerse cuando se piensan.

Pero, de pronto, empezaron los cambios, les llegaron noticias, la tierra amenazó con no ser suya, y ellos, como nosotros, quedaron estupefactos: porque los muertos, expulsados de su tierra, *otra vez* tienen futuro, como los dioses, que, también arrojados, tendrán *por primera vez* pasado. Lo cual, Señor, es evidentemente un modo de no ser ya muertos ni dioses. Los muertos no necesitan más que tierra, y se la niegan; y también en la tierra, porque antes los arrojaron de su cielo, los dioses *son*, pero no errantes ni fugitivos. De ahí, Alteza, los primeros alborotos, de los que he dado cuenta puntual. Pero de ahí también el día inevitable de la marcha. Sin esperar a que ya no los pueda soportar la tierra pisoteada por los invasores: para marchar más dignamente. Aunque no les hagamos mucho caso, aunque los tengamos olvidados, ellos están ahí, y toman decisiones.

»Habíais de verlos, puntuales con la aurora, en grupos en el muelle, inconfundibles y casi innumerables: nunca pueden contarse los dioses ni los muertos: quizá esté en su naturaleza lo de no dejarse contar, pero hay casos... ¿Cuántos muertos caben en un navío de muertos? De éstos están poblados los mares: se pierde uno en el piélago, y la señal de estar perdido es avistar un navío de muertos, un punto en el horizonte que se reconoce por los bandazos que da, las olas y los vientos los traen y los llevan, y si pasan cercanos, se oye el crujir de la cubierta podrida, o se ve caer al mar un mástil ya caduco, que no resiste la brisa. Los barcos de los muertos dejan detrás la pestilencia. Pero no se sabe de dioses que naveguen en barcos de dioses sin piloto, ni aun los barcos de los dioses olvidados. De los antiguos de la mar, de aquellos de mármol verde y algas marinas, ya no se sabe nada, ni hay señal de que vivan, si no es en sus cavernas de coral, en lo más hondo, de espaldas a los hombres, con los que no quieren nada. Pero esto se dice, y no se sabe si es cierto. Podríamos entrar en conjeturas, o bucear en los libros antiguos lo que se escribió de ellos, o lo que se da a entender; pero con eso me apartaría de mi propósito, que es el del relato puntual de cómo se llevó el Destino a nuestros Dioses y a vuestros Muertos: de quienes dije que se habían agrupado en muchedumbres incontables, la de las Majestades iluminadas y la de las Divinidades alicaídas. Guardaban un milenio melancólico, aunque elegante: los Dioses y los Muertos saben perder. Se oían, pues, los reiterados besos de las aguas a las piedras del muelle, verdes de limo en la bajamar, y todos, Dioses y Reyes, Diosas y Reinas, miraban al horizonte como se mira la incertidumbre: porque también para ellos el Destino es una pregunta. ¡Los Muertos, seguros en sus recuerdos, y los Dioses, más seguros todavía en su inmutable presente! ¿No es inexplicable, y por supuesto injusto, que ahora crucen los mares sin rumbo fijo, sin la esperanza de un pedazo de tierra garantizada? Bandazos de Occidente al Oriente, singladuras dictadas por el viento. ¿Para siempre?

»Vino el barco de los Reyes. Atracó de babor. Unos marineros de contornos confusos, yo diría que pedazos de niebla, tendieron la pasarela, y en su honor debo decir que no olvidaron alfombrarla de púrpura, ese color tan regio. El barco venía engalanado, aunque de luto, pero un luto suntuoso; y después de un redoble de tambor que sonó lejos, tocó la banda una música lenta a cuyos sones empezaron los Reyes a embarcarse: la Emperatriz, seguida de su hermana: colgada una de otra como en el viejo sarcófago; después de los Reyes, las Reinas, los Príncipes y los de títulos menores que sucedieron a los reyes vencidos. Se dejó vacío un espacio que duró lo que un silencio de la banda, y un cornetín avisó de que podían subir los amantes de Reinas y Princesas, las queridas de los Príncipes y Reyes, y lo hicieron de prisa, más coquetos que solemnes, y un poco de tapadillo, pero también con aire. Cómo se repartieron a bordo, no lo sé. Confío, sin embargo, en que a un desorden inmediato habrá sucedido un acomodo. No hay como un buen balanceo para estibar el pasaje. Señor, lo que lamento no es la incomodidad de vuestros Muertos, que no estarán en la mar peor de lo que estaban debajo de la tierra, sino esta necesidad de que se vayan.

»Se llevó el barco una brisa liviana: fue suficiente poco trapo, todo en las vergas altas. Todavía no habían apagado los fanales, de manera que el de popa tardó en perderse, y, cuando dejé de verlo, ya alboreaba francamente, y el navío que se llevó a los Dioses había también zarpado. De esta clase, Alteza, de navíos, no me atreveré a decir que abunden: un barco incandescente, velas, jarcias y maderas ardiendo sin consumirse, todos de luz; y conforme los dioses embarcaban, la luz los diluía como si se los tragase, una luz seguramente divina, de la misma sustancia que los dioses mismos. Dejó una estela de fuego, que se apagaba en las olas. Este navío portador de dioses atravesó la línea de Poniente y nos dejó su cárdeno recuerdo, cada vez más tenue, como una nube de gloria que, sin embargo, trajese consigo la tristeza. Me pregunto por la suerte de esta luz navegante a la que los marineros no están acostumbrados y que seguramente entenderán como cosa de otro mundo: hasta que se acostumbren, supongo. Pero no hay duda de que otro sol navega, y eso puede dejar perplejos a los lobos de mar.»

Lo mío no alcanzó esa solemnidad de las divinidades, y, para poder parangonarse con la marcha de mis Muertos, le faltó música. Lo más importante de la operación en su conjunto fue cierta picardía que le gasté al Águila del Este, pues apresuradamente arreglé las cosas y convoqué a las personas idóneas, todas con sus casacas ceremoniales, para abdicar en Rosanna legalmente, y se hizo de tal modo que el documento lleva también la firma de Úrsula Cristina como testigo. De esta manera logré que los periódicos ingleses más afectos al 10 de Dowing St. acusasen abiertamente a mi

primo de haber invadido innecesariamente un esta-
dículo regido por una princesa soltera y casi menor de
edad, lo que siempre merma las faramallas heroicas
con que se acostumbra a disfrazar los acontecimientos
escuetos. Rosanna se portó con dignidad silenciosa, y
cuando, sentada en el trono de los cuernos de reno, le
besé la mano el primero, no pestañeó. Lloró un poqui-
to, eso sí, al despedirnos, pero Úrsula Cristina, que nos
acompañaba, le recordó no sé qué promesa de serenidad estipulada por ellas, y el llanto no pasó de leve gi-
moteo. Invité a Cronstadt a que me acompañase: me
respondió que su puesto estaba allí, en Palacio, y que
sacrificaba la amistad al deber. Lo había hecho siempre, y no me sorprendió. Me hubiera despedido con un
saludo militar si yo no le obligase a abrazarme. Cuando le recuerdo, me conmueve: fue víctima solitaria de
aquella historia, pero murió donde yo debía haber
muerto, pues me suplantó en la muerte, y eso quizá parezca poco en un tiempo como el nuestro, en que la gente muere en las revoluciones, y a los que sobreviven los
fusilan en masa con ese instrumento multiplicador de
la muerte llamado ametralladora. No hubo más víctima que Cronstadt, pero mi Gran Ducado era chiquito
y no podía contener más: dos, rebasarían las fronteras
y sería interpretado como dilapidación de muertes.
Cronstadt fue suficiente. Su nombre cubre con su recuerdo prohibido mi tierra entera, y si la gente lo olvida (en el caso de que hayan sido informados), sé que
Rosanna lo tiene en la memoria, el sacrificio de Cronstadt ayuda al suyo, y acaso lamente alguna vez no haberle amado: dos o tres años de experiencia dura cam-
bian mucho el corazón, aun el de las Princesas, y estoy
seguro de que Rosanna deplora haber llorado algunas
noches por un «virtuoso» que estuvo en el Infierno. A
Cronstadt lo mató un disparo, no la espada de mi yerno. ¿Quién disparó? Si los historiadores tuvieran dignidad, se harían esta pregunta o limitarían a ella la historia de mi marcha. No lo hacen por el temor de que

ese nombre baste para que la vergüenza resuene en el Imperio entero. Para amontonar tierra, para que el nombre de Cronstadt se oscurezca, me acusan de haber estorbado la expansión industrial, de haber limitado con medidas anticuadas el comercio marítimo, ¡qué sé yo! El sabio que profesa Historia en la Universidad, cuyos cursos inauguraba yo todos los años, doctor honoris causa para justificar mi atuendo, ni siquiera cita mi nombre: la responsabilidad de esos errores recae en una entidad abstracta con la que no me siento inclinado a identificarme. Tampoco cita a Cronstadt, pero dedica una lección al año a relatar la entrada de las tropas imperiales y el entusiasmo ruidoso con que las recibieron mis súbditos. Sin embargo, mis súbditos nunca fueron ruidosos, y, aquella madrugada, menos que nunca, a no ser que el ruido de las ventanas de la señora Stolle, al abrirse, pueda considerarse como un estruendo. Las cosas, desde mi punto de vista, sucedieron de otra manera pero, ¿quién puede fiarse de un narrador vencido? La Emperatriz ordenó que trasladasen su equipaje al barco que iba a llevarla a Londres, una fragata abanderada en Riga, con orden de que retardase la salida hasta que zarpase el paquebote en el que yo emigraba: sus dos damas de compañía, olvidadas hasta entonces en un ala alejada de mi palacio, cómplices y quizá amantes de policías nocturnos, con el equipaje embarcaron. La Emperatriz y yo salimos con un coche pensado, en su apagado rodar, para clandestinidades: en la ciudad desierta, sobre las losas blanquecinas, el coche apenas si rozaba un silencio que se cerraba detrás, que se reconstruía: hasta llegar al muelle, también claro de losas, aunque oscuro de mástiles y cascos, atracados de costado o abarloados, y, en medio de las sombras, las luces de situación repetidas. En el muelle no había más que el Almirante, Lislott y Guntel: éste, más personaje histórico que nunca, procuraba mantenerse en un segundo plano con la naturalidad de quien no ignora que, esté de pie o sentado, siempre llevará su nombre por delante. No sé cuál fue su suerte, ni en el amor ni en la poesía, ni tampoco adónde fueron, él y Lislott, después de descender del barco en un muelle donde me esperaba mi primo Christian. Habría podido decir al despedirse: «¡Si hubiera conservado la botella...!», o cosa así, siempre con la botella mencionada. Imaginándolo alguna vez, según esta afición mía a reconstruir escenas no acontecidas, comprendí la repulsa del Barítono Frustrado: la mención de una botella basta para estropear una situación dramática. Botella no es una palabra noble. ¿Cómo pude haber confiado mi Destino a una botella, o cómo pude confiar una botella al Destino? Hay algo que no casa. El Almirante estaba erguido; Lislott, apoyada en su brazo. Silenciosos, quizá sus almas se lo hubieran dicho todo. Al separarse, algo hermoso se desgarraba. Los rostros de uno y otro expresaban ese desgarramiento con la congoja mínima que autorizan el valor y la elegancia. ¿Y si yo hubiera dicho: «¡Lástima de botella!»? Invité al Almirante, última vez, a que nos acompañase: me dio las gracias escuetamente mientras movía la cabeza. Después se despidió de Guntel con un abrazo, y le dijo: «No sé si no serás demasiado joven para cuidarla bien». De Úrsula Cristina me había despedido en privado: ahora besé la mano de la Emperatriz. Ella me susurró: «Te escribiré algún día»; y lo hizo, desde Madeira; pero, cuando recibí la carta, ya había muerto asesinada en un puente sobre el Danubio, como estaba previsto: una puñalada que le entró por el costado, hacia arriba, limpia y diestra. ¿Por qué tardarán tanto algunas cartas, Dios mío? La de Úrsula Cristina era breve. Decía así: «Tenía razón. Ver salir el sol y verle cómo se pone es hermoso. Pero ¿no hay nada más entre el cielo y la tierra? A veces pienso que ya no me queda tiempo de averiguarlo. Si no es tan escaso como empiezo a temer, iré a verte». Alguien me dijo, no sé quién, que la Policía Imperial había buscado sus Memorias por todos los recovecos de Europa, y que continúan buscándolas como se busca la bomba que pueda destruir el Orden. Una vez recibí la visita de un caballero muy diplomático que intentó sonsacarme noticias acerca del supuesto manuscrito. ¿Tanto miedo le tienen a lo que Úrsula Cristina haya podido contar?

Guntel y Lislott subieron antes al barco. El muchacho le dio la mano cuando ascendió a la pasarela, y cuando Lislott se acodó a la borda, muda y el rostro inmóvil, él le cubrió los hombros con un chal. Yo me entretuve aún con Úrsula Cristina, cuyo barco cargaba ligeramente el trapo quizá para no perder la brisa. Nos movíamos entre las sombras de barcos que empezaban a clarear: la madrugada fría los había hecho cristales, cables y mástiles a lo largo del muelle, casi de plata inacabable. El capitán me pidió permiso para izar, última vez, mi pendón personal: me rogó Úrsula Cristina que aceptara, y cuando lo imaginé pendiente de un penol, la saludé y me dio un beso. Di después, otra vez, la mano al Almirante. Ella esperó, quieta, a que retirasen la pasarela. «¡Vete ya!», le rogué desde la borda. Movió la mano y se encaminó a su barco: sencilla y al mismo tiempo solemne, y el Almirante, a su lado, no desentonaba. Le rindieron honores de trompetería, a Úrsula Cristina, y le formó la tripulación en cubierta, presenten armas, con todo el ceremonial; pero a aquella luz indecisa, todo parecía, aún, en estado naciente, o rescatado de las sombras, hasta las mastelerías que ya se recobraban a lo alto. Zarpamos al mismo tiempo, ellos a sotavento del espigón, nosotros a barlovento. El sol hacía ya brillar los penoles más altos, pero en el muelle inmenso, en toda la ciudad, persistía el silencio: lo rasgó, como una cuchillada, el crepitar de un clarín, hacia la Puerta de Tierra, y, en seguida, como si entrase un tropel de timbaleros que atronasen el aire. La figura espigada del Almirante, inmóvil todavía, repartiendo las miradas entre barlovento y sotavento, hacía más espantosa aún la soledad, más inútil el estruendo. Ya le alumbraba el sol y le sacaba la sombra a su figura, cuando, a la altura de los primeros barcos, apareció un grupo de jinetes en cuyos cascos relumbraba una ficción de gloria. El Almirante nos dijo adiós y se dirigió a ellos. Mi barco pasó delante de la ciudad: desde la cubierta vi calles desnudas y grupos de soldados. El cielo estaba limpio. Me pregunté si aquel día harían fiesta, aquel en que dejaban de ser libres. Cuando andaba Napoleón por las calles de mi pueblo, algo perdido en medio de tanta mar, vinieron siete días seguidos de sol, y, al cuarto de ellos, Napoleón se retiró con sus morriones y sus gloriosos duques, en un desfile ordenado y melancólico, porque había perdido el tiempo, lo cual para un hombre como Napoleón, tiene que ser peor que perder una batalla. Nunca logré saber con seguridad si el aniversario de aquellos días se estatuyó como fiesta nacinal en recuerdo de la libertad recuperada o del sol que nos había alumbrado, que nos había alegrado tantos días seguidos. No se recordaba cosa igual: una semana sin lluvias y sin nieblas, una semana de limpios horizontes, las claras dimensiones del allende. Tampoco sé si fue a partir de entonces cuando los del Oeste instituimos la caída del sol como ocasión de coincidencia de nuestros corazones, distinción un poco ingenua, si se quiere, pero quizá profunda: hay, en mi pueblo, una enorme explanada, que llaman del Castillo, donde no hubo un castillo jamás, ni proyecto, ni leyenda, ni más que nombre inexplicable; sí una puerta tremenda, por lo alta, por lo ancha, por lo recio de sus piedras, que se conserva aislada como recuerdo no se sabe de qué ni tampoco de quién: puerta, probablemente de sí misma, ni recuerdo ni nada. Los arqueólogos no han conseguido atribuirle fecha ni definir su estilo, y se le llama la Puerta de los Dioses, así, sabiendo que no lo es. Pero ¿quién fue, quién es, quién será el que sepa por dónde entran y salen los Dioses? No puedo decir por qué, pero cuando se atraviesa esa puerta, algo muy íntimo acontece, algo se modifica, como si se entrase en otro mundo, ese con que soñamos en que somos felices. Cuando los enamorados se declaran el amor, suben a la explanada y pasan bajo el dintel, cogidos de la mano, mirando al horizonte, esté luminoso o gris. Salen, pues, más que entran, y se sienten entonces más unidos que por la ley o por la ceremonia. Los días de sol, todo el pueblo, antes de juntarse en la explanada para asistir al crepúsculo, pasa por debajo de la Puerta, y si alguien no lo hiciera, perdería los matices, aquellos que satisfacen profundamente y dejan el alma llena. Ese día se presiente, acaso, en el corazón, pero también se muestra por señales: la tarde gris se comba como una fruta, y en la corteza de niebla se rasga la superficie en grietas lívidas. El pueblo sabe que al día siguiente amanecerá desnudo el cielo, y hasta los moribundos piden plazo a la muerte para poder llevar consigo la última imagen del sol. Es de protocolo que el Gran Duque participe con el pueblo en esas tardes de gloria: llega en su coche, y el Burgomaestre con los síndicos y los ejecutores de la municipalidad le esperan delante de la Puerta, sin que nadie la haya pasado aún, y, después de los saludos, penetran en procesión, detrás del pueblo, y permanecen juntos hata que el sol se pone. Éste fue, durante un siglo, señal del entendimiento entre la gente y nosotros. Yo la heredé y mantuve hasta el final. Cuando se rajó el cielo en el Poniente y aparecieron los colores del atardecer oculto, ya se sabía que nos iban a invadir.

Fue, creo yo, la tarde del mismo día en que Ruggiero Gasparini, con su pianista patizambo y jorobeta, con sus tres violines, sus guitarras y sus baúles llenos de fraques, embarcó en un patache siciliano que partía rumbo a Bristol: poco barco para tan gran equipaje. Como lo hizo de mañana, no pudo contemplar cómo el pueblo se dejaba de inquietudes y se aprestaba a participar, acaso la última vez, en la Fiesta del Crepúsculo. A Rosanna no había que advertirla: conocía el rito. Pero a Úrsula Cristina le sorprendió, le divirtió mi explicación, aunque en seguida dejó de divertirse y comprendió que por alguna razón que a ella se le escapaba (a

ella, tan perspicaz), un acontecimiento sin otro valor
que su ocasional belleza, congregaba en un entusiasmo
común a las gentes de aquella banda: porque, si (conforme le expliqué) los de la capital subían la explanada, todos los de las aldeas y de los pueblos costeros del
Poniente, a aquella hora, quedaban en silencio y con-
templaban el sol. Nos unía algo más fuerte que una raza
o una historia, pero yo no conseguí explicarle cuál era
esa fuerza, probablemente porque yo mismo lo ignoro:
una de esas maneras de ser en que se muestra que no
es lo mismo nacer aquí que allá. Vino conmigo y con
Rosanna. En esas ocasiones, yo me vestía un uniforme
sencillo, y la media docena de soldados que daban guardia al palacio, pocos, pero muy aparatosos, con chaque-
tas azules y morriones negros de piel de oso, formaban
y presentaban armas, mientras el de órdenes lanzaba
al aire un toque con su clarín de plata. Nos conducía
un coche descubierto: a mi lado, Rosanna; Úrsula Cristina, enfrente. Atravesamos las calles, pasamos los
puentes de los canales, y la gente se agolpaba detrás, silenciosa. Hubo un momento en que la Gran Avenida estuvo llena, y la gente unánime en cierta tristeza decidida. Ascendimos una calle en cuesta, y ya pudimos ver
los oros, un poco viejos, del casacón del Burgomaestre,
y las plumas del tricornio que se ponía en aquellas ocasiones: tenía gracia, encima de su corriente traje gris y
su corbata azul, el arcaísmo de aquellos requilorios.
Pero jamás el pueblo hubiera renunciado a la presencia de su Burgomaestre ornamentado. No sé si ahora,
bajo el régimen progresista de mi primo, subsistirán.
Los cargos municipales y sus ejecutores también goza-
ban de paramentos, aunque con menos oro y menos
plumas. Alguna vez los vi, reunidos en el gran salón gótico, bajo aquellos techos inmensos: parecían un cuadro antiguo, y yo, delante de ellos, tan escueto y sencillo, un anuncio incomprensible del futuro. Aquella tarde de mi último crepúsculo hacía algún calor, y al Burgomaestre le caía el sudor bajo la carga de las plumas

y el terciopelo. Pero la gente acudió con vestidos ligeros, y, durante la ceremonia, que duraba un buen rato, aguantaron aquella sofocante pesadumbre del aire. Ni las palabras del Burgomaestre ni las mías se refirieron a mi inminente marcha, y en todo se acomodaron a las buenas tradiciones, el chiste que debía decir el Burgomaestre, alusivo a una cuestión disputada del gobierno municipal, ni el chiste con que yo debía responderle, expresión ligeramente irónica de la impotencia del Gran Duque constitucional en materia de asuntos administrativos. De la Lista Civil se pagaba a un funcionario cuya misión era la de elaborar o allegar chistes, y almacenarlos, para que los Grandes Duques, en el caso de ser ingenios extreñidos, pudieran disponer de las palabras adecuadas a la ocasión que fuese. Llevaba el mío escrito, lo miré con disimulo y lo solté en cuanto pude. La gente me aplaudió. Como empezaba a enrojecer el horizonte, pasamos en el coche debajo de la puerta, y nos siguieron el pueblo y las autoridades. Estaba estipulado que no debíamos apearnos hasta después de puesto el sol, y eso se interpretó siempre como deferencia hacia un antepasado mío que era bajito y al que la gente le tapaba el horizonte.

Cerca del coche, la figura del Almirante bien le sacaba un palmo a los demás, y, a su lado, una especie de rosa de encajes recibía el saludo de Úrsula Cristina, recibió sus sonrisas. Tardaron, ellos y Guntel, en llegar hasta el coche, y la Emperatriz les invitó a que se alzasen en el estribo para mejor y con más ostentación distinguirlos, un beso a su presunta hermana, que era la rosa, y la mano al viejo lobo de mar y al joven poeta, a quien miraban las mujeres con miradas de gula; y la propia Rosanna me preguntó quién era aquel muchacho tan guapo, pero en seguida se distrajo o fingió distraerse. El sol ya iba cayendo, y el cielo rosa se encendía: también la mar, allá, en la lejanía en que se le juntaba el cielo. Poco a poco dejó de hablar la gente en alto, y todo el mundo miraba hacia el Oeste, hacia aquel medallón dorado, pero un poco rojizo, que se movía hacia la curva del horizonte de su muerte. A nosotros se nos respetaba el privilegio de poderlo mirar como enmarcado por la gran Puerta, pero no estoy seguro de que fuese de verdad un privilegio. El horizonte sin límites, el sol señero, los colores que se van espesando como una niebla que el sol empieza a atravesar, y el movimiento lejano de las olas, nada de eso cabe dentro de un marco, ni siquiera de la gran Puerta, tan cargada de siglos y de misterio.

Nos rodeaba un susurro ancho y tenue, que abarcaba la extensión de la explanada: se amortiguó conforme el sol se aproximaba al horizonte: al rozarlo sólo se oyó el aleteo de alguna gaviota, seguramente no advertida, o encargada acaso por el Gran Maestre de los Grandes Espectáculos Cósmicos de resaltar con su aleteo el silencio. Ni un solo niño lloró. El horizonte recibía ya el sol, y cierta mezcla de rojos, oros y azules, con rosas fugitivos, se fraguó allá a lo lejos. El sol repetía en las olas sus últimas suntuosidades, que se alargaban, temblando con el ritmo vesperal del Universo. El corazón de mi pueblo se movía también y quizá hayan dejado de respirar en el momento último de la vida del sol aquella tarde, al hundirse los oros y no quedar más que el rojo flotando sobre las olas y el aire. Entonces, empezaron a cantar esa canción que, a falta de otro himno, canta mi pueblo cuando se reúne:

*Allende el sol, allende las tinieblas,*
*desde la mar nos llaman voces libres.*

Habla de navegaciones, de tierras ignoradas, de flores anchas, de mujeres oscuras. Hay quien la tiene por canción de marineros borrachos y la desdeña. Quizá lo sea, pero no conviene olvidar que mi país lo fue de navegantes y que en todas las tierras bañadas por la mar dejaron señal de su ebriedad y, a veces, de su simiente. También el himno lo recuerda, y admito que no sea serio. Pero, olvidarlo aquí, me dejaría en los labios ese sabor amargo del que se calla la verdad porque no la juzgan decente.

Salamanca, 31 de octubre de 1984

Este libro se acabó de imprimir en
Limpergraf, S.A., en Ripollet del Vallès (Barcelona)
en el mes de octubre de 1989